关于
来洛尼亚王国的
13个
童话故事
·增订插图版·

13 bajek z królestwa Lailonii,
Klucz niebieski,
Rozmowy z diabłem

关于
来洛尼亚王国的
13个
童话故事
·增订插图版·

Leszek Kolakowski
［波兰］莱谢克·柯拉柯夫斯基 著
杨德友 译 芊祎 插图

1. 13 BAJEK Z KROLESTWA LAILONII DLA DUZYCH I MALYCH ORAZ INNE BAJKI by LESZEK KOLALOWSKI

Copyright © 1963 by LESZEK KOLAKOWSKI

2. KLUCZ NIEBIESKI by LESZEK KOLAKOWSKI

Copyright © 1987, 1992, 1996 by LESZEK KOLAKOWSKI

3. ROZMOWY Z DIABLEM by LESZEK KOLAKOWSKI

Copyright ©1965 by LESZEK KOLAKOWSKI

These editions arranged with MOHRBOOKS, LITERARY AGENCY through BIG APPLE TUTTLE-MORI AGENCY, LABUAN, MALAYSIA.

Simplified Chinese Copyright © 2018 by SDX Joint Publishing Company. All Rights Reserved.

本作品中文简体版权由生活·读书·新知三联书店所有。

未经许可，不得翻印

前言

莱谢克·柯拉柯夫斯基（Leszek Kolakowski，1927—2009）是20世纪波兰著名的哲学家、哲学史和宗教史学家，也是作家和翻译家，享有国际声誉。1927年生于波兰腊多姆市，先后在波兰罗兹大学和华沙大学学习和研究哲学，1957—1968年任教于华沙大学哲学史专业，1964年提升为教授。1968年起，先后在美国耶鲁大学、加州大学伯克利分校、芝加哥大学等名校任教，1970年起在英国牛津大学万灵学院任高级研究员。

柯拉柯夫斯基发表了30多部著作，400多篇文章，用波兰语、法语、英语、德语等语言写作，主要研究兴趣在于哲学史和宗教学史，多次获得波兰和其他国家的大奖，其中有：尤日科夫斯基基金会奖（1968）、德国作家和平奖（1977）、伊拉斯谟奖（1980）、维隆基金散文奖（1980）、麦克阿瑟奖（1982）、杰弗逊奖（1986）、芝加哥大学莱英奖（1990）、托克维尔奖（1994）等；较为重大的是美国国会图书馆第一届约翰·克鲁格人文科学和社会科学终身成就奖（2003）。

第一届约翰·克鲁格奖于2003年11月6日授予柯拉柯夫斯基，奖金为100万美元。克鲁格奖相当于文科诺贝尔奖，旨在奖励哲学、史学、政治科学、人类学、社会学、宗教学、语言学和文艺评论等诸方面的成就。

美国国会图书馆馆长詹姆斯·比林顿在评论柯拉柯夫斯基的时候说："我们很少能够发现一位见地深刻、具有反思精神的思想家，这样的思想家进行范围广泛的探索，对于自己所处的时代的重大政治事件的见解具有显而易见的重要意义。出于深入的学术研究和不懈的探索，柯拉柯夫斯基明确指出，为了确立个人的尊严，必须保证必要的自由、对多样性的宽容和对超越的追求。他的声音对于波兰的命运具有根本性的意义，在整个欧洲都有影响。除了他长期持续的反教条主义的哲学探索，他还写作高度可读的、富有挑战性的、有时候又带有讽刺意味和幽默感的文章。他有魅力、机智，常常微妙自嘲，对于现代欧洲和美国的有时候显得迟钝的现代心态提出许多问题。他是一位真正的人本主义者，一位哲学家、思想史学者和文化评论家。在他全部创作生涯中，他提出重大问题的时候，思想真率而且深刻，因而我们设想以克鲁格奖来加以表彰。"

柯拉柯夫斯基的主要著作有：《天主教哲学札记》（1955）、《世界观与日常生活》（1957）、《文化与崇拜物》（1967）、《神话的存在》（1972）、《马克思主义主流》（1976—1978）、《希望与无望论纲》（1981）、《我对一切事物的正确观点》（1978，1999）、《宗教，如果没有上帝……》（1982）、《形而上学的恐怖》（1988）、《被告席上的文明》（1990）、《论最重大事物的最微小的演讲》（第2辑，1999；第3辑，2000）、《在好友与熟人之间》（2005）等。

在文学方面，柯拉柯夫斯基的三本短篇故事集最为著名，在世界上广泛流传：《关于来洛尼亚王国的13个童话故事》（1963）、《天堂的钥匙》（1964）以及《与魔鬼的谈话》（1965）。

《关于来洛尼亚王国的13个童话故事》形象地描写人物的主观想法与现实之间的对立，叙述语气庄重而又幽默，内容貌似荒诞，主题严肃而深刻。故事多是嘲笑人缺乏自知之明，他们无视浅显明了的道理，硬是反反复复、没完没了地在荒唐、愚蠢的怪圈里不能自拔；更有甚者，还大为得意，绝对不思改正。但是，这些故事乃是多层次的寓言，可以做出多种类型的阐释：文学技巧的、哲学的、社会学的、伦理学的、心理学的阐释。作家创作，从根本上说，是脱离不了他们所在的时代的，时代总要直接、间接地折射或者反映在他们的作品之中，所以，这些"童话故事"也可以做出政治学的、民俗学的解释。总之，这些小故事十分有趣，却又发人深思、意味深长。

《天堂的钥匙》中的18篇（其中《罗得之妻，或曰求助过去》因为没有通过审查，未得收入1964年第一版）故事阅读起来像是《圣经·旧约》中的一些故事的新编；在基督教国家，例如像波兰这样的笃信天主教的国家里，这些故事对于许多人来说当然都是耳熟能详的。虽然是故事新编，作者却是站在无神论的立场上做出解释，添加了逻辑分析，并且为每一篇故事得出结论，或者说"教训"，给读者提供了很大的想象和启迪的空间。在写作这些故事的时候，作者保持着超然的、争辩的、欲言又止的、暗示的态度和不动声色的面孔。

波兰原文书封底上有一则评论，现在翻译出来供读者参看：

世人争论不休的是，应该服从于哪一位大神，而众大神又为了听从自己的那些人而争论不休。众神的混战和众人的混战，这其一和其二，最终还是由人的双手完成的。这个情况至今还没有能够反转过来。但是，尘世于上天之间相互关系的痛处不在这里，最重要的是，众神一向要求世人的是确凿不疑地宣布站在这一方或者那一方，不允许态度有丝毫的暧昧。这样，通过施加压力，众神把在选择方面令人痛感遗憾的、互不相容的思维特征强加给了世间的生活，从而剥夺了人间生活之中的这种可爱的模糊性——而模糊的特质正是生活的主要魅力之一。

《与魔鬼的谈话》所收入的8篇故事，叙述的题材都是我们——或者说欧洲文化背景下的人们与魔鬼的关系；因为欧洲人和我们首先都是人，共同点远远超过区别，所以我们可以在这里使用"我们"这个词语。

作者柯拉柯夫斯基自称是不可知论者，其实这是"无神论者"的温和的同义词。他很可能没有皈依基督教，至少在写作这部故事集的时候没有，当时他是不可知论者和无神论者。可以认为，作者是凭借了很大的勇气来写作的，这尤其体现在他在故事里所持的批判态度之中。

基督教教义所指的魔鬼（Devil），本来是上帝创造的天使之一，但是他妄想和上帝比高下，因为反叛上帝而堕落，变成魔鬼。但是他依然具有超人的能力，专门抗拒上帝，引诱人作恶、犯罪。他的下场是在世界末日被投入火焰之湖，受到永恒的惩罚。他的名字是撒旦（Satan）。在《圣经·旧约·约伯记》中，撒旦表现为上帝众侍者之一，在上帝的同意下，对人进行种种考验，无端加害于人，看人是否因为无辜受罪而抱怨上帝，放弃信仰。在《圣经·新约》福音书中也指一切邪恶的原型和最高的表述方式。他曾试探耶稣，与耶稣为敌。基督教认为，撒旦将随人类的进程而长期存在，直到末日审判。撒旦的形象原来为蛇，后来成为美女，来引诱人类。到10世纪，才变得面目可憎；10—16世纪，由于瘟疫流行，变得越发狰狞。同时，在11世纪，例如伯尔纳，认为不宜将其特别丑化。在文艺复兴时代，撒旦才重新获得人的特征。

撒旦，或者魔鬼，只有一个，在外语里写成单数。而邪恶的灵体有很多，汉语应该翻译成为鬼魔（Demons），常常写作复数；人间的各种祸害和病痛，也经常被认为是鬼魔附体造成的。"魔鬼"

与"鬼魔",在英语和汉语里,意义的区别就在于此。

一般说的魔鬼附体实际上包括魔鬼的和鬼魔的附体。有史以来,人类就对这种附体感到恐惧。《圣经·新约》多处谈到耶稣和使徒们为因魔鬼附体而生病的人驱魔,亦即被魔。魔鬼附体的征兆,中世纪已经有归纳:1.能够说或者听懂原来不懂的语言;2.能够发现密藏之物,知道他人所思和预卜未来;3.能够做出超出自己体力的事;等等。被魔鬼附体的人常常面目可憎,行为令人厌恶。天主教神学家认为,只有上帝在考验一个人的时候,才出现魔鬼附体的事。附体考验分为被迫和自愿两种。

还有一个概念,"着魔",与"魔鬼附体"不同。着魔的时候,魔鬼不是附着于受害者身体,是在人体之外用诱惑来折磨人,使人产生一种无法控制的欲望,要去做某件事,尤其在梦中。这样的折磨可能延续很长时间。另外一个概念是人魔立约,使人变得神通广大,这一现象引起迫害女巫的浪潮,使宗教裁判所的迫害变本加厉,例如英法百年战争末期法国爱国女英雄贞德(1412—1431)被出卖给英军,英军将其交给教会法庭审判,教会认定她施行巫术、传播异端,而处之以火刑。

着魔和魔鬼附体事件在欧洲历史上,特别是在中世纪,有过不少记录,近代和现代,随着科学的进步、试验科学的兴起,记录则越来越少。因此,可以认为,这类现象是和对这类现象的记录、理解和解释具有密切的关系的。在无神论者看来,魔鬼附体和着魔这两种感觉、现象或者概念,实际上都是外界种种因素和刺激引起的心理反常反应、失衡和紊乱,是程度极为不等的精神病症的表象，大部分可以得到不同程度的解释、调整和治疗。信教的人当然有他们的解释。

与此有关的是把灵魂出卖给魔鬼的故事，最著名的是欧洲中世纪晚期16世纪关于浮士德的传说。以这个故事为题材写作的最著名的作品有：马洛的戏剧《浮士德的悲剧》（约1588—1593年）；歌德在1790年和1808年发表了自己的《浮士德》第一部，直到1832年才发表第二部。英国的拜伦受到歌德的影响，在《曼弗雷德》中描写了这个题材；在20世纪，托马斯·曼创作了长篇小说《浮士德博士》（1947）。在音乐方面，许多大作曲家也受到了这个题材的启发进行创作：瓦格纳的《浮士德序曲》（1839）、柏辽兹的大合唱《浮士德的惩罚》（1853）、舒曼的《歌德的"浮士德"片段》（1853）、李斯特的《浮士德交响乐》（1857）、古诺的歌剧《浮士德》（1859）等。还有许多作家和艺术家在作品里描写和刻画了魔鬼和鬼魔。

俄国宗教哲学家洛斯基说："恶魔不是以魔术来征服人的意志，而是以虚构的价值来诱惑人的意志，奸狡地混淆善与恶，诱惑人的意志服从它。"而本书波兰语原文版封底的言简意赅的评语则是：

> 我们的宏大的善，亦即人间的爱，同时也是重大的诱惑，能够在我们心中引发出像"上帝是否软弱无力、是否邪恶"这样的问题，因而引发出怀疑之罪。这一罪恶又引发出骄傲，从骄傲中又产生出下一轮的罪过。但是，也

有相反的情况，恶能够转变为善。撒旦的王国不仅仅是阴暗的中世纪，在今天，恶也在我们周围设置陷阱，不断地把我们拖拉进去。

杨德友

2012 年 7 月 1 日

前言 · 001

关于来洛尼亚王国的13个童话故事 · 013
我们是如何寻找来洛尼亚的 · 014
罗锅儿 · 022
儿童玩具的故事 · 033
漂亮脸蛋 · 038
乔木如何装扮成老先生 · 046
名人 · 053
马姚尔大神丧权退位 · 057
红斑点 · 067
捣乱的用品 · 074
如何解决长寿问题 · 081
恼人的水果糖 · 093
最大的争吵 · 100
极端羞愧 · 106

大饥荒 · *113*

※ 附录一

涉及认同和归属的四篇童话 · *122*
1.关于麻雀与鼬鼠的叙利亚童话 · *122*
2.哥普特教派有关逻辑学家与蛇的童话 · *124*
3.关于驴贩子的波斯童话 · *126*
4.狐猴战争 · *129*

※ 附录二

不从事花园耕耘的五大理论 · *138*
1.马克思主义理论 · *138*
2.精神分析理论 · *139*
3.存在主义理论 · *139*
4.结构主义理论 · *140*
5.分析派哲学 · *140*

天堂的钥匙 · *141*

上帝,或曰人类行动动机与后果二者之间的矛盾 · *142*

以色列人民,或曰毫不利己做法的后果 · *146*

该隐,或曰对"论功行赏"原则的解读 · *149*

挪亚,或曰对团结的考验 · *152*

罗得之妻,或曰求助过去 · *157*

撒拉,或曰道德中一般与个别的冲突 · *163*

亚伯拉罕,或曰高尚的悲哀 · 168

以扫,或曰哲学与交易的关系 · 173

上帝,或曰宽恕之相对论 · 178

巴兰,或曰客观愧疚问题 · 179

扫罗王,或曰生活中的两种坚持 · 183

喇合,或曰真实的和想象中的孤独 · 188

约伯,或曰美德之矛盾 · 194

希律王,或曰道德家的困境 · 204

路得,或曰爱情与面包之间的对话 · 213

雅亿,或曰误入歧途的英雄主义 · 218

所罗门,或曰世人如众神 · 228

撒罗米,或曰人都有一死 · 238

与魔鬼的谈话 · 247

伯尔纳神父的重要布道 · 248

生于色雷斯的王子、歌手和丑角——俄尔甫斯的辩白 · 267

教士、神学家彼得·阿贝拉尔的情人海萝伊丝的祈祷 · 284

形而上学家、格但斯克市民亚当·叔本华的辩证法告诫 · 296

华沙,1963年12月20日魔鬼形而上学记者招待会速记记录 · 302

路德博士1521年在瓦特堡和魔鬼的谈话 · 318

使徒圣彼得受诱惑 · 327

恶魔与性 · 333
对恶魔来说哪个门最大 · 333
淫荡巫师与魔鬼的密谋 · 341
有效的祓魔 · 348
被魔人受到魔鬼迫害以及结论 · 357

译后记 · 362
增订版后记 · 375

关于
来洛尼亚王国的
13 个
童话故事

我们是
如何寻找
来洛尼亚的

　　为了找到来洛尼亚国在世界上的位置,我和我弟弟花费了大量的时间。起初,我们询问所有的熟人:来洛尼亚在哪里?没有人能回答。后来,我们竟揪住街上的生人,向他们提出这个问题。可是人人都耸耸肩膀说不知道。后来,我们就开始写信给各行各业的聪明人,因为这些人著书立说,当然必定是知道世界各国所在的位置的。他们都彬彬有礼地回信致歉说,真是爱莫能助,因为的的确确谁也不知道来洛尼亚是在什么地方。

　　这件事耗费了我们许多时间,可是我们绝不认输。我们开始购买一切能买到的地球仪和地图,不论新旧,不论美丑,不论详略。我们夜以继日地研读地图,寻找来洛尼亚,因为找不到,便又进城求购新地图。到后来,我们住宅里塞满了地图册、地

球仪和大挂图式地图,连挪步转身都困难了。我们的房子很舒适,但是有点小,没地方放置印刷品和地球仪。于是我们动手往外搬家具,给地图和地球仪腾地方,因为我们无论如何也要把来洛尼亚的位置找出来。最后,房子里只剩下了地图和地球仪,我和我弟弟在房间里挤着移步,十分费劲。我们还服用了形形色色的减肥药,因为人瘦一点,在屋里占地方就少一点,就能够多放几张地图。我们兄弟俩都消瘦了很多,吃得越来越少,原因有二:一是得有空间放地图,二是我们没钱买吃的,我们把每一分钱都花费在地理书籍、地球仪和地图上了。这的确是一项艰苦的工作,消耗了我们多年的光阴。我们一直苦心寻找来洛尼亚,无暇他顾。

  多年之后,我们兄弟俩都进入老年,头发几乎全然银白。看来,我们的含辛茹苦快要得到回报了。在浩如烟海的地图当中,在其中的一张上面,我们找到了:来洛尼亚。我们高兴极了,不由自主地手舞足蹈,又蹦又跳,还放声歌唱,接着夺门而出上了街,进了一家小吃店,吃奶油点心,外加热茶。我们大谈特谈这个成功,一连谈了几个小时,心里满意至极,又回到家里,要再次详细欣赏这新发现。哎呀,咳!偏偏在这个时刻,又遭到了天大的不幸。显然,在我们蹦跳踢踏之时,大批图书文件被碰翻,混成一堆。我们虽然长时间努力清理,却再也没有找到印着来洛尼亚的那张地图。我们在整座房屋里仔细查找了数十天,几十个星期,抖搂遍了每一张纸片——全都是白费。那张地图好像是钻到地下去了。我向你们保证:我们是丝毫也不含糊的,查找细心的程度无以复加。尽管如此,还是没有重新找到那张地图。

我们感到疲惫不堪，心灰意懒，因为这一切都预示着我们永远也达不到目的。我弟弟头发全白，像只白鸽，我的头发却几乎全部掉光。我们没有力量继续寻找，我们诅咒如此沉重地欺瞒了我们的命运。我们几乎已经失去了重新找到来洛尼亚的希望。然而，嗨，一个新情况忽然出现，帮了我们的大忙——有一天早晨，邮差给我们送来一个小包裹。我们收了包裹，等邮差走后才查看寄信人是谁。请想象一下我们当时的表情吧：邮戳上赫然印着：来洛尼亚。我们惊呆了，一时竟哑口无言。但是，我弟弟是个理智的人，他马上呼叫："快，快去追邮差！他准知道来洛尼亚在什么地方，是他先收到邮包的。快！"我们立刻去追赶邮差，在楼道里抓住了他。这倒霉的人以为我们要杀死他，因为我们向他猛扑了过去。我们立即说明了情况。

"对不起，先生们，"邮差说，"我不知道来洛尼亚在哪里。我收邮包是为了投递，只熟悉几条街道，其他地理知识一点儿也没有。不过呢，邮局领导也许知道的。"

"太对啦！"我弟弟大喊。"找邮局领导去！"

没费周折就找到了邮局领导。他接待了我们，很和气、很友善，可是，我们刚一提问，他便摊开双手，表示无法可想。

"对不起啦，先生们，我实在不知道来洛尼亚在什么地方。我的地理知识不超过这个城区。不过，我可以出个主意。你们可以去见见邮局更高一级的领导：他收取国外信件和邮包。他应该知道。"

于是我们去找更高一级的领导，可是，不容易，因为更高一级的领导工作很多,十分忙碌,不能立即接见我们。我们必须做出长时间的努力:找关系,求人,打电话,办理各种证明书,提出申请。我们花费了很多时间,十多个星期吧,但是,多重的努力终于获得了成功。更高一级的领导同意接见我们。约定接见时间为凌晨五时整——更高一级的领导真是太忙了呀。因为担心睡过了头(我们已经没有钟表,因为都已经变卖,用以购买地图),我和弟弟一夜没睡,所以前往那办公大楼时又困又累。然而,希望和欣喜充满了我们的心胸,因为现在我们已经确知,我们的辛劳已有终结之日。更高一级的领导也十分和气,十分诚恳,用香茶和姜汁饼干招待我们,十分耐心地听完了我们的请求,然后点点头。

"啊!先生们,"他终于开口,"我理解你们的忧虑。可是你们两位能看出来,我脑子里的事太多,不可能什么都记住。世界上的国家很多,我不可能都一一记住。真对不起,我不知道来洛尼亚在哪里。"

我顿时感到绝望,一切又归于徒劳,但我弟弟实在是聪明得很。他呼叫道:

"既然如此,您是更高一级的领导,您的下属一定有人知道,因为他们脑子里的事应该比较少,一个人管几个国家吧。"

"真是说对啦,"更高一级的领导说,"我马上给我的四名副手打电话,问问他们有谁分管来洛尼亚的业务。"

接着,他拿起电话听筒吩咐:"请接南方业务处。"线接通后,他问:"处长先生,南方有来洛尼亚这个国家吗?"处长回答:"绝对没有——它一定是在别的地方吧。"片刻之后,北方业务处处长的回答也是如此,紧接着,东方业务处处长也同样回答。这时候我们确信,西方业务处处长必然听说过来洛尼亚,因为来洛尼亚是一个地方,一个国家嘛。但是,西方业务处处长回答更高一级的领导的问题说:"不不不,来洛尼亚绝不在西方。"

更高一级的领导摊开双手:"对不起。先生们,关于来洛尼亚我们都无可奉告。"

"既然我们收到了来洛尼亚的邮包,"我说(因为我也有三五分的聪明,虽然比不上我弟弟),"那就必定有人把这包裹运来,这个人也就一定知道来洛尼亚在哪里了。"

"很有可能,"更高一级的领导说,"很可能有人知道。不过——我不知道这个人是谁。"

我们都很灰心,可是我弟弟还是努力抓住了另一个机会。

"更高一级的领导先生,"他请求说,"还有一位十分最高级的领导吧;这位领导一定无所不知。"

"十分最高级的领导嘛,"更高一级的领导说,"一定知道来洛尼亚在哪里的——不过,他出差了。"

"十分最高级的领导什么时候才回来呀?"

"十分最高级的领导永远也不再回来了。"更高一级的领导回答说,显得十分悲哀。

"那么,就毫无办法了吗?"我们在绝望中又问,"难道没有人——绝对没有人知道来洛尼亚的所在吗?"

"您二位的事,我实在爱莫能助。"更高一级的领导说着做出手势，表示接见结束。

我们退出，痛哭流涕，可是衣袋里连手帕也没有，因为我们早已经把全部手帕都扔了，为的是给地图和地球仪腾出地方。

我们回家一路上用衣袖擦眼泪，走到家门前，弟弟忽然止步。

"喂，你听我说。"他说，"更高一级的领导按次序询问了四位处长，可是，很可能他手下有五位处长，他忘记了这第五位处长。"

"他已经问了东、西、南、北方各业务处处长，"我回答说，"这世界上还有别的方位吗？"

"不知道，"弟弟说，"我也不知道，不过，世界上有五个或者更多的方位。这种可能性不能排除。"

于是，为了打听确实，我们必须返回到更高一级的领导那里去。

希望又依稀浮现在我们心上。我们快步跑回领导机关，可是，更高一级的领导很忙，不能接见我们。没办法，为求得接见，只好重新办理各种手续，花费了大量的时间：递申请，打电话，办通行证，到处求人。然而，全归白费。更高一级的领导传话：他工作很多，已经接见过我们，尽了最大的努力，因而不再接见。

现在是名副其实的山穷水尽了。全部道路都已封闭，全部机会都已穷尽。我们甚至不再查看地图，只是坐在房间里默默地流泪而已。

到了现在，我们兄弟俩都垂垂老矣。我们永远也不会得知来洛尼亚何在，这已成定局；我们永远也看不到它，这已成定局。也许读者诸君中有人较为幸运，有一天会走进来洛尼亚。你们到达之时，请以我们的名义给来洛尼亚国女王献上一束金莲花，并且禀告女王，我们曾经渴望前往，但以失败告终。

可是我们一直没有想起来说明邮包的内容。当然，我们立即把它打开了。邮包里有一封短信。信里有一位名叫伊比·乌鲁的来洛尼亚居民告诉我们说，他得知我们对来洛尼亚有兴趣，便寄给我们一本在他们国内十分著名、十分短小的新旧短篇故事集。故事集附在信后。很可惜的是，发信人忘记顺告来洛尼亚在哪里，也没有列出地址，因此我们无法回信。我们只好收下这本故事集，并且愿意向一切人展示，让大家多少了解一点来洛尼亚这个我们在地图上没有找到的国家。

罗锅儿

筑路工人石匠阿吉奥因病变成罗锅儿,于是来了四个大夫给他会诊治病。读者诸君千万不要以为这是来洛尼亚的常规,即不管哪个石匠一生病,就有四个大夫到来。没有的事,多半是连一个也不来。这一次居然来了四个,并不是因为阿吉奥生病,更不是因为他是石匠。干脆说吧,是因为阿吉奥生了怪病,而大夫们愿意观看奇怪现象,是和常人一样的。还有,这病之奇怪不在于罗锅儿,因为罗锅儿不足为奇,十分平常。这病之怪就在于,这不是普通的罗锅儿,而是怪而又怪的罗锅儿,出人意料的罗锅儿,在来洛尼亚每一百零八年或者更长的时间内才出现一次的稀罕罗锅儿——肉瘤罗锅儿。就是呀,这个大肉瘤子越长越大,不断肿胀,开始向四周蔓延出奇异的藤蔓和枝条,随着时间的推

移,这些枝条渐渐形成躯体各部分的式样,像双手、双脚、头部、脖子、肚子和屁股蛋子(需要补充一句:这是所谓的隐发性肉瘤,这一名称说明这瘤子的某种特性,就是说,大夫们不明白它从何而来)。

综上所述,大夫们聚集一堂,讨论如何医治阿吉奥的大瘤子。他们在一间专门的房间里落座(阿吉奥当然不在场)之后,一位老大夫说:"诸位,大家坦率承认吧,医学对此病例毫无办法。一百零八年以前,我们伟大的先驱者,主治大夫艾吆和先生就详细描写过类似的病例,也没有能够下手根治。如果说一百零八年以前治不了这种瘤子,那么,显而易见,当今医生们也是束手无策。因为以往的人比现在聪明多了。"

"那我们怎么办?"年轻大夫问,"总得做点事呀,不然人家会把咱们看成不学无术的嘛。"

"不学无术,怎么着?"老大夫震惊了,"那就给人治病!"

"可是,医治成功的前景暗淡……"

"亲爱的朋友,给病人治病和恢复健康的前景毫无共同之处,"更老的大夫说,"这是咱们医学这门艺术的原则。医疗的目的就是医疗,正如歌唱的目的是歌唱,弹琴的目的是弹琴一样。"

"我认为,咱们也许能够部分地治好病人的病。"第三位大夫说,"我考虑,这大瘤子是不能切除的,但是可以阻止它继续生长,为此目的,可以给瘤子裹上石膏,它就没有空间再往大里长了,就只好不再变大。至于一百零八年以前的人是否比今天更聪明,是谁也说不清的。"

"你这看法实在不可容忍，"第四位大夫大叫一声，"既然不能完全治好这大瘤子，就坚决不应该治它！"

"这是为什么？"

"明摆着嘛——因为治不好嘛。"

"彻底治好不行，部分地治好是可以的。"

"部分地治好就等于没治好。瘤子还照样在那儿，所以不能自欺欺人，说可以治好。"

大夫们就这样争论了很长时间。与此同时，这大瘤子越长越快。从这瘤子里萌发出来的躯体各个部分也越来越显形、清晰。瘤子的头部长出头发，眼睛、耳朵、鼻子和嘴巴都已经出现，胳膊已经长长，双腿几乎及地。还没来得及注意，这瘤子倒变成完备的人体形状。这个形体简直就是第二个阿吉奥，和他没有丝毫不同。这第二个阿吉奥和第一个后背连长在一起，除此之外，则完全和他一样，而且马上开始说话了。

第一个，即原来的阿吉奥，一开始就因为这怪病而忧郁，因为谁长了瘤子也不舒服，但是等到他发现后背上长出一个连体的自我，他的确惊骇万状，不知所措。阿吉奥是一个沉静而诚实的人，工作认真，受到大家的敬爱，现在，他后背上长出连体自我，大家就不能够分清哪个阿吉奥是原来的，哪个是从大瘤子里长出来的。

然而，更为糟糕的是，这个连体自我复制品和阿吉奥的的确确完全一模一样，就连阿吉奥的妻子也分不清谁是谁。不过，这完全是外在的相似。这第二个阿吉奥的内在性格和第一个全然不同。他一说话，便大叫大嚷，看什么都不顺眼，都发火，看见谁臭骂谁，特别要痛骂第一个阿吉奥。他还一点儿活也不愿意干，把所有的人都得罪遍，还抱怨说第一个阿吉奥不允许他行走。这话也不无道理，因为两个人的后背连接在一起，所以总是向相反的方向迈步，真是不方便到家了。

但这还不是最坏的情况。最坏的是，这第二个阿吉奥刚一完成发育、别人无法把他和第一个阿吉奥区别开来的时候，他就拉大嗓门呼叫说他是真正的阿吉奥，是本源，而另外一个不过是个瘤子，根本不是真实的人。

"把这可恶的瘤子给我割掉！"他对大夫们叫嚷，像疯子似的，"我为什么得背着这讨厌的累赘东西？这些医生全是饭桶！什么也干不了。"

熟人遇到阿吉奥都感到诧异，"你真的就是阿吉奥吗？"他们问大瘤子，大瘤子马上放开嗓门喊叫："当然了，我就是阿吉奥！还能是谁！怎么，你们都瞎了眼吗？你们不是看见了吗？我就是阿吉奥，你们认识我多年了嘛！那个，那个是瘤子，长在我身上的累赘。真是倒霉透顶了呀！"

可是，熟人们还是询问了第一个，也就是真实的阿吉奥，想弄明白自己是否看错了人："你，你到底是谁呢？"

"我是阿吉奥，"他回答，声音清细，因为他为人谦和，毫不粗鲁。

第二个阿吉奥一听这话，马上冷笑一声，便吼叫起来：

"瞧瞧他，一个烂瘤子还想变成人！什么东西！这种烂货我还一直没有见过呢!这不知羞耻的臭瘤子想要说服天下人说他不是瘤子!那你又是什么,你这个烂皮囊!你们大家想想,天下竟有这样的怪事!大瘤子说他是阿吉奥!呀呀,我实在受不了啦!把这个瘤子给我割掉,真把我快气炸了!住嘴吧,你这个赖皮瘤子!先生们,禁止这怪物说话!"

阿吉奥的回应平和,在绝望中告诉大家他是真正的阿吉奥:他一回应,那大瘤子就迸发出一套一套的谩骂字眼,大呼小叫,连连赌咒发誓,以致到最后连大夫们、阿吉奥的朋友们、阿吉奥的妻子——所有的人都先被搅乱头脑,最后竟然相信,真正的阿吉奥就是那个大喊大叫说自己是真正阿吉奥的人。而那真正的阿吉奥呢,却越来越感到绝望和气馁,越来越没有信心,还在轻声自言自语,言语越来越含混不清,到后来,谁也不再理会他了。新阿吉奥厚颜无耻,吵闹不休,没完没了地乱骂。

"这个阿吉奥变了,"熟人们说,感到非常遗憾,"变得快认不出来了。原来的他多好,大家都喜欢他,今天呢,实在没办法容忍他了。"

"那又怎么样?"另外一些人回答说,"他后背上长了大瘤子,这种不幸的事是要把人改变的,没什么奇怪的。"

从此以后,谈话就转向各种不同人士的遭遇,这些人受到不幸事件和疾病的影响发生重大变化,每个人都可以列举出许多这样的实例,所以很快也就把阿吉奥忘记了。

与此同时,大夫们一直在工作。他们工作十分努力,夜以继日,又观察又研究,好几个月过后终于发明了治大瘤子的药。

这种药是一种粉末,每天服用三次,几天之内就能把瘤子灭掉。药粉是苦的,很不好吃,可是为了治瘤子,谁也不会嫌药苦的。大夫们用这种药试着治疗十几个罗锅儿,就是长着普通大瘤子的,确认该药效果良好。病人的瘤子都消失了,对这一新药十分满意。

最后,大夫们决定使用这新发明的药物医治阿吉奥。他们来见他,阿吉奥——不是那个真实的,而是第二个,这个大瘤子——立即开始抱怨,吼叫,一如既往,说他已经忍无可忍,要求立即治好他的病。大夫们立即安抚他说,已经发明了根治瘤子的特效药。第一个,那个真实的阿吉奥开始轻轻地哭泣说,他才是实在的人,而那第二个不过是疾病。谁也没有注意他的话,因为第二个阿吉奥立即对他狂吼,爹呀娘的乱骂起来。只有阿吉奥的小儿子大哭不止,说那是他爸,而另外一个人他不认识,可是他的话没人听,因为小孩子没有多少智慧,不可能比大人更善于区别真伪。

就这样,经过短时间商议之后,大夫们把新药粉给了病人,当然是这第二个阿吉奥,亦即大瘤子。这第二个阿吉奥迫不及待抓起药粉就吃。因为药味苦,他又痛骂大夫们,说他们应该发明甜味良药,或者橘子味也行。

治疗效果和设想的一样。第二个阿吉奥一开始吃药,第一个阿吉奥就开始收缩,变小,最后变成第二个阿吉奥背上的一个普通瘤子。但是,因为药力继续发作,这个瘤子也开始减小,到最后,这第二个阿吉奥——原来的大瘤子,完全伸直了腰,因为后背上的累赘全然消失而十分满意。第一个阿吉奥完全消失。所有大夫们和熟人都深信，所有的疑虑可因此消除：既然那个阿吉奥变成了瘤子，而且最后消失，那么，从一开始它就只能是一个瘤子。只有阿吉奥的小儿子痛哭不止，因为他们把他爸爸弄没了。于是新阿吉奥用皮带抽打这小孩，并且呼喊道，他就是他爸爸，严禁这小东西胡说八道。

这番嬗变之后，阿吉奥成了名人，因为，并非人人都能遇到这种奇事。世人不喜欢他，因为他歹毒，危害四方，但是世人又怕他，原因是一样的。

可是，这阿吉奥却不满足于在斗争中战胜对手。他的行为开始变得十分怪异。一遇到熟人，他就莫名其妙地问："你什么时候才能最后消除你的大瘤子呀？现在有治大瘤子的特效药！你应该马上找大夫治病！"

"我背上没瘤子，不是罗锅儿。"熟人一听这话，都这么回答。

可是阿吉奥连连发出笑声。

"你不是罗锅儿?!"他嚷嚷起来，"这是你的错觉！你，就是罗锅儿，变不了的！你们都是罗锅儿，听明白啦?!你们都是！只有我一个人，我，"说着，他用双手拍打两肋，"只有我才没有瘤子，不是罗锅儿。你们人人都是罗锅儿，形象可憎，而且，还因为愚蠢透顶，竟不愿意治疗。"

阿吉奥按顺序对小镇上的每一个人都反复训话，因此人人感到恐惧、惊慌。人人都胆战心惊，连连照镜子，要看清楚后背上是否长出了大瘤子，虽然看清楚根本没有瘤子，但是放不下心来，过了片刻，又去照镜子。到最后，谁也不能确信自己确实不是罗锅儿。恐怖笼罩了全城。行人互相躲避，偷偷地沿着墙根溜着走，却又时时刻刻用心研究，反复证实自己不是罗锅儿。只有阿吉奥挺胸昂首迈着大步，信心十足，骄傲得不可一世，还没完没了地唠叨："你们都是罗锅儿！你们都背着大瘤子！怎么你们都看不见呢？大概都是瞎子！"

过了一段时间以后，阿吉奥渐渐改变了方法。他开始告诉众人，问题不在于他们是一般所理解的那种罗锅儿，而是：他们本身就是大瘤子，曾经长在自己的复制的连体自我的后背上，就和他原来的那个样子一样。但是，因为他服用了特效药粉，摆脱了大瘤子，其他人没有采取这个办法，以至于大瘤子把他们吃掉。除了他一人之外，世上活着的都是大瘤子，根本不是实在的人。他遇见谁都口沫横飞地乱骂："你是个大瘤子，你还不知道吗？你是个大瘤子，不是人！你假装是一个人，你假装是一个人，其实你是吃了一个人，你这个大瘤子倒活了下来，想要欺骗我。只有我才是真正的人！"

他就这样一再重复，呼号，吼叫，对一切人说他们是瘤子，装模作样大呼小叫确证只有他一个人是真实的人。到最后，众人竟开始相信自己是大瘤子，应该赶快采取措施回归到真实的人，不长瘤子的人的生活。众人开始感到羞愧，因为干了不义的事而备感内疚。

后来，越来越多的居民开始思忖，既然阿吉奥去除瘤子办法有效，就不妨试用一下他用过的那种药粉，说不定也会有效呢。

于是，人人争相购买这灵丹妙药，开始吞食，剂量大大超过需要。连原来是罗锅儿的人也同样办理，因为药力好，旋即去除了背锅子瘤子。

但是，因为这些人当中谁也没有真正的瘤子，所以也就没有瘤子可以切除。可是，说怪也就是怪呀，在第一个用药疗程刚刚结束之后，众人于惊骇之中发现，正在出现某种事与愿违的现象：他们的后背上开始长出大肉瘤子。瘤子长得很快，于是，他们身上也出现了阿吉奥身上原来出现的那种情况：瘤子开始逐渐发育成躯体的各个部分，越来越像在后背上背负着他们的人。这正好表明，消除罗锅儿、背锅、大瘤子的药粉，在健康人背上要引发出大瘤子。众人理会这一点了，但是为时已晚。他们后背上都长出复制的连体自我，这些个东西——就像阿吉奥的情况那样——开始大吵大闹嚷嚷说，他们才是真实的人，原来那些人是瘤子。

阿吉奥满脸喜气。现在他有许多和自己一样的同党，虽然这些人还和原来的人连体。全部的瘤子在这方面也像阿吉奥，都是无理取闹的内行，脸皮厚，嗓门粗大，都想消除自己后背上的瘤子——也就是被他们说成是瘤子的真实的人。另一方面，这些瘤子之间的关系是很好的，一见面就一起无情嘲笑他们后背上背着的、被说成是瘤子的人。

最后，瘤子们宣布，他们玩腻了，不想再当罗锅儿，于是便开始吃特效药粉。

就这样，在来洛尼亚出现了连一个罗锅儿也没有的大瘤子罗锅儿城。该城后来的历史没有记载,就我们所知,该城留存至今。阿吉奥的小儿子也曾受到强迫,让他服用药粉,好把他变成瘤子,但是他没有屈服。为避免变成瘤子,他逃离了该城,等他长大成人,他要返回该城和这些大瘤子们算账。但是,他心情一直十分郁悒。

儿童玩具的故事

很久很久以前,来洛尼亚的商人和巴比伦的生意很兴隆。他们往巴比伦运去的货物是吃山鸡肉用的叉子的特殊保护套子,运回来的多是梳理骆驼毛的梳子。进口这种产品的原因是,在来洛尼亚几乎从不生产骆驼毛梳子;不制造梳子的情况也有其原因,这就是:在来洛尼亚从来就没有骆驼(就是没有,还有什么可说的)。但是,我们不必太深究原因,只描述事实吧。

事实是,老商人皮古和巴比伦做生意("皮古"是他的外号,因为他长着一个又大又弯的鼻子,上面还有四个小点儿,分别是黄、红、橘、黑的颜色,鼻子尖儿微微下垂,使鼻子主人有一点儿像只老鹰。应该理解的一点是:具有四种颜色四小点,其尖端又稍微下垂,而且使主人颇似老鹰的又大又弯的鼻子,在来洛尼亚语中被称为"皮古",但在现代来洛尼亚语中这种鼻子已有另一名称。还是先不管细节了吧)。他六个月去那里一次,运去一大批吃山鸡肉用的叉子的保护套子(在巴比伦,山鸡是天下第一号的美味,也许是因为山鸡在那里出现得极为稀罕:差不多要三十年,在整个巴比伦,才能捕捉到一只山鸡,而且还是因为这只山鸡在巴比伦迷了路,不知从哪里来的),回来时候运来大量的梳骆驼毛梳子;这批梳子一到,来洛尼亚的居民便立即抢购完毕,付出昂贵的代价。靠这样的倒买倒卖,商人皮古积累了可观的财富,为女儿建造了一个美丽的住宅:女儿名字叫梅蜜("梅蜜"在古来洛尼亚语中是一个动词,意思是:放心大胆地骑着没有耳朵的粉色小象奔驰,同时摇动丝带制成的浅蓝色小旗,还扭动着指甲染得鲜红的手指。秀美的梅蜜常常这样玩耍,外号也就因此而来)。

有一年春天,甘菊园鲜花盛开(在来洛尼亚,甘菊是大树,能长到六波凝高——波凝是长度单位,或多或少等于四龄梅花鹿鹿角的长度),泥沙河四处流淌(在来洛尼亚,泥沙河只在春季流淌,在城市里冲出河床,冲毁街道和房屋。居民对这个情况并不太在意,因为在春天住在什么地方都可以,一到夏天,泥沙河自动消失,房屋和街道会很快复原)的时候,商人皮古正好经商返回,几笔生意赢利可观,十分欢喜。在返回自己住宅之前他想先到梅蜜的别墅看看,但是女儿正好不在家,于是他在大厅里坐下,找出给地球仪打眼儿的工具(商人皮古很喜欢这种活动,来洛尼亚地球仪穿孔工具厂以低价把产品卖给皮古,因为皮古为该厂在巴比伦做广告,还给那里的地球仪穿孔打眼儿)。他玩耍了一会儿,等着女儿。片刻之后,女儿骑着没有耳朵的粉色小象回来,从远处就挥动着双手向他打招呼。寒暄之后,她立即提出一个请求:"唉,爸,你别生我的气!"

"为什么要生你的气呀,好女儿?"皮古问道。

"亲爱的爸爸,我定做了一件玩的东西,你得替我出钱。"

商人皮古开始有几分疑虑,因为他知道美丽的梅蜜是十分地大手大脚。不过,他平心静气地问:"是什么玩意儿呢?"

"我定做了一个自然量度的地球仪。"梅蜜说(在此应该说明,给地球仪打眼儿是皮古家最喜欢的游戏,在全来洛尼亚也是如此,男女老少都整天整天地热衷于这项运动,因此,给地球仪打眼儿一点也不贵)。

商人皮古思考了起来。他不很明白什么是自然量度,但他猜测,也许世上万物都是遵循了自然量度的,也就是说,具有大自然赋予的大小、尺寸,不过,他还是请梅蜜再多解释解释。

"就是说,地球仪的尺寸和整个地球一样大。我已吩咐把账单交给你,由你付款。哎,他们把地球仪成品送来啦,"她望着窗外大声说。

可是,商人皮古担惊受怕,不想看窗户外面。他心里正焦急地盘算,得出售多少梳骆驼毛梳子才能挣出这么多买地球仪的钱。在这个时刻,商店伙计们已经把地球仪设置起来。商人皮古终于往窗外投以一瞥,他那敏锐的商人目光对这不可救药的事态做出评估:这的确是自然量度的地球仪;他,商人皮古,是一辈子也卖不了足够多的梳骆驼毛的梳子来购买这么一个地球仪的。他当机立断,做出严厉决定。他望着窗外大喊:"我请你们把这个地球仪送回去。我不会为它付款的。做得不好!"

商店伙计们耸耸肩膀,扛起地球仪,把它运回去了。可是,美丽的梅蜜一下子痛哭起来:"啊,爸,爸你不好!你舍不得几块钱,不愿意让女儿高兴一下。爸爸,呀,你真是老了,越老越成守财奴了。连给女儿买个玩具也嫌贵了呀!"就这样喋喋不休地责备他。

商人皮古心软,不愿意听这种抱怨,但是他不能够一辈子欠人家钱不还。他耐心对女儿解释,的的确确是没有钱购买这么贵的礼物。他许愿说,将来也许能买得起,但是得先挣钱要紧(他希望,在这一段时间,梅蜜会长大成人,明白她这个要求实在不合理)。但是梅蜜不想听他的话,哭个没完没了,皮古赶快想办法消除女儿的委屈。他脑子里忽然一亮。

"梅蜜呀,"他说,"地球仪有啦,而且是更好的。我把那个退回去,是因为做得不好。你现在有的是真正的地球仪,这就是地球嘛。你不是可以给它打眼儿吗?"

小梅蜜不傻,马上明白了父亲的话。但她又撒娇说,原来那个地球仪是一家有名的公司制造的,当然好多了。但最后还是平静下来,因为已经迫使父亲同意明天带她去吃橘子味豆蔻午饭。她的气消了,三步两步跑到院子里,搬出地球仪钻孔工具,开始玩耍起来。

没有多等待,后果已出现。到天黑时,整个地球都已布满大窟窿。世界各国都给来洛尼亚王国发来电报质问：到底是谁这么狠心，给地球钻了这么多眼儿？但是，可惜，为时已晚。因为在情况恶化之前，梅蜜已经几乎把眼儿打完。整个地球都是窟窿眼儿，几乎都不能用了。

现在，商人皮古的苦日子来了。他必须为小女儿负责，世界各国都向他索赔。他没有钱赔偿，因负债入狱，而梅蜜呢，却继续玩耍呢。商人皮古坐在监狱中，显然没有出头之日（肯定今天还坐在那儿哪！），他在愁苦之中想到，给孩子买玩具，是不应该舍不得花钱的。

漂亮脸蛋

尼诺是面包房工人,因为容貌漂亮而闻名。那确实是整个地区最最漂亮的一张脸,尼诺在街上一走,所有的少女都转目凝望:这个面包房工人一张俊美脸面真是魅力十足。

可惜,尼诺是在烤炉旁边工作,在又潮湿又闷热的烤面包房干活,谁都知道,这种环境对俊美脸蛋儿的影响不良。除此之外,有时候他还有操心的事,和一切人一样,谁都知道,忧虑有害于美貌。结果,尼诺一照镜子,就在痛苦中断定,在他俊美脸面上生活正在慢慢地留下痕迹。尽管如此,这张脸依然美丽得不同凡响,而尼诺是很愿意保护这美貌不受时间的恶毒侵蚀的。于是他来到丽波丽小镇,因为这儿出售护脸专用的盒子。这种小盒子十分昂贵,尼诺必须向邻居们借钱才能购买。于是他买了盒子,

把自己一张俊脸安全保护起来。

这个盒子除了昂贵之外,还有一个缺点:必须时时刻刻带在身上,一分钟也不能放下,因为一旦弄坏,就连俊脸也要受损。可是尼诺对自己的美貌极为珍重,便下定决心承受一切不便。他保护脸,戴着盒子工作、散步、睡觉。他越来越操心美貌变相。起初几个星期里他总是小心翼翼地从脸上摘下盒子,在节日里还常化妆。可是他很快就发现,即使在节日里人也会遇到忧虑和麻烦,俊脸就可能遭到损害。所以,他决定一般不把保护盒从脸上摘掉,从此以后,谁也不能欣赏尼诺的俊美脸蛋儿了。少女们不再注目于他,因为不露出俊脸,尼诺一点也引不起她们的兴趣。原来用手指头指着欣赏他美貌的人,现在对这个不露脸的人是视而不见。而尼诺对自己的美貌的担心更加严重,连保护盒也不再查看,以免让漂亮脸蛋儿遇到潮气、阳光和风沙。

全城居民很快就忘记了尼诺的长相,而他自己,因为已经不查看保护盒,也不知盒子变样了没有。但是,每逢他想起自己是全城第一号绝美男子之时,便自豪得无以复加。他的的确确是美男子中的绝美,可是谁也不能亲眼看见。

来洛尼亚一位著名学者克鲁先生途经该城,因为天气恶劣,不得不在城里客栈留驻数日。从旅客谈话中他得知尼诺的美貌,便想结识他。他找到了少年美男子住所,和他谈了起来。

"都说你是全城第一美男。"克鲁说。

"是这样的。"尼诺回答。

"你能不能为我证实一下呢?"

"当然可以。"尼诺答应了。但是他又立即想到,为此目的他必须化妆,还得把保护盒从脸上摘下,果真如此,小风和尘土很可能会损害他美丽的面容的。于是他立即追加一句:"可以是可以,但是我不愿意,因为我的脸是受到保护的。"

"那就把保护面具摘掉,让我看看你。"

"不行啊,脸面要受到损害的。我必须节约我这张脸的美丽。"

"为什么你不适当地利用你的美貌呢?"

"为了保护它更长时间不受损害。"

"就是说,在将来用它?"

尼诺沉吟起来。他的确一直也没有细心考虑过这个情况。他认定必须节约使用美貌,但是不能确定将来是否还要把它包裹起来。他回答说:"不知道,的确不知道为什么要使用它。我的经验告诉我,不露出脸面也能生活得很好。"

"当然是可以的,"学者克鲁表示同意,"很多人活着都不必露脸。不过,这样的生活是不是更好呢?"

"是不太好,"尼诺回答,"可是脸不至于受损害。"

"你是说你保存你的美貌是为了将来用它?"

"我想让它永远漂亮。"

"为了谁呢?"

"不为了谁。只是让它漂亮。"

"你这个愿望恐怕是没办法实现的。"克鲁说这么一句,便和尼诺告别,点点头表示同情,走了。

与此同时,尼诺因为购买护脸盒而拖欠的债务偿还日期早已经到来。可是，面包房帮工挣钱很少，尼诺没钱。信任他的邻居坚决要求偿还借款，威胁要上法庭，把他投入监狱。尼诺急得没有办法。谁也不愿意再借钱给他，因为都知道上次的债还没有还。在来洛尼亚，谁不还债就受到惩罚被关进监狱。

经过长时间的内心斗争和徒劳的筹款努力之后，尼诺决定把护脸盒退回去，再重新化妆自己的脸。他前往丽波丽小镇，找到原来购买护脸盒的地方。

"我想把护脸盒退给你们。"他说。

"什么时候买的？"店主问。

"十五年以前。"尼诺回答。此时此刻，他突然回忆起来，他脸上戴保护盒已经十五年了，而令他欣慰的是，他把自己的青春美貌成功地多保存了这十五年。

可是店主微笑一下，略表同情。他说："十五年了。看看这盒子吧，全都破旧不堪，边角模糊，快要磨透，不成样子了。没有人再从我这里第二次买这样的护脸盒儿，连原价十分之一也卖不了的。尼诺，你是老主顾，可是我不能收购它。"

"可是，"尼诺惊呆了，吞吞吐吐地说，"现在我没钱还人家买这盒子时候借的钱啊。可怎么办呢？"

"我也不知道你该怎么办。我又不能替你还债。谁借钱谁还债，借债以前应该三思嘛。"

尼诺离开了，又压抑又害怕。眼前只有坐牢的前景，一点儿主意也没有。他回到家，一名警员正在等他，通知他第二天下午到法院出庭。尼诺胡思乱想了一整夜，清早起来做出决定，重新前往丽波丽小镇。

这一天他去的是当铺，用宝贵物件作抵押贷款。

"我要贷款三百帕特罗纳，"他说（"帕特罗纳"是来洛尼亚金币，三百是护脸盒原来的价格）。

"拿什么当抵押？"当铺老板问。

"我把……"尼诺回答说，"我把我这张漂亮脸蛋儿押给你，时间一直没触动过它——还有保护它不发生变化的保护盒子。"

"等我看看。"店主说。他从架子上取了一本书，书里记载着各种各样的人脸的价格。又打开保护盒子，还用放大镜细心观看尼诺的脸蛋儿。确实是年轻美丽，几乎没有受到什么损害。连尼诺也感到有些激动，因为多年来他也是第一次看到自己的美貌。接着，店主又细看保护盒子，经过长时间计算后说：

"凭你的脸蛋儿和保护盒，可以给你二百帕特罗纳，多一个也不行啦。半年以后来赎取，交三百帕特罗纳。"

条件苛刻，尼诺犹疑起来：当铺的出价不够还债。但是这地区内已经没有其他当铺，而且，即使有，也不一定出价更高。

"好吧，同意。"尼诺说，他还能怎么样？他留下了脸蛋儿和保护盒，取了二百帕特罗纳，返回原地，立即找到放债的邻居。他奉还了二百帕特罗纳，许愿很快奉还余额。他的确不知道怎么弄到这笔钱，可是又什么也不能说。邻居同意撤回诉讼状，但是警告说余额拖欠不得超过半年。

尼诺十分痛苦，郁闷至极。虽然短时间内可以躲过牢狱之灾，但是债务依然巨大,脸蛋儿又没了。

六个月过去了,在这六个月里,尼诺做出不间断的极度努力,尽可能多挣钱,全是为了还清邻居的债务,为了从当铺里赎回自己的美貌。一切都已落空。又过了三个月,邻居的耐心已经耗尽,便又向法庭上告他。经过开庭审判,尼诺因欠债被判入狱。

丽波丽小镇的当铺主人长时间等待着尼诺:他应该去赎回保护盒和漂亮脸蛋儿的呀。但是,到底没把他等来。店主已感到厌倦,便断定他不会再来。他从保护盒里抽出尼诺的脸皮,送给孩子们当玩具玩。孩子们用尼诺的脸皮做了一个球,当排球玩。很快,谁也想不到这个旧排球曾经是少年尼诺的漂亮的脸蛋儿了。

但是,尼诺对此一无所知。坐在监狱里,他至少还有一件感到欣喜的至宝。他告诉一切和他谈话的人,说他有一张十分美丽的脸蛋儿,什么也不能损害它。"我真的有一张全城最最俊美的脸蛋儿,"他说,"你们怎么想也想不出来我的脸有多么好看。现在保存在一个专用的盒子里,是一点也坏不了的。你们还能看见的。看看吧,看我的脸要多漂亮有多漂亮!"

虽然在监狱中,尼诺还以此为欣慰。他一直在那里坐着,确实深信他的一张脸在全世界都是最为俊美的。

城里有很多人为他惋惜。他们认为,尼诺是不幸的,虽然他自己该为这不幸负责,因为他应该知道,只有非常有钱的人才能享有护脸盒子,亦即漂亮脸蛋儿在其中得以保存完好的保护盒。

与此同时，当铺掌柜的孩子们正在院子里拍打那个排球玩，那球的样子一天不如一天，越来越不好玩了。

乔木如何装扮成老先生

乔木在巴图木城卖果味冰棍。他还很年轻,他的妻子梅克梅更年轻。可是乔木认为,年轻人在来洛尼亚国没有机会得到好工作。因此他决定装扮成老先生,想出许多为达到这一目的必不可少的方法。

"梅克梅,"他对妻子说,"我要当老先生。"

"你敢!"梅克梅短吼一声,"我不愿意当老头子的老婆。"

"我要留大长胡子。"乔木说。

"不行!"梅克梅坚决地说。

"我要拿着雨伞。"

"我永远不同意!"

"我要戴礼帽。"

"绝对不允许!"

"穿套鞋。"

"等我死了再穿!"

"戴眼镜。"

"住口!"

"我说,梅克梅呀,你先清醒清醒。你知道,在来洛尼亚,只有岁数大的男人才有好工作,能多挣钱。"

"我不要什么工作,也不许你变成老先生。"

"好的,不变不变。"乔木说。可是他心里盘算着一定要想办法说服梅克梅,或者,至少也要骗过她,当老先生,但不让她发觉。

想到就做到,第二天,乔木采取了几项措施。他买了大量粉红色胶泥,用它把脸的下部长胡子的地方都盖住,因为他认为在胶泥遮盖下胡子也会长的,但他妻子却发现不了。他还买了一把雨伞,为防止被发现,他同时买了低音大提琴空琴盒,把雨伞放在里面。他买了一顶礼帽,为了把它盖住,他又在头上戴了一个很大的铁皮垃圾箱:虽然很不方便,但是礼帽确实看不见了。最后,他穿上套鞋,上面又加上了编好的小篮子,染成红颜色,以防套鞋被辨别出来,还用细绳把小篮子捆在脚上。又戴上眼镜,还用防毒面具把它盖住,但他把面具下半部分割掉了,因为用不着。

现在乔木心里十分满意。他在城里行走,脸的下部贴着胶泥,上部有半截防毒面具,头上盖着铁皮垃圾箱,脚上是编制的小篮子,手里提着低音大提琴盒子。梅克梅一点也没有注意到乔木欺骗了她，还和他一起在城里闲逛，心想乔木依然还是一个青年人，与此同时，乔木实际上已经长了胡子，是戴着眼镜，拿着雨伞，穿着套鞋，戴着礼帽的老先生了。

然而，很快就已发现，乔木没有达到目的。梅克梅固然没有注意到他变成老先生，但其他人也不可能注意到，因为他们同样也看不见他的胡子、礼帽、套鞋、眼镜和雨伞：都被遮盖起来了。因此，乔木在街上走过的时候，谁也没想到这是一位老先生，但是人人都认为他是一个普通的青年人。只有一些熟人告诉他，近来他似乎有些苍白。因此，尽管做出种种努力，乔木没有找到更好的工作，因为为找到另一个工作，不管他到哪儿，人家都告诉他："你还是个年轻人，不能承担这个工作。等你长了胡子，戴上眼镜，拿着雨伞，头戴礼帽，情况就不一样啦。是不是呀，啊？"

情况不像预计的那么顺利，因而乔木只好像以往一样继续地卖果味冰棍。但是他没有中断努力，还要装扮老先生，又想出了一个新办法。他做了两个大的铁皮牌子，上面写着"老先生"，一个披在背后，一个挂在胸前，让每一个人从任何方向看他，都立即知道他是老先生。可惜呀，此法也不奏效。众人自然是看到了大牌子上的字，可是一打量乔木就马上说："哎哟，这哪是什么老先生呀！明明是一个年轻人嘛。没有胡子，没有眼镜，没戴礼帽，没穿套鞋，没拿雨伞。我说，朋友，你别蒙人了，你不过是一个普通的年轻人罢了！"

乔木对这次失败非常烦恼，这连续的努力都归白费，令他有切肤之痛，他决心采取大胆行动。到这个时候，胶泥下面已经长出大胡子，于是他除去了胶泥，摘下了防毒面具，摘下头上的铁皮垃圾箱，脱下小篮子，从低音大提琴盒子里拿出雨伞。现在，他满脸胡子，戴着眼镜、礼帽，穿着套鞋，在一个早晨出现在梅克梅眼前。

梅克梅一瞧见他就惊骇地大叫起来。"乔木，你折腾你自己哪。瞧你，真像个怪物！把你自己变成老头子了！我不是求过你，别这么胡折腾吗？"于是痛苦得大哭起来。

"梅克梅，别哭，别哭，"乔木安慰她，"我这么办是为了你，我想找一个好一点儿的工作，多挣点钱。有了钱就能给你买多得多的科隆香水和口红啊。"

梅克梅哭起来没完，乔木于烦恼中进了城，因为不想再多听她那号哭声。他俩互相生气，三天没说话。乔木对自己的措施有一点儿后悔，可是为时已晚，局面已经形成，什么也不能再做了：他自己有了胡子，鼻子上有眼镜，脚上有套鞋，手里有雨伞，头上有礼帽。改变不了了。

乔木变成了老先生，街上行人都这么对待他。他甚至从胸前和后背摘下大字牌，因为已经没有必要，既然谁都知道乔木现在是一位老先生了。他开始找新工作，确实很快就在一家大旅馆里找到了工作，当收拾花瓶中残花的专家。现在他挣钱多了，受到普遍的尊敬，十分满意。为了让梅克梅信服这一变化的有利之处，他的确给她买了许多口红，现在，梅克梅从头到脚都涂得红红的，不像以前那样只涂嘴唇。目睹这一切，梅克梅深信乔木做得对：多亏他做得对，她才能全身涂红脂在全城到处走动，而且人人悉知她不是平常人，而是一家大旅馆收拾残花专家的夫人。

然而，有一天，遇到了不测挫折。乔木在上班以前去池塘里游泳——有时候他去游泳。他把雨伞、礼帽、眼镜和套鞋留在岸上，自己跳进了水塘。游了一会之后，才惊骇地发现，有人把东西偷走了。乔木陷入绝望，可是还必须得上班，却没有了礼帽、雨伞、眼镜和套鞋。侥幸的是，胡子还在。可是旅馆经理一见他就十分吃惊。他说："乔木，你成了青年人了，我看得清楚。可是你知道，在从花瓶中收拾残花这一重要工作位置上，我们的旅馆是不能雇用青年人的，只雇用老先生。我们不能用你了。"

"可是我还有胡子呀。"乔木在绝望之余说。

"胡子还造就不出老先生来，"经理断然声称，"非有礼帽、眼镜、套鞋和雨伞不可！没有这一切，就无所谓老先生。"

乔木愤怒异常，走了。这件事把他气得死去活来，于是他去了理发馆，让把胡子全部刮净。决心重新当青年人。可是，刮了胡子一到家，梅克梅又惊愕得非同小可。她正色道："乔木，我看你又成了青年人！你以为我能同意吗？"

"可是，梅克梅，"乔木说，"你原来不是不愿意我变成老先生吗？"

"我非得有足够的口红才能把全身染成粉红色。你一个青年人挣不了给我买口红的钱，真是的！"

接着，梅克梅斩钉截铁地宣布，她不想要青年人当丈夫。她甩开了乔木，改嫁给一个老先生：这老头子挣钱多，因为是在一个家犬梳理店里给猎獾狗梳毛，以全来洛尼亚王国最优秀的猎獾狗梳毛大师闻名。乔木成了光棍，重又拾起卖水果味冰棍的行当。

如果不是又发生了一些事，本故事到此可以告一段落了。在乔木重又成为青年人以后的几个星期里，警察抓获了偷窃乔木礼帽、雨伞、套鞋和眼镜的蟊贼。又发现那蟊贼还保留着这些东西，警察收回这些东西交还失主。乔木欢天喜地地穿上套鞋，戴上眼镜和礼帽，手里拿着雨伞去见那大旅馆经理。他想提出请求，让大旅馆恢复他原来的工作，因为他又是老先生了。对于他的愿望，经理表示十分惊奇。

"哎哟，乔木啊，你连一点胡子也没有了呀。"

"可是我现在有礼帽、套鞋、眼镜和雨伞呀。"

"礼帽、眼镜、套鞋和雨伞还代表不了老先生，"经理口气强硬，"非得有胡子不可！老先生不能没有胡子。"

乔木离开大旅馆时非常苦恼，因为装扮老先生又失败了。他又赶紧去找梅克梅，请求她回到自己身边，因为现在他又是一个老先生了（只是说说而已，因为还不真是）。但是，梅克梅立即识破这小骗局，嘲笑他，又说她不能够找一个没有胡子，只是假装老先生的男人当丈夫。他心里悲伤，回家后又搓又揉地为胡子助长四个钟头，可是毫无效果。与此同时，又有新的困境出现。他得到通知，已经不能再在出售水果味冰棍的岗位上工作，因为这个岗位只能使用青年人，而且，不能确定乔木就不是一个老先生：他又戴礼帽，又戴眼镜，又穿套鞋，又提雨伞，虽然没有胡子，可是这种打扮的含义是不明确的。

因为连工作也没有，乔木只好决心当一个婴儿，因为他得有东西吃，而人人都是会关心婴儿的。他在公园里躺在尿布片上，摇摆双手和双脚，装扮成弃儿，指望着有谁会抱起他来，喂他东西吃。可惜那礼帽他忘了摘下去，让他露出破绽，尽管他已经把眼镜、套鞋和雨伞都扔了。警察发现了乔木，立即注意到他根本就不是婴儿，并且严厉禁止他再装模作样瞎胡折腾。乔木回到家里，恼羞之余开始咬吃那个礼帽：这个烂帽子让他在警察面前败露，实在可恶。乞求和哭泣都没用：五分钟之内，帽子全被吃光。

从此以后，乔木的生活变得苦不堪言。他曾经不断地改变样子，又变老先生，又变青年，又变婴儿，可是每次都忘了一件东西，花招都出破绽，形形色色的人还冲他大呼小叫地威胁他。变来变去且一无所获，然而，失败归失败，到今天为止，乔木还依然变换自身，花样翻新。

乔木实在是穷得很啊。因此，如果你们，比如说，碰巧在公园里看到一个哭叫的婴儿，即使他戴着礼帽或者穿着套鞋，也请务必多加关照。这婴儿就是乔木，他正期待有人为他操心，喂他东西吃呢。

名人

塔特一心想当名人。不是一般的名人,而是在某一方面最伟大的人。考虑一番之后,他认定一个人不可能同时在事事上都最伟大,而是必须选定某种职业或者技能,并在其中达到大师水平才行。塔特长时间考虑在什么领域里他能做到世界第一。他已经不可能在世界上身材最高,也不可能身材最矮,因为他是中等身材。他还痛切感到,已经没有机会成为世界最佳音乐家和最佳跳远选手。起初,他尝试拥有世界上最长的裤子,便叫裁缝制作了一条长达三十米的裤子。他穿上长裤,试用两天,但是很不方便,裤子总要缠成一团,妨碍行走。于是他开始探索其他机会。他有一个朋友,差不多是个光头,之所以"差不多",是因为还有三五根头发留在头上。因此,塔特认定自己当然可以成为世界上最秃的人，便吩咐剃去最后一绺头发。遗憾的是，他很快就看见了一个像自己一样秃头的人，又因为自己已经再没有一根头发可以剃下，所以在光头竞赛中已经不能超过该人。接着他又试验多换领带，在频繁程度上超过一切人，要以变换领带次数最多者闻名于全世界。当然是心想事成：他每天换领带六十次；换是换了，却没给他带来丝毫荣耀。后来他又发奇想：要当比他年龄大的一切人之中的最年轻者，亦即比他年轻的一切人之中的最为年长者。但是，他一开始宣讲这个计划，大多数人就无论如何也听不懂他的意思。他这才深信，因为众人愚蠢得不可救药，他的雄才大略得不到赏识。他又着手烤制世界最大的甜面包圈，可是这面包圈还没烤制完就已破碎，六个星期的辛劳等于付诸东流。

现在他开始竭力设想出一种行动，他能比全世界所有的人都完成得更好。因此，他也在探索自己的全部才能。他衣服上总是有许多泥点，因为他是一个邋遢鬼，所以他想，在这方面他可能大有作为：他决定争当世界上最伟大的邋遢鬼，在衣服上弄满污泥点，令任何人都无出其右。他的确大获成功，但是名声却极为短命。他同样练习快速纫针，想要以最快穿针引线专家驰名天下。后来他还学会快速铺床叠被，指望成为最伟大的收拾床铺的能手。在这之后的行业还有：最佳拔瓶塞专家，最佳抽新出书签能手，最出色折断火柴能工，名气最大的挤牙膏巧匠。他还是一位最优秀点蜡烛强人，最伟大摔碎盘子冠军，最优异缝衬衣衣扣大师。学会这许多高级技能之余，塔特认识到命运对他太不公平，因为虽然他在这些高级技术上都已是世界第一，可是荣誉却十分有限。然而，有些人远远比他有名得多，虽然不过仅仅能干一样小事：或者跳得最高，或者举重重量最大，或者游泳游得最快，还有就是，最有钱。这些人名气很大，而塔特明明多才多艺，而且才艺出众，却仅仅博得三五个熟人的惊叹，而其他人对他的丰功伟绩则完全充耳不闻。因此，塔特认定，整个世界都素质极差，不善于公正分配荣耀，缺乏赏识能力。

失望之余，塔特去访问邻近住宅中的一个朋友，请求指点。他走了两天两夜才走到那座房屋，因为他还有另一技能——他还是世界上最缓慢的步行者。他提出问题也费时颇多，因为他早已决定充当世界上最伟大的结巴，因此，每一个字至少要用一小时时间才能说出，甚至包括很短的名字。最后，他终于对朋友说明了心事，接着就请求指点：怎样才能名扬天下？

朋友告诉他，这再简单不过。必须有很多很多的钱。凡是很有钱的人，都出名出得极快。

"当然，当然，当然，"塔特说（这个词他重复了几十遍，因为，除了其他许多才能，他还是世界上重复"当然"这个词次数最多的人），"可是，从什么地方能弄到很多很多的钱呢？"

"哎呀，很简单嘛，"那朋友说，"得有名气。名气大的人都很容易弄到很多钱。"

"当然，"塔特承认，"可是怎样才能成为名人呢？"

"唉呀呀，不是告诉你了吗？"朋友回答说，有些不耐烦了，"得有很多的钱嘛。"

塔特认识到，朋友的指点难能可贵，可是不知道如何付诸实践，而这位朋友又没有细说。结果是，塔特依然因为世人素质低下而苦恼不堪。他甚至想到，以世界年龄最小者夭折也许不错，可是旋即得出结论：他恐怕做不到。无论如何，他还是下决心准备制作世界上最长的铅笔和世界上最大的胸针（重达四吨）。他还停止食用草莓，宣称他是世界上食用草莓最少的人。

最后，塔特又明白一个道理：其实，做世界上最坏的事也可以出类拔萃，从而名声大振。他学会了骑自行车在全世界骑得最坏，写世界上最糟糕的诗歌，缝制世界上最丑陋的游泳裤。他在这个方向上努力之际，蓦地发现一个光辉的思想——如果这个思想早早降临他的脑际，倒的确可以免去他许多辛劳。他决定当世界上最为默默无闻的人士。他发觉，为此目的，他必须离开所在的城市，前往一个绝对没有人听说过他这个人的城市。

他完成了计划。有一天，塔特完全消失了。他之所以隐身，显然是指望以此获得世界上最为默默无闻之人士的大名。他消失之后，朋友们就猜想着他又有什么新情况，一连数日。考虑数日之后，也就把他忘记，而塔特也正好就此达到目的。他成了世界上最为无名的人。现在谁也不知道他的下落。同样，我们也不知道，因此，我们也没有办法继续写出塔特的故事。

马姚尔大神丧权退位

马姚尔大神十分威严,对鲁鲁城行使统治大权。马姚尔大神颁布法令,人人必须遵守。大神法令中包括以下三条:

一、应该牢记,凡是对人来说在下方者,对神而言是在上方;相反,凡是对人来说在上方者,对神来说是在下方。

二、凡是反对对人来说在上方者对神来说皆在下方——反之亦然——者,都将要被投入地狱。凡是承认上一法令者,都将升入天堂。

三、谁在世间不犯错误,死后也不会犯错误;谁在世间犯了错误,死后也得不到改正。

马姚尔大神还颁布其他许多法令,但是这三条最为重要。法令已经向一切人宣读,因此任何人在以后不得推诿说不知道。

几乎一切人都常常大声重复，凡对他们为在上方者，对大神均在下方，反之亦然，因为谁也不愿意入地狱。还有，人人都必须尽可能频繁地表明他们牢记此令，以便大神明察。例如，老师在学校里告诉小学生河水从山上流向平原时，必须马上补充说："但是对大神来说河水从平原流到山上。"谁如果表示下楼去买火柴，马上又补充说，对大神来说是上楼。如果要说鸟儿往上飞，就应该说明对大神来说是往下飞。百姓们习惯了这种言说方法，而且甚至十分满意，因为既然在言说中反复不断表明这个道理，他们就更深信不疑，在他们死后大神一定把他们收留在自己身旁。

在鲁鲁城有两个兄弟，即武比和奥比。他们和睦相处，从不争吵，这在兄弟之间是难能可贵的。他们二人谋生靠制造小橡胶球，这种小球毫无用处，正因为没用，所以鲁鲁城市民争相购买，好在别人面前夸耀自己的财富。在这个城市，财富之多少全在于某人拥有的没有用处的东西有多少。为了让市民避免因寻求各种多余无用物品而苦恼，便做出规定，凡是想要炫耀自己财富的人，都要积存橡胶球。因此，在鲁鲁城，有许多匠人专门为大款老财制作这种橡胶球。武比和奥比就是这种匠人。

像其他市民一样，这两兄弟时时遵守大神法令。例如，武比对弟弟说话、让他从地下室取出制造小球原料的时候，马上又补充说："但是对大神来说你是从上方取原料。"在奥比眺望窗外并且说天上正在聚积乌云的时候，又立刻补充说："但是对大神来说乌云是在下面聚积。"

突然间发生了一件很奇怪的事,是完全没有预料到的。有一次,奥比和哥哥闲谈提示道,桌子腿上部出了一个洞。说完后也没做补充。哥哥武比对此也不以为然,还以为弟弟是忘记了习惯性的补充话,于是他自己追加说:"但是对大神来说,是在桌子腿下部出了一个洞。"弟弟奥比考虑了一下,也不说话,突然间却大声呼喊:"根本不在下部,是在上部嘛!"

"怎么在上部!"武比也喊起来,"我不是说过了吗?——对我们来说是上部,对大神便是在下部!"

"怎么在下部!这儿是下部,"奥比指着桌子腿说,"这儿是上部。这个洞出在上部。"

武比惊骇得目瞪口呆。"你说什么?"他厉声大叫,"对大神……"

"管他大神不大神,"奥比坚定不移,"这洞就是在上部,没说的!我不想听什么下部呀下部的,因为洞就是在上部嘛!"

"奥比,你精神有病了吗?!"哥哥高声问,"你知道不知道你在说什么?你发烧了吧?!"

"我根本没发烧。我说洞是在上部,眼见为实。唠唠叨叨说什么对大神来说是在下部,真是愚蠢透顶,我一点也不明白。"

"他疯了,疯了。"武比开始发疯般地嚷嚷。他跑出屋子,呼叫邻居们帮忙。左邻右舍应声跑来,看着奥比,有的表示怜悯,有的十分愤怒。可是奥比坐在地板上,顽固地念叨没完:"在上部,在上部。"谁的话也听不进去。人群维持了一段时间,最后人人都觉得索然无味,便散了,因为奥比翻来覆去就那一句话。

武比着急生气头发都快白了，懒得再和他弟弟说话。而奥比则全然不知改悔，嘴里还嘟嘟囔囔的。他说，他绝对不再制造橡胶球，因为一点儿用也没有，于是他制造起绿色假发来。这种假发适用于捕鸟的人：这些人从今以后可以戴上绿色假发，潜伏在森林边缘，纹丝不动，鸟儿就会落在他们有绿颜色装饰的头顶上，这时候，捕鸟人从头上抓住鸟儿，轻而易举。同时他还制作军警裤。

现在，两兄弟各干各的。但是弟弟奥比的新工作没有长时间进行下去。全城的人都因为他顽固不化而恼怒，所有的人都因义愤转而使用其他匠人制造的假发。奥比有货卖不出去，很快便在郁闷中死去。尽管如此，到生命最后一刻他也不承认错误，还是不断重复："在下面的，就在下面！在上面的，就在上面！没说的！在下面，就不在上面！在上面，就不在下面！没说的！"他还有其他不少这种愚蠢的陈词滥调，而且谁的话他也不听。

奥比一死，就去受审。审判由大神亲自主持。奥比十分害怕，因为到现在他才清醒明白，一旦违反法令会有什么后果。审判很简短，因为不存在什么疑问。

"你说的话是不正确的，"大神马姚尔严肃地说，"你说凡在上面的，就在上面。可是人人都知道，对人类来说在下面的，对于我来说就是在上面，反之亦然。所以，你违反了我的法令。"

"我改，"奥比轻声说，因为他心里怕极了。

"就是你改了，"大神叫将起来，"你也会再次破坏我的法令的。法令说了，凡是在世间犯了错误的，死后也改不了。"

审判就这样完毕，奥比被判打入地狱。地狱是一个又大又冷的沼泽，一个人也没有，得在那里不断地行走，忍受饥饿、折磨和孤独。奥比到了那里就痛哭不止。

武比因为失去弟弟而十分痛苦，可是一点办法也没有。他的习惯是，越是想不出办法，就越是痛苦。这样，在弟弟死后不久，他也因悲痛死去。

然而，武比从来没有反对"对于世人在下面的，对于大神是在上面"这条真理。因此，大神马姚尔和蔼地接待了他，让他马上升入天堂。在天堂里有很多人，武比几乎立即看到了全部已不在人世的熟人。天堂里又干燥又温暖，所有的人都十分幸福，不断地重复："我们很幸福，我们很幸福。人在天堂都幸福，生活富足不发愁，地狱苦难成对照，我等幸运实在好，大神天堂中长住。"所有人都这么机械地说车轱辘话，其他一事不做。

起初，武比坐在众人旁边，也跟着他们念经似的："我们很幸福，我们很幸福。"重复得时间长了，有时候也就以为自己真的是很幸福，因为他确实什么都不缺。可是，逗留过一个时期以后，他猛地想起弟弟奥比，心里难过极了。他想象着弟弟奥比在地狱里忍受巨大的痛苦，感到十分凄凉。他停念"我们很幸福"片刻。坐在他旁边的老玻璃匠他在世间之时就认识，玻璃匠用手碰了一下他的侧身。

"你怎么不念经了？"他问。

"我刚想到了我弟弟奥比。"

"怎么回事？"

"我弟弟在地狱里，很不幸。"

"可是你在天堂里，很幸福呀。"

"我不知道。"

"怎么会不知道?!"玻璃匠气愤了，"有大神马姚尔治理，你当然是幸福的。"

可是武比突然放声大哭。

"当然不是，当然不是！我是一点也不幸福的，我弟弟受苦受难，我还幸福什么。"

场面沸腾起来，他这一闹，令所有的人愤怒无比。

"武比，你清醒清醒，"玻璃匠严厉呼叫，"你弟弟给打进地狱是正确的，是因为他破坏了法令。"

"正确，可是那是我弟弟。"武比很悲痛。

"那你有什么办法呀？"

"我一点也不幸福！"

"嘿，你听着，什么不幸福，不可能，不可能！天堂里的人都是幸福的！"

"我就不幸福，我就不幸福！"武比大叫，"我一点也不幸福，因为我弟弟在地狱里，情况非常不好！"

武比完全没有发觉，自己身上出现的情况和他弟弟在世间的情况类似，当时他弟弟发起疯来，谁的话也不听。此时此刻，大家都努力劝解武比，给他做解释，开导他，让他认清大道理。可是全都白费。武比顽固不化，坚持说因为他弟弟在地狱里他就是不幸的，真是身在福中不知福。

无所不知的大神马姚尔立即对此案狠抓不放，开始发出震耳欲聋的雷鸣，吓得天堂里的人哑口无言，而可怜的奥比在地狱里则全身粘满沼泽泥水变得黑乎乎，因为那雷鸣把黑水震得四处飞溅。他想清洗一下，可是除了泥水无水可用。

"武比！"大神马姚尔高声喊叫，"武比，你放明白一点！"

"我要和我弟弟在一起，"武比坚持说，"和弟弟在一起！"

"不行！"大神断言，"你弟弟是不能改正错误的，因为这是法令。"

"那我就下地狱去见他！"武比呼喊。

"不行，"大神跺起脚来，"不行！谁在世间不犯错，死后也不会迷失方向。这是法令。谁上了天堂，就不能入地狱。"

紧接着出现让人胆战心惊的场面。所有的人都惊惧得哑口无言，看着武比突然站立起来，开始狠狠地大声呼喊："在下面的，就在下面！在上面的，就在上面！没说的！在下面，就不在上面！在上面，就不在下面！没说的！"这几句话和他弟弟的话一字不差，他弟弟就因为这几句话被送进地狱。

大神马姚尔惊愕至极，说不出话来。但是这才是开始。天堂里还有几个胆子较大的居民，受到武比的榜样的激励，因为他们也有兄弟，或者姐妹，或者子女，或者父母，或者配偶，或者朋友在地狱里，所以突然间开始支持武比，和他齐声呼叫："我们一点也不幸福！我们要下地狱！在下面的，就在下面！"他们呼叫片刻之后，就不断有其他人加入这合唱队。到后来，一种真正的激情席卷了天堂，因为所有的人都回忆起来，他们有一些亲朋好友在地狱里，整个城市也开始齐声反复呼喊："在下面的，就在下面，在上面的，就在上面！没说的！"

大神马姚尔力图用大嗓门压过群众，呼吼道："你们听着！你们不能这样干！因为法令说，谁在世间没有犯错误，在天堂也不会迷失方向。你们现在这样做，是不应该的！不应该的！"

可是谁也不听他的话，大家继续同声呼喊，连嗓子都哑了："在下面的，就在下面，在上面的，就在上面！没说的。"

这时已经明显，局面是十分棘手，进退两难。大神马姚尔想要把一切人都送到地狱里去，可是他做不到，因为法令规定，凡是进了天堂的人，都再也不会犯错。他又想是否可以把那些人从地狱升到天堂来，可是他也办不到，因为法令说，不得如此。可是他也没办法维持现状，因为法令说凡是出言不逊、亵渎神明者，都得进地狱。

大神马姚尔已经明白，他的处境已毫无出路。但是，他也知道，出路也不是没有，不过，只有一个，别无选择。他站在讲台旁边，在群众静息片刻之时，又痛苦又恼怒地声明："我宣布辞职！我退位，我不再领导你们。你们自己管自己吧！"

接着出现了意想不到的大变化。天堂原是在上面，地狱在下面。对人来说如此，但对大神则正好相反；但是，有大神在，就还有某种秩序维持着。现在，由于大神退位，整个天空和天堂就开始下降（意思是，对大神来说，是在上升），而地狱则开始上升（意思是，对大神来说，是在下降）。天堂与地狱在中途会合，开始慢慢地重合为一。这一变化形成的情况既不是地狱，也不是天堂；有沼泽，也有干燥的岛屿；有的地方寒冷，有的地方温暖。

谁也不知道，这是什么，因为大神法令中没给它规定名称。但是，片刻之后，一切人都又重逢，有的来自地狱，有的来自天堂。所有的人都渐渐找到自己的兄弟、朋友、家人和亲戚，他们已经很久很久没有见到，本来是永远也不会再见到这些人了。武比和奥比相见，互相拥抱。

从此以后，鲁鲁城在世与不在世的居民必须自己做主。凡是在下面的，都在下面；凡是在上面的，都在上面。起初，他们脑子里还有一点乱，但是很快就习惯了新秩序。

大神就是这样丧失了对鲁鲁城居民的权力的。

红斑点

"天气真好。"埃坦说。

"你裤子上有一个红斑点。"尼塔郑重地说。

"没有斑点!"

"有斑点!"

"没有!"

"有!"

埃坦在恼羞中走开了。他裤子上的确有一个红斑点,可是他认为尼塔真不应该明说,因为他在爬邻居家梨树为她偷梨才把裤子弄破了。

可是,更糟糕的是,那斑点不断扩大。早晨还只有李子大,下午就像大个西红柿,到了晚上竟成了大甜瓜的尺寸。埃坦眼见这斑点扩大，感到不安，又觉得这现象有点奇怪。于是他去见好友塞索，塞索是无所不知的。塞索仔细察看了越长越大的斑点，然后告诫说这是埃坦的过错，他没有必要去摘邻居园子里的梨。埃坦又一次恼羞成怒说塞索无知，根本不明白斑点为什么长大。到半夜时候，整条裤子全变成了一个大红斑点。就这么出去也行，可是问题是，凡是看见这裤子的人，都立刻看出这是斑点，不是红裤子，或者换个说法，是斑点变成的裤子，所以不是真正的裤子。埃坦没有别的裤子。现在已经没有裤子，只有斑点。

更恶劣的是，在埃坦离开半小时之后，塞索注意到，自己的裤子上也出现了红斑点，虽然他并没有从邻居家梨树上摘果子。这证明他简直是受到了同学的传染。他跑去向另一个朋友报告消息，却又传染了朋友。第二天早晨，村里全部的少年裤子上都有了红斑点，因为大家都是互相传染了。斑点不断扩展，到晚上谁也再没有裤子，每个人都只穿着红斑点。

情况变得很严重。不穿裤子是不行的。红斑点，真是又可笑、又不安全的东西。少年们集合起来研究这局面，想办法对付。塞索第一个发言。

"我认为埃坦应该对一切负责。是他把斑点传染给大家的，他因为偷邻居树上的梨弄出了红斑点。他应该给大家买新裤子。"

"我认为，"另外一个少年说，"尼塔应该负责，因为埃坦是为满足她的要求去偷梨的。所以尼塔应该给大家买新裤子。"

埃坦站起来说："朋友们，给大家传染上了红斑点，我十分抱歉。很遗憾，我不知道会出这种事，也不可能预先知道。裤子，我是不会给你们买的,因为你们知道我没钱。连给我自己买裤子的钱也没有啊!"

说完他就坐下了。问题没解决,因为大家都知道,埃坦也好,尼塔也好,都没有钱,没办法给任何人买裤子。

"那该怎么办呢?"塞索大声问,"咱们不能不穿裤子呀!"

"让父母给买。"有个少年说。

"胡说八道,"塞索嚷起来,"没听说过让父母给买裤子的。不行,咱们应该自己解决问题。"

就在这一刻,尼塔也来开会。本来是谁也没请她的,但是也不愿意不理睬她。尼塔长得很好看,少年们都喜欢多看她一眼。现在他们都等她出主意,因为他们都认为,面对斑点传染和没有裤子的局面,她应该负一些责任。"喂,出个主意,出个主意。"他们开始呼唤她。

"我是有一个主意,"尼塔说,"把斑点看成裤子就没事了。"

"那是什么意思呀?"

"很简单嘛。咱们宣布:你们穿的不是斑点,而是普通的红颜色布裤了。"

"谁都看得明白,这不是裤子,是斑点。"

"没的事。看明白那是斑点,是因为记得斑点是怎么长大扩大的。可是我们就把斑点叫作裤子,是谁也不会留意的。"

少年们都喜欢尼塔这个主意,尤其是因为其他什么主意也没有。于是他们宣布,村里全部少年穿的都是红裤子,谁身上也没有斑点。他们的确也成功了。大人们都很快承认,少年们穿的就是红裤子。原来的问题很快被遗忘了。

可是,假期已经过完,少年们必须返校了。他们到校,在课桌旁坐下。老师来了,扫了他们一眼,惊奇得发呆了。

"同学们!"老师大呼,"这是怎么回事?你们来上学,都不穿裤子!"

"怎么没穿?"学生们陆续喊起来,"我们都穿裤子了。新的红裤子。"

"真不知羞耻啊,"老师严厉地说,"你们谁也没穿一丁点儿的裤子。你们穿的是斑点,我看得清楚。裤子连影儿也没有。回家去,马上穿好裤子回来。我不能教不穿裤子的学生,因为这有损于我的尊严。"

说完他就走出教室。教室里也乱嚷起来,全班同学都七嘴八舌地乱说,猜测老师是怎么看出他们没穿裤子,只有斑点的。

"麻烦一定是在裤子上,"埃坦忧虑了,"细看看,就知道是斑点染成的,不是真正的裤子。"

"那你说该怎么办?"

"我有个主意。"尼塔说。

呼叫声又起。少年们不想再听尼塔的话,因为她刚刚出了个坏主意,现在情况一点儿也没有好转。但是他们自己又想不出办法,只好先听尼塔的话。

"我的想法是这样的,"她说,"近来,谁也不爬树了,因为你们都怕擦破裤子。可是必须有一个人爬树,撕个窟窿,再用斑点补上。原来你们都受到斑点传染,现在就是在斑点上擦斑点,就成裤子了。然后互相传染的是裤子，像以前传染斑点那样，你们就都又有裤子了。"

"试试吧，"塞索无可奈何地说，"没有别的办法。可是，谁去爬树？"

"还用问谁？当然是埃坦。"

就这样决定了。埃坦爬上树，裤子上扯开一个大窟窿。他好歹把窟窿补上，于是少年们就坐在一起等着互相传染。他们一等再等，可是毫无结果。他们对尼塔很气愤，因为她又出了坏主意。谁也没受传染。

他们正在水池边上坐着，邮差骑着自行车从旁边经过。众所周知，邮差是十分聪明的，事实上是世界上最聪明的人。于是，少年们想到，可能邮差能出个好主意。他们请他停住，把情况从头到尾说了一遍。

可是邮差却笑话他们无知。他说："同学们，你们必须好好学习呀。学校里也许有人告诉过你们吧：斑点可以传染，整条裤子是传染不了的。"

可是少年们不知道这个道理。刚刚才有了这点知识。可惜还是没有结果。邮差说天很快要下雨了。他走了。

因为没有办法可想，又因为反正怎么办都一样，少年们便都往树上爬——他们好几天没爬树了。不用说，他们立即都在裤子上弄出大窟窿。不过现在怎么样都没关系。每个人都凑合着盖住窟窿。第二天早晨都到了学校，穿着他们所说的红裤子，这裤子现在却都盖着许多斑点。

老师来了，扫了全班一眼。少年们都在恐惧中等待着看老师说什么，因为现在的情况比昨天还糟：他们穿着同样的似是而非的裤子，根本就不是裤子，而且还是窟窿，盖满了斑点。

可是，哟，怪呀！老师细心观察了全班一番，连连点头，表示赞赏。"好，同学们，"他说，"我已经看出来，我说的话你们都记在心上了。你们都穿上了裤子。"

学生们惊愕得回不过味儿来。埃坦胆子最大，站起来说："老师，我们穿得和昨天一样，不过是弄了好些窟窿，斑斑点点的。"

老师只是微微一笑。他说："同学们，昨天你们谁都没穿裤子，只有斑点。请听明白，只有斑点，不是有斑点的裤子。今天你们穿的是有斑点的裤子。你们必须有裤子。我关心的就是这一点。我没说你们不能有斑点，我只要求你们穿上现在你们穿的这种裤子。现在既然都穿了裤子，一切就都很好啦。"

接着上课，老师讲解鱼鳃的构造。少年们依然十分困惑，不知道该怎样评价老师的话。课间和课后都什么也想不出来。他们都各自回家，一直穿着有斑点的红裤子。

从此以后，尼塔以聪明闻名，因为有了她的主意，男生们才重新有了裤子。有斑点是有斑点，可是有有斑点的裤子总比没有强。为什么斑点能传染而裤子不能传染这个问题，老师许诺以后等学生们长大一点的时候再给他们解释。他解释说，他们现在还理解不了这件事。

亲爱的少年朋友们啊，这个故事在全部细节上都很真实，对你们是很有益处的。这个故事教导说，你们永远也不要偷摘邻居树上还没有成熟的梨,因为这样的行为会造成不必要的衣着麻烦问题。所以,不要摘邻居树上的梨。

捣乱的用品

果酱煎饼有非常不良的性格。它们胆小怕事,却又爱耍花招,而且对于较为深刻的事物也没有理解力。它们还常常哭泣(谁都知道,世上再没有比号哭的煎饼更糟糕的事了),可是一转身,它们又笑起来,还不怀好意。它们还耍许多出人意料的诡计,破坏人的情绪。

因此,狄托感到有些轻松,因为他注意到煎饼见他脸色不好而生气,进而离开浅盘子、进而从屋里逃走。可是,片刻之后,李娜进来,看见盘子里空了,便又惊奇又气恼。

"狄托,"她说,"你怎么把煎饼都吃了,一点儿也不给我留?"

"我连一个也没吃。"狄托说。

"什么什么?你是说煎饼自己跑去散步了是不是?"

"是啊,这正是我要说的话。"

"离开盘子又出了屋子?"

"是啊,从盘子里迈步,就出去了。"

"狄托,你是馋鬼,讨厌。"李娜哭了,"都是你,没有午饭吃了。"

"可是李娜,你听着,我也没吃午饭呢。"

"你没吃,没吃!那么,煎饼哪儿去了?"

"跑了,再告诉你一次。"

"那你快去,把它们拉回来!"

狄托跑出门去追赶煎饼。倒也没有多费时间,因为煎饼走路不怎么快,这是谁都知道的,所以在离房子不远的地方就赶上了煎饼。狄托气喘吁吁,向煎饼扑去,要把它们收集起来带回家去。煎饼发出"吱吱吱"的声音从他双手里溜走,四散逃离,弄得狄托不知道追赶哪一个好。又东奔西跑穷追半小时后,他终于抓住了大部分的煎饼,都还往下滴着果酱。他尽可能地把它们塞在衣兜里,得意扬扬地跑回家。怒气未消的李娜正等着他。

"怎么样啊?"她挖苦他,"赶上煎饼啦?"

"当然是赶上了,"狄托说,"有几张没捉到,但大部分都抓住了。"说着他从衣兜里掏出煎饼,都是又皱、又烂、又黏了。他衣服上全是斑斑点点的果酱。李娜看着他,害怕得很。

"狄托,"她说,"你一身衣服都毁了!"

"是你让我去追赶煎饼的。不容易呀,来来,给你。请你至少就别提衣服的事了。"

"狄托呀狄托,你净说瞎话,"李娜叫将起来,"你是在商店里买的煎饼,现在又告诉我说这是那些自己出去散步的煎饼。"

"不信你就自己问问煎饼,让它们说说是怎么回事。"

李娜问一个煎饼,它们原本是不是在盘子里,后来自己去散步了。可是这煎饼因为知道事情的缘由,便故意胡说没那回事,说根本没来过这儿,是狄托刚才在点心铺子里把它买来的。其他的煎饼也依次说出同样的故事,狄托听它们满嘴瞎话十分愤怒,知道李娜再也不会相信自己了。李娜刚要说话,他就赶快打断她的话,说:"我说李娜,比起我来,你总不会更相信那些下三烂的煎饼吧?你知道,这些个煎饼全会撒谎!"

"你才撒谎呢!"李娜大叫,"煎饼怎么会胡诌出这种故事来?!"

狄托叹了口气便出去了,留下了李娜。李娜满脸不高兴,开始吃煎饼。狄托去了洗漱间,煎饼的滑头做法令他愤怒,他决定找个同盟伙伴,在生活中得到帮助。他想到了牙膏,经验表明,牙膏的性格和蔼又可亲,他想和它谈谈。可是他刚刚拧开牙膏筒小口,牙膏就吱的一声涌了出来,还舒适得直冒沫子。狄托吓了跳,李娜也进了洗漱间,一见挤出来的牙膏就沉下脸来。

"狄托,你又要花招了是不是?"她问。

"没有啊,是牙膏自己从筒里钻出来的。"

"狄托,你真是不知悔改呀,"李娜说得很难过,"或许我该问一问牙膏,是谁把它挤出来的。"

可是他们还没提出问题,那牙膏倒"吱吱哇哇"地马上说,正是狄托把它挤出来的。狄托再解释也没用。他倒成了罪人,牙膏的歹毒令他对一切都厌烦。

从此以后，一切东西都串通起来和狄托作对，竭力破坏他的名誉。他刚一躺在床上，枕头就"啪"的一声裂开，散发出云片似的鸡毛，鸡毛又都落在李娜刚刚制作好的果酱上。然后，枕头还恬不知耻地抱怨说，是狄托故意撕破自己的。钉子又从墙上飞下来，留下一个大窟窿，还没来得及堵住，钉子就叫嚣说是狄托把它硬拔下来的。那窗玻璃，连手指头也没能动它一下，自己就"哗啦"一下子碎了，还咬牙切齿地告诉李娜，说是狄托用胳膊肘故意撞碎的。

裤子上和外衣上的纽扣开始溜走，藏在找不着的地方，即使有一个留了下来，也是为了向李娜打小报告，说狄托扯下来其余的扣子，或者玩游戏都输光了。鞋子上下前后都出了窟窿，手帕总是故意走失，衬衫别有用心地粘上许多油点子，洗也洗不掉，墨水溅满一桌子，再流满地板。

狄托到这时候才忽然明白，生活就是和物品的沉重斗争，接着又想到，这场斗争没有希望得胜，因为李娜永远也不会信任他，而只是相信物品。李娜的确是盲目信赖物品，所以狄托就毫无办法。他俩常常争吵，可是谁也不能把谁说服。狄托目睹了物品的阴险，目睹了物品耍滑捣乱，但是李娜却满以为狄托是故意把一切都毁坏。然而，她在场之时，这种事又从来没有发生过，各种物品全都又安静又守规矩，似乎是把李娜当成莫逆之交。

还有呢，就连狄托身上的东西也开始和他作对，十分恼人。他的头发渐渐从头顶掉下，可是李娜却硬说狄托专门想当光头。

他的心跳动得越来越弱，可是狄托却不能和心脏达成谅解。一只耳朵变大、走形，可是李娜大喊，说狄托自己让人改造这只耳朵，是为了故意惹她生气。

狄托认识到物品的反复无常，从而得出结论，他还有两种办法可试用：或者自己变成一物，或者完全脱离物件。稍微一想，他就否定了第二个办法，因为他不知道，比如，怎样才能脱离直接属于他的物件，如两腿、双手，或者脑袋。他又想："要是我能变成一个物件，或许就能够向李娜揭示出种种物品的居心险恶，或者也许能够教育其他物品，让它们不要再耍阴谋。"

就这样，狄托改换衣装，变成一个配有果酱的煎饼，也因为是煎饼打头给他带来最大烦恼。穿这身衣装很不舒服，但是什么也是习惯成自然。在李娜准备好果酱煎饼的时候，改装的狄托跳进了盘子。它先对其他煎饼演说一番，竭力让它们感到羞愧，还解释说它们玩耍的花招十分不良。可是这些煎饼立即识破，它们面对的是一个冒牌分子，不是货真价实的煎饼，所以不愿意听他训话。于是狄托试用另一策略：他开始教唆这些煎饼捣乱，出主意，让它们从盘子里跳出来，把果酱挂在李娜的外套上；他希望至少用这种办法可以让李娜相信各种物品的歹毒。可是煎饼们根本就不想听他的话，竟乖乖地让她吃了下去，而狄托在最后一分钟才从盘子里溜走，神不知鬼不觉的。

试验虽然失败，他还没完全灰心。他想换个方法试试运气，于是装扮成纽扣，缝在了李娜的大衣上。于是相同情况出现：其他扣子立即识破他这个假货，他也没有能说服其他的扣子给李娜捣乱。他又试着脱离大衣,一走了事,但是因为不懂行,一事无成。

狄托最后终于明白,情况毫无希望:物品都在和他斗争,却不想和李娜斗。它们对李娜都很友好,允许她随意摆布。对他则是凶狠得出奇,什么劝说、教育手段也不奏效。

所以,狄托又恢复了自己原有的服装。他领悟到,物品是既不能教育,也不能改变的,只能对它们严厉、强硬,才能迫使它们听话。但是,具体怎么办呢?起初,狄托不分青红皂白乱毁东西:为惹李娜生气,他把煎饼切成小块,扔进垃圾箱,又把牙膏挤出,滴在下水道里,把扣子从大衣上猛地揪下来,用指头弹到哪儿算哪儿,把墨水洒在大街上,把碎玻璃扔在楼梯上。李娜又嚷、又哭、又跺脚。狄托胡闹一番之后看出来,被摔碎、被打烂、被撕破和被毁弃的物品,像是死了一样,表现冷漠,总体说来,对他的暴乱行为没有任何反应。他终于理解,他没办法对付全部物品,这场斗争是毫无希望的。

狄托得出结论,直截了当地说,他输了这场战争。他认输,并且声明承认自己被打败。全部努力看来都是白费,每一场战争都有结束之日:或赢,或输,或半途停火。狄托吃了败仗,其他也就不必再说了。根据那野蛮时代的规矩,败者即成胜者之奴隶。狄托受到物品的奴役。

因此,在李娜把果酱煎饼放在桌面上又去厨房片刻的时候,狄托一动也不动,观望着煎饼一个接一个地从盘子里慢慢爬出来,又露出狡黠的微笑走出房间。

如何解决长寿问题

很久以前,来洛尼亚和高尔高乐这个不大的王国为邻。你们要问,那是很久以前的事,今天又怎么样呢?问题就是在这里。今天,那里的国界已经不复存在,导致高尔高乐王国灭亡的那些久远往事,记录在来洛尼亚编年史中,编年史记载了全部历史事实。

当时,统治高尔高乐王国的是一位十分英明的国王汉努克。这位君主的的确确十分仁慈,他愿意竭尽全力促进全体臣民的福祉,这在当时颇为罕见。汉努克国王认定,高尔高乐王国国民寿数太短,决定找一个办法解决这个问题。他心里想,召集国内全部精英共同计议,精英们肯定能够想出办法,让一切人比以往任何时候都更大大地长寿。

在盘布鲁克城中一座孤塔塔顶上住着占星学家马有理。他是一位大师,以精通星象闻名全世界。他白天睡觉,夜里坐在望远镜镜头前观察众星。他有三个得意门生,门生在他的指导下都学业有成,也是了不起的占星家,研究众星动向,密切注视天上的一切现象,为天下众生效劳不少。门生之一叫杜龙克,夜里工作,眼睛盯住一个望远镜,观察星座变化。另外两位门生,大名是米诺和葛来波,都在白天工作。他们研究白天的天空,主要是太阳和乌云。就这样,占星家马有理和门徒杜龙克夜间工作,而米诺和葛来波则在白天活动。因此,双方不能见面,因为在前两位工作之时,另外两位睡觉,反之亦然。(因而必须指出,在高尔高乐王国,白昼和黑夜永远不会同时到来:白昼在场,黑夜不到来,而在黑夜离去之前,白昼则不愿意出现。在这个王国里,这是定规,是任何人都无法改变的。)

这样,汉努克国王看好,占星家马有理及其门徒完全有能力说明,用什么办法可以保证王国全体臣民长寿。他下令,让他们研究这个问题,许诺以重奖。国王的命令当然让马有理喜上眉梢,立即吩咐弟子们开始相应的研究,还许诺说最晚在七年之后与大家分享全部必要的知识。

与此同时,高尔高乐王国里还有一位名医,大名鼎鼎的易宝。名医有两位弟子:拉磨和赖拿。的确都是名师的高徒:什么病都能治。他们整天整天地工作,桌子上摆满了各种烧杯、试管、酒精灯和其他仪器,靠他们自己的秘方不断发明新药,让行将就木的病人绝处逢生。汉努克国王也命令他们寻找长寿之药。名医

易宝欣然同意，心里指望着，一旦他能延长一切人的生命，便会获得极大荣誉，成为国内仅次于国王的第二号人物。但是他说，他要和两位弟子共同研究，需要七年的时间。

就这样，四位占星家和三位医生开始紧张工作，要在七年之后向公众宣布延长生命的方法。七年是漫长的，但是如此伟大的创举的确至少也需要七年的时间。汉努克国王对这些博学多才之士毫无异议，因为国王深知，以少于七年的时间是无法完成如此浩大的长寿工程的。

七年是漫长的，然而七年也有过完的时候。七年的确恰恰在七年之后过完。在预先确定的这一天，皇家大剧院里坐满客人：全国的达官贵人都来参加这一激动人心的盛会：七位大学者将要介绍他们的研究成果，保证天下人都能延年益寿。首都处处都安装了扩音器，让不能进入大剧院的一切居民也能立即听到学者们的演说。是啊，国王汉努克是一位仁慈周到的君主啊。

正因为如此，在国王亲自宣布占星家出台之时，剧场里爆发出暴风雨般的掌声。伟大占星家又长了七岁，登上讲台，发表简短的开场白之后，便推出他们最重要的研究成果。

"我找到了把一切人的生命延长六倍的方法。"马有理刚一宣告，感激的惊喜之声就飘过大厅，像春风一样。"这个方法又简单又便宜，"他有板有眼地说，"而且屡试不爽——我制造了一个钟表，它走得比现在通用的表快六倍。比如说，按照以往的方法计算时间，我们有一年。但是，在我们的新式钟表上，在这段时间内过去的不是一年，而是六年。又比如说，某人十年以后逝世，现在呢，是在六十年以后了。今天出生的婴儿，如果能活六十年，则实际上是活了三百六十年了呀。还用解释我这个系统的全部好处吗？诸位都已经看到，长寿问题已经得到解决！"

占星家马有理讲完话，捋了捋胡子，就坐下了。大厅内一部分人对他的演说报以热烈的掌声，掌声延续到占星家杜龙克面带鄙夷微笑走上讲台之时。

"诸位大人先生，"占星家杜龙克说，"对于我十分尊敬的马有理老师的结论，我不得不表示反对，这让我感到十分遗憾。然而，根据我的研究，他所提出的办法毫无用处。钟表走得快是快了，但是，快了又怎么样？一小时还是一小时，虽然时针在一小时内走完了六小时。我就不用这种花招骗人。我的方法确保王国之内全部居民长寿，确保我们至尊至敬的国王陛下汉努克长寿。这一方法要旨如下：众神为每一个人规定了生死时辰，我们虽然服从生死簿条文，但是可以改变测量时间的方法。我所制造的钟表，和我老师那又没用又可笑的钟表正好相反：它走得比现在通用钟表慢六倍。我还编写了日历，这种日历每六天撕去一页。因此，每个人离开尘世、走入阴暗王国的时辰实际上比现行计算时间的方法来得要晚六倍。每个人的寿数都按生死簿规定好了，是不能改变的，但是，与此同时，实际上每个人的寿命又都延长了六倍。大人先生们，这就是我的方法！"

占星家杜龙克坐下，一部分听众为他的讲演报以掌声，同时期待下一位演说家。

占星术学者米诺开始报告。

"大人先生们,"他说,"诸位先生已经看清,上面两位报告人的结论毫无意义。占星家杜龙克说占星家马有理的方法荒谬,但是他的方法同样愚蠢,而且,是亵渎神明的,因为它的根据是欺骗众神。但是,众神是欺骗不了的,而你们,大人先生们,也永远不会想到会干这种下流勾当——我的方法完全不同。问题不在于钟表或者日历上时间过得慢一些。而在于要让时间的的确确过得慢一些。怎么办呢?再容易不过了。每天早晨,新太阳从森林后面地平线上冉冉升起,每天晚上又在相反方向地平线上沉入大海消失。这个状况必须改变。在太阳东升的地方,应该派去捕鸟的人,带着捕鸟网子,让他们走到地平线上,走到太阳升起的树林上方,把大网撒开,把太阳拉住,不让它升起来。在西方,在海面上,渔夫们要严阵以待,拉紧渔网,不允许昨天的太阳沉入海水。这两方面的工作实际上是一种计算时间的方法,让白昼延长六倍,让黑夜也延长六倍。一言以蔽之,我们的生命总是包含着一定数量的白昼和黑夜的,这样,生命就可以延长六倍。大人先生们,这就是延年益寿的最恰当的办法!"

演说完毕,他坐下了。一部分听众又报以暴风雨般的掌声,其他的人则啧有烦言,表示不满。最后一个占星家葛来波上场演说。

"大人先生们,"他开始了,"我为诸位感到惋惜,因为诸位刚才听到的几个新方案,一个比一个更愚蠢。阻挡行进中的太阳?好呀,可是生命怎么就会延长了呢?我们活得还是和以往一样长嘛,只不过是白天和黑夜数目少了六倍,可是每天每夜长了六倍而已。大人先生们,这些花样只能把你们搅得糊涂透顶。

不过，诸位当然是不会让他们给搅糊涂的。我给大家提出的方法，有实实在在深刻的研究依据，和刚才几位那种骗人的烂花招毫无共同之处。研究长寿之道，我首先是穷究天下人生命如此短促的原因。我发现了原因，现在向大家说明。我们短命的秘密在于生活枯燥无聊。世上生活无聊，所以人死得快。为了延长生命，要设法让世界不再枯燥无聊。可是，枯燥无聊的原因何在呢？原因如下：世界之所以枯燥乏味，是因为天空总是一种颜色。但是，与此同时，天空占据我们视野所及空间的巨大部分，显而易见，悬挂在我们头顶上的这天幕的单调色彩肯定令我们感受到无穷尽的烦闷。大人先生们，我们的生命之所以短促，就是因为天空只有一种颜色。但是，现在有了对付的办法——向天上放送大气球，里面坐着工人，带着大桶和水枪。大桶里不放水，放各色颜料。飞升到天上之后，工人便开动水枪，把天空染成六种颜色。一部分仍然是蓝色，余下的部分则是洋红、海绿、乌黑，还有正黄，最后是银灰色。因为不必再观望一种颜色而心情烦躁，又因烦躁而早逝；我们可以大饱眼福，观察六色天空，从而我们的生命也可以延长六倍。大人先生们，这就是我的见解，我深信我的见解能得到诸位的赏识，也应该得到赏识。"

一部分听众当然又不失时宜地为占星家大胆独特的计划表现出热情赏识。但是欢呼声延续短暂，因为另一位学者已经登上讲台。这回登台者是名医易宝。名医说：

"大人先生们，诸位刚才已经领教了足够的胡言乱语，所以，如果因为懊恼无聊而退席，实在是毫不为奇的，因为没有办法指望在这儿听到几句言之有物的明白话。但是，诸位大人先生，请稍许耐心片刻，因为我们讨论的是长寿之道；长寿之重要，我不必再多饶舌。但是，我已解决了这个问题。而且，我有把握，是一劳永逸地解决了。我做科学研究，考虑了哪种动物活得最长，而且还确认了它长寿的真正原因。现在已经查明，活得最长的动物是乌龟。的确如此，大人先生们，乌龟寿命是人寿命的六倍。乌龟有什么法宝呢？背着龟壳，在地上缓慢爬行，摇着尾巴，幅度适中。那么，为了长寿，人应该怎么办呢？模仿乌龟！我的办法如下，大有好处，而且简便易行。大人先生们！现在我们必须披上符合身材尺寸的大硬壳，不再用双脚走路，要习惯用双手双脚缓慢爬行。然后，还有，再配上尾巴，不断摇摆，不快也不慢。这种生活很容易习惯，更不用说还有如此崇高的目的引导着我们。大人先生们，请相信，这是对解决长寿问题的唯一合理的回答。"

欢呼与掌声又从一部分听众中传来，但是名医赖拿又举手要求发言。

"大人先生们，我十分尊敬的师长易宝刚才提出的方法真是让我羞愧难言，这方法的粗俗丑陋之处是不言自明的。要把我们大家全变成乌龟这样一种毫无思想、遍地乱爬的动物嘛！哼，哼！让我们全变成畜生！如果有人向我们推销这种货色，那他本人以前就必定已经变成畜生了！对这类粗野下流的事，还有占星家们的胡诌，还是以不予理睬为上策；我确信，占星家们胡诌之时，是没有受到大脑的指挥的。诸位当然想要知道长寿的秘密。我可以毫不夸张地说，我已掌握了这个秘密。我这方法又简易，又便利，诸位听了一定又惊又喜的。全部内容就是一个词儿：菠菜！一点儿不错，菠菜！我全心全意、毫不懈怠认真研究了七年之久，得出毫无疑义的结论：要多吃菠菜。要多吃，多得不计其数，我们的生命就可以延长成百上千年。吃了菠菜，骨头就会越长越硬，肌肉就不会变松弛；菠菜会强化我们的心脏，治好秃顶和风湿病。菠菜，菠菜，吃菠菜！从现在起，我们的土地不再种粮食作物，一律改种菠菜。我们要收获大堆大堆的菠菜。碧绿的菠菜要盖满全部餐桌，给一切人带来健康和长寿。先生们，这多简单明了！让我们光吃菠菜，这样就解决了我们最最重要的问题。"

一部分人发出热烈的欢呼声，"菠菜"这个词儿传遍各个角落。不过，最后一个演讲人，名医拉磨，已经登上讲台。因为气愤，开始演说的时候，他双手发抖，不过，他很快就平静下来。

"大人先生们，"他开口说，"我前面这位发言人刚刚发表了一番丑陋不堪的胡言乱语——他根本不配得到别的评语——你们都听见了。诸位对这样的胡说八道的态度真是恰到好处，这就是：不予理睬。我看准了。诸位，诸位也许已经看到吃了菠菜的孩子们对这种菜的态度吧。他们一看见这种菜就厌恶，就躲避，必须强迫他们吃才行，因为健康的本性指示他们，吞吃这种人见人恨的野草一点好处也没有。哼，哼，菠菜！菠菜的事，就说这几句。还是来谈谈长寿这个正经题目吧。虽然我们都知道我们很快就会有用不完的时间，但也还是不要浪费时间为好。我再重复一句，我们会有很多很多的时间，但是大家必须使用一个治本的办法——这个保证长寿的办法,是我经过长期研究和实验之后才发现的。这个方法十分简单,超过了一切的想象。好,大人先生们,现在我就来揭示长寿的秘密。天下人过早死亡,全是因为他们常常伤风。伤风,这就是我们生命短促的主要原因!众所周知,伤风是鼻子生病。而解决问题的方法也恰恰就在这里了:如果没有鼻子,也就不会伤风。先生们,这不是极简单的事吗?大家都把鼻子割掉,就可以防止伤风,而且一劳永逸。这样,长寿也就确实有了保证。割掉鼻子吧,都割掉鼻子!"

话音未了,拉磨掏出一把剃头刀,想要展示一番如何干脆利落地割掉鼻子。但是他还未及动手,听众中间就爆发出骚动和喧嚣,很快又演变成为全场的打斗。局面现在已经明朗,整个会场分为几个帮派。一些人呼喊:"菠菜,菠菜!"另外一些人的口号是"快钟!"第三派是"割鼻子!"于是三种长寿之道的信徒开始互相叫骂,开始混战,就连汉努克国王呼吁克制的声音也淹没在席卷大厅的狂吼声中。

不仅如此,全城也都熟知场内全部演说,因为扩音器做了实况转播。刹那间,首都也像剧院里的听众一样,分裂成为七派,而且混战蔓延全城。

同一天,内战遍及全国各地。七个派别互相争斗,毫不留情。有趣的是,割鼻派挥舞着剃头刀到处奔跑,竭力要割掉对立帮派分子的鼻子,而自己却来不及把鼻子割掉;他们的鼻子都还完整无缺。

斗争无所不在。在高尔高乐王国,即使在最小的村子里,哪怕只有七个人,也有战斗展开。既然这是一个崇高的事业,而一切人都期望长寿,那么,人人都认真保卫这一事业,就毫不足以为奇。比如,有一个人在街上走,喊着"菠菜!菠菜!"立即就有几个人向他扑去;这几个人喊着:"彩色天空!""割鼻子!""乌龟!""快钟!""太阳!"同时对他拳打脚踢。刚刚结果了他,他们就又互相扭打起来。许久之后,现场只剩下了一个人,其他的都已倒在地上。

长寿当然不是小事。但是,由于内战的残酷,斗争各派队伍都日渐缩小。到最后,某些派别人数已经无多,于是便结成同盟,同时把两个或者三个口号连接为一,或者双重,或者三重的口号:"快钟——菠菜!""彩空——割鼻!""乌龟——太阳!"

这场流血旷日持久,到最后,高尔高乐王国全国只剩下了两个人。这就是名医拉磨和名医赖拿,斗争七派中两派原来的领袖。他们在首都废墟上相逢,筋疲力尽,连站都站不稳。他们互相凝望,充满敌意,一个声音沙哑,有气无力地说"菠菜",另一个发出尖细虚弱的声音"割鼻子"。可是双方都再没有一点力气继续恶斗。他们是高尔高乐王国仅有的、一息尚存的公民。因此,他们一致决定停战,而且同时实施双方的方法。他们都很快割掉了自己的鼻子,坐下来享受一大盘菠菜。他们二人都已无精打采,疲惫不堪。然而,归根结底,长寿问题的确是无限重要的。

实话实说吧:后来怎么样,我们也已不得而知。不知道这两个幸存的高尔高乐人丢了鼻子之后对着菠菜盘子坐了多久。我们也不知道,他们到现在是不是还坐在那里。说不定其中一人大大得益于这两个办法，寿数大大增加。然而，高尔高乐王国已不复存在，只有两个公民，割了鼻子，光吃菠菜，还称得上什么王国啊？

来洛尼亚王国和高尔高乐王国之间的国界已不复存在，原因就在这里。由于高尔高乐王国彻底衰落，长寿问题没有得到最后的解决。七名如此杰出的学者殚精竭虑寻求解决的这个问题，有一天最终会得到解决，这一可能性也是不能排除的。

恼人的水果糖

吉亚喜欢在饭后抽一根雪茄,坐在软靠背椅里,头上戴着羽毛装饰。他早已经有这个习惯,实在没什么奇怪的。各人有各人的不同习惯,这是不必大惊小怪的。例如,吉亚有一个哥哥佩比,如果事先不至少捕捉四只水老鸦,就不能吃早饭;他的弟弟卡固不断地咬嚼木桶外的皮圈;妹妹海娅背上挂着二十件装饰品;二妹希帕用套索捕捉大猩猩,还常作彩票赌博。我们可以看到,每个人都有某种小巧不言的怪癖,所以不必去管他们。

但是,吉亚却享受不到安宁。饭后他刚刚坐在软椅里,点上雪茄,把羽毛装饰戴在头上,全家人便马上奔跑而来:他弟弟虽然因吞食桶子皮圈给噎住,还是冲着吉亚怒吼;他的哥哥手拿打来的水老鸦,依然不断挥舞双臂;一个妹妹弄得后背上的装饰品叮当作响,却严厉谴责他行为不端;另一个妹妹一手拉着挂在套索上的黑猩猩,一手举着一把彩票,大呼大喊说永远也不能允许她亲哥哥这样愚蠢透顶。

"你们说怎么办好?"吉亚很不痛快,"让我把雪茄放在头上,把羽毛烧光吗?"

"那样至少也更令人尊敬。"他哥哥做出判断。

"对名誉的损害小一点。"妹妹附议。

"可是这么做我一点也不舒服。"吉亚说。

"嘿呀呀!"他们异口同声大叫,"人活着不是为了舒服!你是利己主义者,只为自己考虑!"

吉亚只有服从,摘下羽毛,扔掉雪茄。几乎每天都来这么一场,吉亚没有一分钟可以安安静静地享受他的爱好。最后,他实在忍不下去了,又为了不招惹没完没了的指责,便开始饭后用烟斗吸烟,头上不再戴羽毛装饰,改戴绿色礼帽。兄弟和姐妹们这才放过他,给他安宁。

然而,过了一段时间以后,他兄弟和姐妹们的一些习惯却开始令他极为厌烦。一看到他弟弟吞咬木桶胶皮圈,他简直气得就再也不能容忍下去。长时间强忍之后,他终于发作出来。

"我不能再忍受了,"他呼叫,"看你没完没了地嚼那些胶皮圈,要多讨厌有多讨厌!"

说也奇怪!吉亚刚说完这句话,其他兄弟姐妹,虽然原来责骂吉亚的习惯,现在却支持他,开始责备小弟这种令人恶心的习惯。小弟又胡乱自卫了一番,到最后还是接受了这些呼吼的影响。

他放弃了胶皮圈，干脆咬嚼从沙发上抽出来的弹簧。他们给了他安宁。

现在轮到了大哥，他每天早饭之前都捕捉水老鸦。兄弟姐妹都容忍不了这个做法，尤其是他的两个弟弟。在他们责骂的重压之下，他垮了，依依不舍地放了水老鸦，早晨只打朱鹭了。他每天把四只朱鹭带回家，弟弟和姐妹们这才满意。

事情还没完。他们不放过背上有装饰品的妹妹，让她不要再披挂，因为那些破铜烂铁片子"叮叮当当"的声音惹得三个兄弟和小妹烦躁不堪，他们终于忍不住发起火来。铜铁片装饰品被扔进角落，而海娅为求舒适，开始有系统地用黑莓果冻沐浴，还学习某些从来没有存在过、谁也不懂的东方语言。

最后终于轮到了妹妹。哥哥姐姐都正告她，她捕黑猩猩、玩彩票的做法把他们都变成了笑柄，他们看腻了她这些把戏。他们喊叫不休，弄得希帕只好叹口气放弃迄今享受的游戏。她购买了低音大喇叭，用它吹出肥皂泡泡；彩票不玩了，却开始炒股票。这些确实让哥哥姐姐们满意了，麻烦平息。

和平延续一段时间，大家都忘记了恶习。可是不久以后的情况表明，从根本上说，问题没有解决。兄弟姐妹中每个人的新做法很快就令其他人无比厌烦，家里的气氛变得紧张起来。他们常常争吵，每个人都要求其他人立即停止活动，因为实在不堪忍受下去。

局面很快变得无法维持。原来至少是大家轮流反对一个人，而现在是每个人同时反对一切人。争斗和谩骂充斥了每一分钟，一见面就开始。因为大家都彼此心怀气恨,所以每个人都各自更为频繁地、以更为显眼的方式展现自己的积习,故意惹他人生气。

这种局面延续了很长时间,一直到家中发生了意外的变化。从另外一个城市来了一位最小的妹妹琪薇,和这几位哥哥姐姐住在一起。琪薇是少年人,谁也不想得罪。她不说话,看着他们提朱鹭,用低音大喇叭吐肥皂泡,咬嚼弹簧,用黑莓果冻洗澡。但她自己喜欢吃糖果。她直接从商店里买,很喜欢吃。

就是这些糖果造成了家中极度的争吵。的的确确是谁也忍无可忍了。琪薇回到家,一拿出水果糖匣子,大哥佩比就忽地从沙发上站起来,用一根手指头指着她,怒气冲天:

"唉哟呵,糖果!她吃糖果哪!"

二哥吉亚立即从另一间屋子跑过来,气得直跺脚。

"看看看,看吧!糖果!"他提高嗓门呼叫,"她吃糖果!"

两位姐姐,海娅和希帕也非常及时地出现在琪薇身边,而三哥卡固也早已经到场。他们从四面八方赶来,把琪薇团团围住,争先恐后动用响亮的咒骂字眼儿呼叫,力图压过别人的声音:

"琪薇!快醒过来!糖果!你明白不明白你在干什么呀,啊?"

"琪薇!你大概还没醒过来!糖果!"

"琪薇!你疯了!糖果!"

"琪薇!你把这个家全给毁了!糖果!"

"琪薇!你的道德跑到哪儿去了?!糖果!"

"糖果!糖果!糖果!"

他们这样吼叫,这吼叫声令他们变得更为兴奋,火气也变得更大，反过来就叫喊得更凶狂。叫得越凶狂，就越加兴奋，心里的怒火就越旺盛，结果呢，叫声就越加凶狂。

可怜的琪薇害怕极了，含着眼泪咬嚼糖果，一句话也没说，因为担心惹起哥哥姐姐们更大的怒火。她就站在屋子中心，听凭他们用手指头指点，听凭他们叫骂，满脸泪水——但依然照吃糖果不误。责骂声延续有时，直到琪薇把糖果吃完，而哥哥姐姐们叫骂得也累了，于是鼻子里呼呼地冒出怒气，返回各自的房间。

这样的场面每天重复，可是，显然，琪薇是不可救药的。她一面哭一面听他们叫骂，可是每天照样拿出糖果，站在屋子中间，照吃不误。

结果，在这座住宅里发生了本质性的变化。对于琪薇不成体统恶习的愤怒，遮蔽住了兄弟姐妹之间其他的一切。他们已经没有力量、没有意愿再互相斗气，因为大家都一起和琪薇斗气。因为和琪薇斗气，大家彼此协调起来，最后互相之间完全停止争斗了。就这样，家里重又出现了和谐与一致，但是打乱这局面的只有琪薇的那些可恶的糖果。

全家人聚会的时候，卡固一面嚼弹簧一面沉重叹气说：

"唉，都是这个琪薇弄的！要不是那些烂糖果，日子该多好过呀！"

"太可恨了，"海娅从放满黑莓果冻的大澡盆里"哼哼"出声来，"实在可恨啊！这个琪薇真是全家的耻辱啊！"

"耻辱，的确是耻辱！"吉亚戴着绿礼帽表示同意，"我一点也不明白，咱们这些兄弟姐妹一直相亲相爱和和气气的，怎么就蹦出一个又吵又闹的琪薇,用她那些糖果搅得大家鸡犬不宁。"

"我也是不明白,"希帕一面用低音大喇叭往澡盆上方吹肥皂泡一面抱怨,"我确确实实是不明白。你们想呀,这个琪薇没完没了地吃糖果!咱们大家本来互相都挺好的,却忽然弄出这种丑事来!"

"好了好了,别说了,"卡固严厉地说,"不能允许损害我们全部的生活!说到底我们是兄弟姐妹,应该互相爱护的。不能因为叫人恶心的糖果家里就天天鸡犬不宁的!"

他们大家就这样抱怨了一番,就这样连连点头,就这样发牢骚、表示诧异,就这样怪命运不好,最后终于得出结论,对这个问题必须当机立断。他们告诉琪薇:"没办法,你得从这儿搬走。我们不能允许生活不停地受到你那些糖果的毒害,你得找个别的地方住。"

琪薇没说什么;她能说什么呢?她收拾一下走了,去找别的地方住。当然,她一走,这个家里就立即安静、和睦了起来。

"还是我说得对吧?"佩比说,坐在沙发椅上,舒舒服服地,"现在安静了,和睦了。"

"和睦,友好又和谐。"卡固补充说。

"可恶的糖果也没有了。"海娅一骂到底。

"很遗憾呀,"希帕说,"可是没有别的办法。不能因为有一个琪薇外加她的糖果就把一个家变成一个地狱。"

吉亚也点头,一再点头表示同意。家里现在是一片和睦,情绪极佳。突然,吉亚想起什么事。他轻轻走进旁边一间屋子,角落里是盖满灰尘、很久没使用的羽毛,旁边是没抽完的一根雪茄。他捡起羽毛和雪茄,掸去灰尘,回到餐厅,遇到了卡固,卡固刚刚从阁梯里悄悄取出旧的木桶胶皮圈。第二个门里露出海娅的头,她拿着套黑猩猩的套索,而希帕正好在门后消失,大家还听到了破铜烂铁片装饰品的"叮当"响声。

最大的争吵

艾诺是大哥,又严肃又明事理。阿霍是老二,永远都不满意,永远都有什么东西令他不愉快,从儿童时代起就不听兄长的话。小弟叫拉叶,他不知道自己想要什么,别人说什么他都容易相信。

因为邻居凶狠的老财抢走了他们的家产、土地,他们没法生活,所以三个人上路谋生。他们听说在城里能找到工作,但是不确切知道这样的城市在什么地方。当时没有地图和铁路,他们沿道路步行,希望能找到那城市。

走了两天之后,他们来到一个"丁"字形三岔口,没有标记,谁也不知道继续往哪儿走。老大艾诺说:"往前走。"

"我认为,"老二阿霍坚决说,"应该往右边走。我有预感,那边有好事等着咱们呢。"

"我想,"小弟拉叶吞吞吐吐地说,"也许最好是向左边走。"

"直走。"艾诺坚持。

"向右。"阿霍大声说。

"向左。"拉叶轻声说。

"那好,"阿霍说,"既然咱们每个人都要走不同的路,那就各走各的。每个人走每个人的方向,再看看各有什么结果。"

"是啊,是啊,"拉叶随声附和,"各人走各人的路吧。"

"你们都太愚蠢,"艾诺郑重地说,"这三条路都穿过森林。森林里有熊,有蛇,还有老虎。要是每个人都单走,必定变成野兽的牺牲品。无论如何咱们三个人要一块儿走,不然是谁也走不到的。"

两个弟弟考虑了一番。阿霍说:"好,一块儿走。可是,往哪儿走?"

"那还用说吗?当然是照直走。"艾诺说。

"照直走吧。"拉叶表示同意。

"为什么要照直走?"阿霍显出顽固劲头来,"我同意一块儿走比单个儿走安全。可是得商量好走哪个方向。说一块儿走也不一定是说要照直走。我认为应该往右走。"

"那就往右走吧。"拉叶说。

现在大哥艾诺已经十分不耐烦了。他开口问道:"不是决定一起走了吗,是吧?既然如此,就不能往右走,因为我已经说过了,得照直地向前走。"

"为什么非得照直走,不向右走?"阿霍问。

"因为必须一起走,我说过了。"

"那就一起向右走。"

"一起走就不能往右走。"

"为什么?"

"因为一起走必须照直走。"

争吵延续了很长时间,最后艾诺想到一个理由:"必须照直走,因为我是老大。"

"所以就照直走吧。"拉叶说。

"好好好,"阿霍终于同意,"照直走就照直走。可是你们记住,我可预先告诉了你们:如果往右走,说不定就能有大好运,大富贵。我可以肯定,那里有一个又大又美的城市,人人幸福,什么都不缺。照直走要是什么都没有,那就是你的过错,艾诺。"

还是都照直往前走了。情况正如艾诺所预料。他们沿着森林边缘走,路上不断有各种野兽威胁他们,有虎、熊、狼、蛇。兄弟们学会了斗争,做出重大努力,才得以击败凶猛的野兽。但是他们也已看清,如果一个人单走,是制伏不了野兽的。多亏他们是在一起,才得保全。艾诺很得意,时时刻刻提醒两个弟弟不明智:"我说的,你们看见了吧,"他重复地说,"如果咱们一个一个地走,那些野兽早把咱们撕碎了。照直走真是走对了。"

"一块儿走是对的,"阿霍回答说,"可是,照直走是不是就一定对,还不知道哪。"

他们走了很长时间。几个星期过去了,三兄弟又累又饿。他们有时候吃在小河里捕到的鱼,有时候吃树上的野果,有时候吃草根。这些都不是很好的食品。他们的力气耗尽,觉得日益衰弱。这又不安全、又让人疲惫不堪的长途跋涉又延续了数月。正像在前赴某地已无望到达之时所出现的情况那样,他们忽然看见前方有一座城市,他们梦寐以求、可在其中挣口饭吃的城市。希望带来了力量,他们像松鼠一样快速跑完最后几里地,到了大城市。

这个城市十分富有,但是多数人却很穷。城市有许多高楼大厦,却有更多的食不果腹的穷苦百姓。而且,这样的城市在世界上是很多很多的。三兄弟不断寻找能做工糊口的地方。起初,努力全归白费,但最后找到了挖地的工作,那块地上要为国王建造新的宫殿。他们挖土,运石块和石子,工作很苦。但是挣的钱还够吃饭,能凑合着维持生计。

"现在你们明白了吧,"艾诺得意地反复说,"我说要走这条路。现在干活是苦点儿,可是不挨饿了。"

"是啊,是啊,"拉叶随声附和,"这条路走对了。"

可是阿霍什么也不说。也就是说,他长时间什么也不说,可是最后终于发作出来,开始抱怨。他说:"是啊,天天得干苦活儿挣口饭吃。可是我不是说了吗?要是向右走,就能活儿轻利大吃得好。饭好,房子好,穿得好,不必这么卖命死干。"

"不必卖命死干。"拉叶支持二哥。

"你真是条蠢驴,"艾诺高叫,"而且不知改悔。老说什么'我说了,我说了'!你说了,又怎么样?右边有什么,谁也不知道,可是现在咱仨都知道,我这条道上有什么。有吃有喝。那儿有什么?你凭什么说,那儿有好差事等着咱们?你就知道胡思乱想,想当然!"

"想当然,"拉叶也动火了,"真是想当然啊!"

阿霍坐下了,很懊丧,因为不知道该说什么。可是,片刻之后大声说:"我要给你们看看我有理!我一定要去那个地方,再回来!走我想走的路,最后要走到那个好得多的城市!"

"好得多的城市,是啊,好得多哪!"拉叶哼唧了一句。

艾诺只在气愤中冷笑一声。他说:"那你就试试吧,试试去吧。可是你别忘了,路上会有野兽把你吃了,你永远也走不到的。那你再想退回来就晚了!想回来就晚了!"

"就晚了。"拉叶郑重地重复。

"那我也要去。"阿霍坚持。

阿霍说走真的走了。起初他还能和野兽勇猛搏斗,可是到底是野兽更有力气。一头大野熊掐死了阿霍,一眨眼工夫把他吃了个干净。就这样,阿霍没有能够找到幻想中的那个更好的城市。

剩下的两兄弟从熟悉的鸟儿那里得知了阿霍悲惨的命运。他们很悲伤,可是毫无办法。艾诺只自言自语:"我说过了。"

拉叶极为伤心,因为他爱二哥阿霍,觉得因为二哥的死受到了委屈。他们曾经在一起干活儿,同甘共苦。有一天,拉叶突如其来地说:"我要去。"

"到哪儿去?"艾诺高声问。

"去阿霍去的地方,找那个更好的城市。"

"你疯了是怎么的?"艾诺吼叫了,"你想让野兽也把你掐死?!"

"我不想让野熊把我掐死,"拉叶说,"我想找到那个更好的城市。"

"你知道阿霍的下场。"

"知道。但是我也许能成功。"

"成功不了！是什么把你搅糊涂了?!你不是一直说我对吗？"

"现在我想去找那更好的城市。"

"野熊把你吃了！"

"也许吃,也许吃不了。但是,这世界上一定有更好的城市的。"

"你真是疯了！"艾诺又大声说,"我也管不着了。"

就这样，拉叶上了路。可惜我们的信息到此中断。我们不知道拉叶是长途跋涉找到了那更好的城市呢，还是成了野兽的牺牲品，像他二哥阿霍那样。这件事的下文，我们真是一无所知了。你们当中如果有谁听说了什么，请告诉我们。

极端羞愧

茉莉亚是克来奥村一个渔夫的女儿,长得十分秀美,有很多青年,也有许多老汉都冲她献殷勤。茉莉亚有一双丹凤眼,头发是栗色的,又稍有黄铜色泽,睫毛又长又黑。里奥爱茉莉亚,知道她在世界上最美最美。

茉莉亚有一点喜欢里奥,但是并不爱他。里奥外出,她也不怎么在意,但是里奥却伤心透顶了。他必须离开村子,因为必须应征入伍。里奥的长官并不残酷,但是很严格,因为这是军队呀。里奥从天亮就忙于各种沉重的军务,直到天黑。他成天想着茉莉亚,所以完成任务多有错误,频频招致长官的愤怒和惩罚。还是夜里好,因为有时候她在梦中来见他,在梦中她是爱他的,比实际上对他更好。因此里奥更喜欢梦境。

在军队里，士兵都爱谈论姑娘。一个叫帕乌的伙伴有一次问里奥："跟我说说，你的姑娘长得怎么样？"

里奥踌躇了。他心想，严格地说，茉莉亚不是他的姑娘。可是他又一想，帕乌并没有说清楚他指的是梦里的姑娘，还是现实中的那个姑娘，梦里的茉莉亚就是他的姑娘，故此他说："她很美。"

"眼睛是什么颜色？"帕乌追问。

里奥想回答，便在记忆中呼唤茉莉亚的形象，以便回忆起她眼睛的颜色。他突然害怕起来，意识到自己不知道茉莉亚眼睛的颜色。他反复回忆，聚精会神，还是不知道。当然，他可以随便回答一下，但是又想到，说了关于她的不真实的话，对她是不公平的。所以他想了好一阵，但是帕乌在等着他的答案。最后，他羞愧得满脸通红，轻声说："忘了。"帕乌哈哈大笑。他不是一个品质恶劣的青年，但是不够聪明，也往往造成相同的结果。听到里奥的回答后，他马上对全部同伴大声宣布说，里奥竟忘记了自己女友眼睛的颜色。大家都笑话里奥，反复絮叨这件事，最后还编出关于里奥和茉莉亚的种种打油诗。他们从中找到许多乐趣，而里奥天生胆小，心里又忧郁，不会对付他们的撩逗，变得更加压抑。他不停地思考茉莉亚的眼睛到底是什么颜色，可是无论如何也想不起来。他感到十分痛苦，感到羞耻、绝望，因为他觉得，既然他爱茉莉亚，就应该记住这些事情。

一段时间以后，他坐下写了这样的一封信：

我亲爱的茉莉亚！我很爱你，一直爱你。我很惭愧，万分惭愧，因为我忘记了你眼睛的颜色。我很悲哀，因为你也许会以为我把你忘了或者不是真的爱你。可是我是真爱你的，我记得很清楚你长得是什么样子，就是不知道你眼睛的颜色。茉莉亚，茉莉亚，我恳求你写封信告诉我你眼睛的颜色，因为我再也忍受不了这忧虑了。

写好这封信他想寄出，可是在最后一分钟他想到，向茉莉亚承认不记得她眼睛的颜色，这实在是奇耻大辱。接着，他又苦恼起来，而且，更糟糕的是，不管在梦中茉莉亚来见他多少次，他都忘记仔细看看她的眼睛，所以到了早晨一点儿也不记得了。他买了各种颜料，想要凭记忆画出茉莉亚的肖像，这样就可以回忆起她的眼睛了。颜料可以配出三百种色调，他都一一审视，但还是确信这些色调之中没有一种是茉莉亚眼睛的颜色。肖像也不成功，虽然他一画再画，因为他根本就不会画画。他越来越心烦意乱，军务完成得越来越糟，上司对他的惩罚也就越来越严厉。这一切，里奥全不放在心里，因为除了茉莉亚眼睛的颜色，其他一切事物，都已和他无关。

他听说在部队驻扎的小镇上有一个巫婆，给她钱她就能够给顾客显现出至爱亲人的形象。里奥找到了巫婆，告诉她自己没钱，可是恳切求她为自己变出心爱姑娘的形象，还说他一定要竭尽全力回报她。

巫婆老大不愿意地问道："你这个姑娘什么时候死的？"

"她根本就没死!"里奥呼叫,"她住在我们村里。"

"你这小伙子真是蠢货。"巫婆不耐烦了,"没人告诉你说我只召回死人的形象吗?"

"没有,"里奥十分惊骇,"谁也没告诉我。为什么呀?展现活人比展现死人容易嘛。"

"你可真是蠢到家了。"巫婆的声音透着焦躁,"巫女们对死人有法力,对活人没有。活人想见面就见面,不想见就不见。死人什么都不想,所以我们,巫术专家们,可以指挥他们。"

"我的事有什么办法呢?"

"没办法。"

"我想回忆起她眼睛的颜色,该怎么办呢?"

"怎么,傻瓜,你不记得你心上人的样子了吗?"

"记得当然是记得的,"里奥大声说,"就是不记得她眼睛的颜色。"

"她头发是什么颜色?"

里奥惊呆了。他努力回忆茉莉亚头发的颜色,可是回忆不起来。又绞尽脑汁,但仍然是白费,什么也想不出来。

巫婆微笑着挖苦他:"算你实在爱她了,连头发颜色也想不起来。那就说说她鼻子的形状吧。"

现在可以看出来,里奥连这个也不知道。他也不知道茉莉亚穿什么外衣,是否戴耳环,一双手什么样儿……真是一无所知。巫婆笑的声音越来越高,而里奥却因为羞耻而抽缩,而变小,而且越变越小。他保证说,他绝对记得茉莉亚的长相,当然能轻而易举地从记忆中呼唤出她清晰的形象,但是他却不能回忆出任何一个细节。最后他在绝望中呼叫:"我爱茉莉亚,我爱茉莉亚!"于是从巫婆那里走了。但是情况表明,羞愧已把他缩小,现在他的身高不比成年人的手指头长。起初他在街上奔跑,没有被发现;过了一会儿,有人看见了这个极小的小人儿,于是立即有一大群人来观望他,对他的身高惊奇得无以复加。

还没有人一下子承受这么多耻辱——原因不过是他以前感到羞愧而已。里奥艰难地穿过里外三层的旁观者们,最后回到营房,而营房里所有的人一见这一巨变,都笑得东倒西歪的。军官来了,看明白情况后下令逮捕里奥。军官担心他可能从普通禁闭室门缝里逃走,于是对他实施特殊禁闭,用一个空的果酱瓶。那里面又黏又脏,可是里奥气恼悲伤过度,连这个情况也注意不到了。第二天把他放出来,押送到由十二个军官组成的法庭。里奥孤身一人,小如手指,面对十二个军官;这些军官们都十分高大,正好符合他们的级别。他们争相用手指指着小囚犯,取笑他,用一把小小的尺子量他的身高。然后才开始审判。

"你的身体为什么这么小?"法官严厉问道。

"现在小,是因变小了,"里奥回答,"原来很高大。"

"为什么变小了?"

"因为羞愧变小了。"里奥回答。

"为什么事羞愧?"

"羞愧是因为不知道茉莉亚眼睛的颜色。"

"那又有什么?"法官说,"我也不知道茉莉亚眼睛的颜色,但是我一点不羞愧。"

"因为法官先生不爱茉莉亚,我爱。"里奥说。

"你知道不知道军规?你难道不知道,在军规第十二条中说,士兵不能羞愧,一羞愧就要变小,因而要削弱战斗力?"

"知道,"里奥在悔恨中承认,"我知道。"里奥知道,因为军规中的确有这么一条,他入伍后学过了。

"所以,你要马上停止羞愧!"

"不行啊,"里奥说,"我现在反而感到更加羞愧了。"

"现在有什么羞愧的?"

"现在羞愧,是因为个子这么小;还因为越变越小而羞愧。没完没了的。"

法官们望着看了看他。在这段审讯时间内他果然变得更小,现在几乎看不到了。法官们经过简短议论之后郑重宣布判决:

"列兵里奥因为犯有羞愧之罪,被判处消失。判决不得上诉。"

里奥听到这一判决后,更加羞愧,因而缩小的速度也更加快,几分钟以后,竟从法官们眼前消失。有人赶忙拿出放大镜在桌子上寻找他,可是没有找到。又有人拿来显微镜继续寻找,也毫无结果。最后只好罢休。里奥彻底缩小了。

关于里奥的这个奇异故事很快传遍全国,又很快传到里奥家乡的村子。朋友们、伙伴们奔走相告。不久以后,茉莉亚也听说了。有个女友告诉她,里奥是因为羞愧缩小的,今后谁也不能再看到他了。茉莉亚十分惊奇,抬起眼睛瞧了女友一下。她一双大眼睛是蓝色的。

大饥荒

来洛尼亚国爆发大饥荒的时候,该国领袖正快吃完早饭。这个消息的电报令他十分吃惊,以至于连皮吞下了一个软嫩鸡蛋,因此,后来他确信,给他的是一个煮得很老的鸡蛋。所以他先大骂了厨子一顿,厨子尽力辩护,但是厨子和领袖的全部讨论,在来洛尼亚,都没有什么结果,不了了之。

和厨子论证了一番之后,领袖吩咐把四名救火队员叫来,他问话口气十分严厉:"你们会不会扑灭饥荒?"

救火队员的确不会,但是又不想承认不会,因为很怕领袖。于是他们异口同声地说:"当然会。在救火队学校里我们学的就是这个。"

"好……那就赶快去扑灭,"领袖下令,"一小时以前,来洛尼亚爆发了大饥荒。"

"在什么地方?"救火队员们问道。

"在一切地方,全国各地。你们一定要把它熄灭,随时报告结果。"

救火队员们离开领袖,心里十分不安。他们使用救火长水管是得心应手的,可是还从来没有用水龙头去扑灭饥饿的火焰。只好能干多少算多少了。他们坐上救火车,开始到处洒水,领袖说全国都在挨饿,所以他们跑遍全国,到处大量浇水。因此,在来洛尼亚大水不断。街上的人都对救火队员呼喊,请他们快停工,可是救火队员们根本不理睬他们的呼叫,对妨碍他们工作的人高声严正宣布,不得妨碍他们的行动,因为他们必须用大水把饥饿扑灭。

领袖收到救火队员的电报,电报都是千篇一律:"我们正在扑灭饥饿。是否可以结束?"但是,另一方面,领袖也从其他地方收到有关饥荒正在来洛尼亚日益猖獗的告急电报,因而他向救火队员们连连回电:"行动不得停止。饥荒仍然猖獗。"领袖很不放心,很快把厨师开除了,因为他认为这个厨子调制的花椰菜的味道水汽味儿太大。但是,新任命的厨师给他调制的也同样水汽味重,而且,不久以后,领袖开始大发雷霆,因为不仅花椰菜,而且面包、酸奶、鸡蛋和炸肉排等全都水汽味儿十足。他撵走了新厨师,可是饭食仍然水分太大。不久以后,领袖各个房间中的家具开始渗出水来,水还从墙壁上冒出,还有,他写字用的墨水也一半是水了。这都是因为救火队员们把来洛尼亚全国都浇满了水,而且越灌越多。结果呢,全国都泡在了水里,水钻进一切地方,水面越升越高,淹没了街道、田地、房屋。一句话:发大水了。

领袖又着急了。他习惯于水一流就找五金工人。于是他召见了国内四名最好的五金工人,以沉重的话调问:"你们能不能止住水流?"

"那当然了,"五金工人说,"其他的我们不会,但是,这正是我们的拿手好戏。"

"那就请赶快动手立即停止大水在来洛尼亚到处冲刷,现在闹水灾了。"

五金工人认真对付了这一道命令。他们会修理跑水的住宅里的水龙头和水管子,但是从来没有对付过水灾。现在,在救火队员们长时间艰苦工作以后,街道上交通已靠行船;五金工人这时上了街,同时考虑该怎么办。肯定必须修理流出水来的水龙头,但是全部的问题是不知道到哪儿去找这个水龙头。因为看到水是从天上泼下来(当时救火队员正好是在别处),他们便以低价租了一个大气球,乘坐气球直上天空,去寻找流出淹没来洛尼亚的大水的那个龙头。气球飞上天空,关于五金工人的消息从此断线,大水继续横流,饥饿在来洛尼亚继续猖獗。

第二天,领袖刚刚用罢午后茶点,正想着小睡两小时有益于健康,却突然传来五金工人乘断线风筝的消息。领袖心里无名火起。小睡两小时的事只好作罢,现在必须得想办法。但是,该用什么办法却正是领袖一无所知之处。他下令立即召见全来洛尼亚国八个最好的算命大师。领袖在大办公室里接见他们,虽然疼得龇牙咧嘴（因为极度的潮湿加剧了他的风湿病），依然明言下令他们立即工作，要借助于他们的神秘手段探索明白用什么方法可以防止饥饿和水灾。

算命大师都是大学问家，但是必须享有良好的工作环境。其中一位把熔化的蜡放在水面上，然后预言；他声明，在这样一项重大工作中，必须准备大量的蜡，于是下令把全国的蜡都运来。因此，在来洛尼亚停止生产蜡烛。

第二位出预言要用液体铅，强调要用许多许多铅才能完成如此重要的实验，因此全部铅矿都专门为给算命大师提供这种物质而开足马力。

第三位出预言凭咖啡渣。因此他下令把来洛尼亚国内全部咖啡运来。他要喝完咖啡才能预言。

第四位要用扑克牌预言，吩咐把在来洛尼亚全国领土上能收集、能拿来的全部梅花、黑桃和方块都送到他那里去。他说他不需要红桃，因为他有的已经够用。因此，在来洛尼亚，几天以后，只能买到红桃，而梅花、黑桃和方块却到处缺货，因为这位算命大师买断了全部库存品。

第五位要用梦境预言。为了使他具有足够的梦境，领袖下令，从现在起，在一段时间之内（还说明这是过渡时期），来洛尼亚国公民不应该做梦，全国的全部美梦都要收集起来交付算命大师使用：他必须有作预言用的材料。

第六位作预言要凭借鸟的飞翔，所以全部飞鸟都要交给他做实验用。

第七位用小麦,所以得到全国全部库存的小麦。

第八位作预言需要水。因此他要求来洛尼亚现存的全部的水都供他研究使用。领袖做出相应的命令,当天就已经可以观看到初步的成就了。洪水消退,因为全部的水都给了算命大师以供他做实验用。救火队员提着空水桶乘车,必须停止工作。来洛尼亚已经没有水,自然也就没有水灾。

正因为如此,领袖下令,请算命大师不必再多考虑水灾问题,因为水灾已经消失,而只考虑饥荒问题。他自己十分仔细地观察他们的实验,注视工作的每一步骤。

相当长一段时间之后,大师们声明已经做完工作,于是领袖依次接见他们,了解成果,并听取建议。

最老的那位大师,就是要使用蜡的那位,一面抚弄白胡子,一面说明:"因为有了我的神秘科学,在多次实验和试用之后,我最终深入理解了来洛尼亚国的饥荒之谜,可以以毫无疑义的方式提出解决饥荒的办法。"

"快说,快说吧。"领袖求知心切。

"饥荒嘛,啊,"大师说,"就是缺乏吃的。有了足够数量的食物的帮助,饥饿就可以完全消除。因此,您作为领袖,请对全部居民下令,让他们置办充足的食品,饥荒就会停止。"

"这是全部的建议吗?"

"我的建议虽然简要,但是百试不爽,"大师回答,"陛下必定同意,如果应用这一建议,问题一定迎刃而解。"

但是领袖心情沉重,只轻轻点了点头。他觉得——不知为什么——这办法解决不了难题。下一位大师,用铅算命的,提出不同建议。他说:"根据我的建议,来洛尼亚的饥荒起源于这样一个不争的事实,即来洛尼亚国人的肚子、胃口太大。应该下令,让来洛尼亚全体国民把胃口大大缩小,这样,他们需要的食品就减少,饥荒也就消灭了。"

但是这一建议也不能满足这位爱挑剔的领袖。第三位大师表示,来洛尼亚国人挨饿,是因为他们人口太多。应该把一半人口赶出国门,饥荒自然消失。

在提出良好建议之后我们一般所期望的那种赞同言辞,还是没有听到。第四位大师解释说,领袖本人吃得太多,如果他自动限制食量(他已经是过度肥胖),那么,对于其他居民来说,食品就会更多些,饥荒也就停止。这位大师,由于显而易见的造谣诽谤而受到极严厉批判又被赶出宫殿。第五位大师建议领袖下令每天夜晚大放烟火,来洛尼亚全国人民会观赏烟火而忘记饥饿,这样就可以以低廉的价格解决饥饿问题。第六位大师建议,为了同样的目的,更多地组织马戏团表演。第七位大师宣称,最好的办法是不多谈食品,这是他全部的见解,因为这个主题已令他腻味。

第八位大师,即用水算命预言的那一位,提出与众不同的高见。他说:"通过研究,我找到如下的颠扑不破的真理:根本没有必要和饥荒斗争。饥饿是不可能斗垮的;即使能够,也不知道如何斗争;即使知道如何斗,也不应该斗。"

这个主意令领袖大喜过望。经过进一步考虑之后,他的确领悟到,和饥荒做斗争实在是没有任何明显的理由的。但是眼下,因为他必须付给算命大师(包括那名遭到严厉批判的)高薪劳务费,便下令向国民征收新税款。他在言论中说这笔税收将用于与饥荒做斗争,而心里又进一步想,这真是千真万确的,因为有了这笔税款大师们就可得到重奖,他们无论如何也就不会挨饿了。这不等于说,税款是用于和大师们所遭受的饥饿斗争了吗?而且,归根结底,算命大师们也是来洛尼亚国人的组成部分呀。

但是在来洛尼亚国,除了算命大师和领袖之外,还有一定数量的居民呢,因此,领袖认识到,也得为他们寻求一些反饥饿的手段。他得出结论:算命大师们刚刚提出的建议很可能不是那么不好,尤其是综合使用起来,效果一定奇佳。因此,他公布了下述内容的宣言:

> 亲爱的来洛尼亚国公民!因为我收到报告说你们正在挨饿,我决定帮助你们。作为领袖,我宣布下列针对饥饿的规定,坚决要求全国人民执行。第一,储存更多的食品;第二,要把胃缩小;第二,每两个人中有一人移民出国,留下的人就有更多的食物;第四,我们将组织烟火和马戏表演,饥饿就不再会引起注意。

这都是领袖得自算命大师的建议,他指望综合运用会收到预想的结果。虽然他忘记了追加第四位大师的建议,但是其他几项也是足以奏效的。

然而,当他注意到在他公布这一宣言之后来洛尼亚国的饥荒丝毫不见减轻之时，他越加感到惊奇。他得出结论，是国民们故意无视他的极好办法，于是他认识到必须严厉惩罚他们这种桀骜不驯的态度。但是情况又表明，来洛尼亚国民对他的惩罚满不在乎。领袖对于国民这种知恩不报的没良心态度十分不满，便决定不再管理该国政务。他声明，要乘气球去寻找那四个出发升天寻找天上失灵水龙头的五金工人。他坐进气球挂篮，起飞升天。大约一小时后，突然从高处飘落下来另一个气球，球筐里坐着早已经被认为是踪影皆无的四位五金工人。大群人闻讯而来，想要一睹远行后的工人，听听他们遭遇的故事。工人们说他们在天上寻找流出大水浇满来洛尼亚全国的那个水龙头，可是归于失败。龙头没有找到，可是他们自己倒给卷进了乌云，乌云把他们团团围住，他们很久也摆脱不了，钻不出来。他们询问地上的事，一听说领袖亲自动身去寻找他们，便从心里十分感动。

与此同时，领袖又消失得踪影皆无。他乘气球飞走以后，谁也没有再听到关于他的确切消息。可是——呀，你说怪也不怪呀——他一飞走，来洛尼亚国的饥荒就立即消失。谁也不知道原因，饥荒突然终结，正如世间许多其他事物一样。

来洛尼亚国居民们对这一出人意料的现象绞尽脑汁思考求解。多数人认为，领袖凭借自己的旅行实现了饥荒的平息。于是，男女老少都开始创作新诗，为领袖歌功颂德。

相反，另外一些人认为，既然饥荒是在领袖飞升之后平息的，那就证明领袖过去在国内的逗留乃是饥荒的原因。因此，这些人都开始写新诗，祝领袖臭名远扬。

就这样，在来洛尼亚形成两大派别，两派互相争斗，顽强不息：一派拥护领袖，一派反对领袖。他们进行讨论，互不相让，又争吵得激烈，从早到晚都吸引了来洛尼亚国民的注意力，因为所有的人都参加了这些大辩论，谁也说服不了对方。结果，来洛尼亚国民没有时间从事其他事务，都忘记了耕地播种，工厂车间几乎都停工停产。结果是：在来洛尼亚国，不久以后又爆发了严重的饥荒。

但是，幸运的是，就在此刻，任命了新的领袖。

※附录一

涉及认同和
归属的
四篇童话

1. 关于麻雀与鼬鼠的叙利亚童话

　　麻雀和鼬鼠赛跑：从小河旁边谁先跑到一棵树下，就从裁判那里得到三个榛子。麻雀跳着跑，鼬鼠也跳着跑。麻雀先跑到目的地。鼬鼠大叫：

　　"这个成绩，我不承认。你骗我了。"

　　"我怎么能够骗你，"麻雀反驳，"大家看着我跑的！"（有蝙蝠和兔子在场）

　　"反正你骗我了，"鼬鼠坚持原来的话，"因为你身体小，谁也不会相信，你这么小一点儿，还能跑得这么快！"

"找裁判去。"麻雀说。

他们去了。裁判是一个老骆驼。听完双方申诉之后，他说："没有欺骗，因为欺骗在于不说真话，可是麻雀没有说不真实的话。所以麻雀有道理，应该得到三个榛子。"

鼬鼠不满意，坚持必须请另外一个裁判评理。麻雀信心十足，表示同意，但是大声嘲笑鼬鼠愚蠢。

第二个裁判是猫头鹰。听了双方的证词之后，他说：

"骆驼的前提是正确的，但是得出的结论错误。确实，一般进行欺骗的时候都说假话，但是不仅仅用语言说话，还用其他符号。麻雀矮小，鼬鼠高大。因此，麻雀应该明白，自己不可能跳得像鼬鼠那么快；鼬鼠被麻雀的外貌欺骗，麻雀的外貌欺骗了鼬鼠。是麻雀欺骗了鼬鼠，是麻雀的外貌欺骗了鼬鼠，所以，实际上是鼬鼠赢了比赛，麻雀应该把三个榛子交给鼬鼠。三个榛子。"猫头鹰说。

现在轮到麻雀表示不满。他开始大叫："榛子，我坚决不给。"他说，"因为是我先跑完的！"

"但是你欺骗了鼬鼠。"猫头鹰说。

"我什么也没说。"麻雀大叫。

"你用外貌欺骗了他。"猫头鹰说。

"我生来就是这个模样，"麻雀回答，"我不能为自己的外貌负责。"

"你负责不负责，都没有什么意义，"猫头鹰吼叫，麻雀如此大胆,令他十分气愤,"一句话,你就这个面目,你这个面貌欺骗了鼬鼠!"

"我的面貌也许欺骗了鼬鼠,但是我没有欺骗鼬鼠,"麻雀气得满脸通红,大吼,"因为我——我不是我的面貌!"

"那谁是你的面貌?"猫头鹰恶狠狠地问,现在他已经平和下来,因为看到了麻雀无言以对。

"谁也不是。"麻雀说,已经没有把握。

"如果谁也不是,那就等于说,谁也没有欺骗鼬鼠,也就是说,鼬鼠没有受骗。可是你已经同意他受骗了!"

麻雀不知道该怎么回答。他必须把三个榛子交给鼬鼠,还因为犯有欺骗罪而被判入狱监禁二十五年。

宣判的时候,猫头鹰说:"即使你虚弱,也不能露相,因为附近可能没有裁判。"

2. 哥普特教派有关逻辑学家与蛇的童话

使徒圣托马斯在沙漠中旅行,心里感到奇怪:"蛇怎么能在沙漠里生活呢?"

"只要活着,就能,"蛇说,"众所周知,凡是存在的,就都能存在。"

"蛇没有水也能生活吗?"圣徒问。

"只要活着,就能,"蛇回答,还恶狠狠地补充说,"我对第一个问题的回答已经十分明确地包括了对第二个问题的回答,也可以说，亲爱的朋友，你提出第二个问题，是多余的，或者说，是累赘的，依此类推。"

"你说'依此类推'，是什么意思？"圣徒问。

"我想说，你不太聪明。"蛇解释说。

"那么，你为什么用成语'依此类推'，但是没有说'你不太聪明'？"

"我不愿意因为说'你不太聪明'而伤害你；我不愿意，因为我讲究礼仪周全。"

"但是最后还是出口伤人。"圣徒坚持说。

"因为你自找。"蛇回答。

"也就是说，你不讲究礼仪了。"

"我当然讲究，因为我说了，你不太聪明，因为这是你自找的。"

"可是我根本没有想到让你说出这样的话，只不过想让你解释解释'依此类推'的意思。"

"但是，那意思就是'你不太聪明'。"

"可是我以前不知道这个意思，或者我不可能想让你告诉我说我不太聪明。你既然说礼仪周全的人不说这种意思的话，那就在任何情况下也不能说。"

"在需要说的时候不说不就等于说谎吗？"蛇反问。

"说得正好，"圣徒反驳，"证明你不是礼仪周全的。"

"也许不周全，"蛇想了一下，说，"但是我有理。"

"你没理，因为你先说你礼仪周全，现在又从这句话后退了。"

"可是，我在其他全部事情上都是有理的。"蛇肯定自己（还引用了福音书中的一句话，但是不知道出处在哪里）。

"如果你在一件事上没理，在其他一切事情上，你也是可疑的，"圣徒反驳，"尤其是在我是否不太聪明这个问题上。"

于是，蛇突然咬了圣徒一口，还说："蛇一般用咬人来证明蛇有理。凡是被蛇咬的人都必死无疑，都没有理，因为从定义上看，不能活的人就没有理。"

不过圣徒到底没有死去，而是一瘸一拐地去了印度。在那里，他告诉许多人他事事有理，但是也有例外，就是他和蛇之间的那场争议。

3. 关于驴贩子的波斯童话

有一个小贩，名叫伊本·阿马德，很穷，他有一头同样枯瘦的驴，用来运送他同样不多一点的、不值钱的货物。但是，最后他变成了赤贫（原因呢，我们也不必追究），已经没有什么货物可以出售，所以他也不需要这头驴了。起初，他停止喂它——为什么要喂一头不再需要的牲口呢？——接着就决定把它卖掉。这头驴骨瘦如柴，又老又病，可怜兮兮，几乎连站都站不稳了。小贩还是把它拉到集市上，高声叫卖："卖驴哟，卖驴啦！"叫卖了很长时间，最后终于有一个叫菲鲁的芝麻官买了这头驴，付了很少一点钱——少得才刚刚够买一碗大米饭。但是，在芝麻官刚要付钱的时候，驴儿得出结论，以后没好日子过，便咽气死了。这时候小贩从芝麻官手里抓走了这几个小钱，疾步走开，表示交易已经完成。但是芝麻官不认输，吵吵嚷嚷地追上了他，要把钱拿回来，小贩不给，芝麻官就去找法官，要把现金追回。

"你卖的是一头死驴，"法官对小贩正色说，"而死驴不是驴。你还吆喝什么'卖驴哟，卖驴啦'，你犯了欺骗之罪。"

"死驴怎么就不是驴？"小贩问。

"我说不是，就不是，"法官强调，"这，谁都能够证明。"

"请法官大人原谅，但是大人说的话没有意义，"小贩恼怒，但是依然平静地说，"大人既然说'死驴'，就是设定形容词'死'是形容名词'驴'的，也就是说，死驴是一种驴，类似'小驴'，'聪明的驴'，'健康的驴'。"

"你就是一头驴！"法官大叫，下令惩罚大胆小贩。在鞭答过程中，显然，小贩改变了观点，承认死驴不是驴。但是他继续坚持那一点钱属于他，因为他卖了驴的遗体，于是问题又搬到了法官面前。

"驴的遗体又是什么？"法官问小贩。小贩因为受了答打脚掌刑罚，已经很虚弱。

"就是原来的驴。"

"现在已经不是驴了？"

"不是了。"

"你的话愚蠢透顶，"法官说，"如果某物现在不是驴，那么，过去也从来不是驴，因为你说此物过去是驴，你就等于继续坚持它是原物，或者说，原物可能是另外一物，同时又不是另外一物，但是到最后仍然是原物。因此，你陷入了矛盾之中，因此该罚，再打一百鞭！"

但是小贩经受不了第二次鞭笞，死了；死后，他在天使长引导下来到阴间法庭。天使长查看一番案情之后，得出结论，认为此案需要更多的才干和知识，于是把案子送到更高一级的天使长，该长官又把它送往更高一级，到最后，六翼天使不得不接过案子。显然，案子需要细致的分析，但是六翼天使与天使长不同，准备提出分析，但是当时在波斯市场上，所谓的分析还不为人知。

"一切都取决于我们在解释争议的时候，"他对小贩说，"是依据笛卡尔原理，还是依据亚里士多德原理。依据笛卡尔原理，驴的遗体的确是原来的驴，虽然在多方面已经损坏，而死驴是某一种驴（如小贩所坚持），虽然不能拿它当活驴那样使用。同样，受损的马匹挽具依然还是挽具，尽管已经无效、没用。这第二个区别——有用和无用——是技术上的，而不是形而上学上的。驴的躯体是机器，可能损坏和停止工作，但是它的物理存在的延续性并没有中止。然而，在肉体物质合一论解释中（已经证明是正确的），驴的遗体已经不再是过去的驴，因为驴的躯体之为躯体的时间长短，全凭专门用于它的动物灵魂保持活跃的时间有多久。因此，法官在第二阶段的审理是正确的，第二次鞭笞显然证据充足。另一方面，在第一阶段，法官在这一前提下不应该使用'死驴'这个词语，因为正如小贩已经精辟指出的那样——他这样就表示说，这个遗体是一种驴。这是一个错误。因此，法官在审理的第一阶段，在这一层意义上，是错误的，因为他不能够恰当地维护自己的判决（虽然判决本身是正确的，而且如果法官能够恰当地做出辩解，也是有效的）；因此，由于自己的错误，法官已经令第一次鞭笞失效。但是，从原因上看，第二次鞭笞与第一次有关，而法官由于在一开始就造成概念混乱，所以不能期待应有的推理会继续下去。因此，小贩虽然坚持错误的笛卡尔理论（按照这一理论推理），但是法官也不是没有过错的，因为他不能明确区分两种理论，尽管他的意图还算恰当。"总之，因为缺乏分辨力，法官刚一离开尘世，就受到了天使长的鞭笞。

小贩许诺要利用在天堂的逗留期间完成教育，学会理解判决，而现在他只理解法官也会受到鞭笞。这一点认识令他高兴，他竟然不留神在六翼天使面前流露出来；六翼天使警告他，不应该幸灾乐祸（尽管是罪有应得），于是小贩又被判处鞭笞；他挨鞭笞，只是因为尘世的鞭笞从法律上看没有充分的依据。而对于芝麻官来说，案情就这样无限期地拖延了下去。

4. 狐猴战争

狐猴战争已经延续了四十多年。战争开端情况如下。

应该知道，在狐猴利亚住着小狐猴和大狐猴。有一次，狐猴开会，会上有一只小狐猴说："狐猴的祖国，狐猴利亚，是一个伟大的国家。为什么呢？因为狐猴在这个国家里生活。狐猴利亚之所以叫作狐猴利亚，是因为狐猴在这里生活。"

话音未落，一只大狐猴站起来，十分气愤，说："根本不对，狐猴利亚这个名称的起因就在于狐猴住在这里——不对不对！正好相反，狐猴这个名称的起因，正是在于他们是住在狐猴利亚的。谁不说这样的话，谁就是狐猴利亚的叛徒！"

就这样，小狐猴和大狐猴之间的一场激烈争论和斗争开始。小狐猴都支持小狐猴发言人，都强调说狐猴利亚之所以称为狐猴利亚，是因为这里住着狐猴；而大狐猴都强调，狐猴之所以称为狐猴，是因为狐猴住在狐猴利亚。

争论很快演变成为一场无法调和的斗争，很快席卷全国。

大狐猴说："如果说狐猴利亚这个名称的起因是因为有狐猴住在这里，这就等于说，狐猴利亚只是因为这个偶然情况才成了狐猴的祖国。这其中的意思就是，狐猴在某一个时候来到了这里，因为他们自称狐猴，所以也就把这片土地称作狐猴利亚。因此，狐猴利亚原本不是狐猴的祖国，是狐猴来到这个地方的时候给了它这个名称的。因此，每一个来到这里的人都可以说，他享有和狐猴一样的权利，都可以给我们这片土地另外一个名称，例如：一匹河马来到这里，就说，因为他来到这里，这片土地就叫作河马利亚。或者，一条鳄鱼来了，就说，这片土地叫作鳄鱼利亚，因为他住在这里。这样看来，狐猴利亚就完全不是狐猴的土地，而是每一个来到这里、又给它起名的主人的土地。这样一来，凡是反对因为住在狐猴利亚而自称狐猴这种做法的分子，都是在夺取狐猴的这片土地。因此，他们既是狐猴利亚的叛徒，也是狐猴的叛徒！"

但是小狐猴有另外的说法。他们说："如果说狐猴享有这个名称是因为他们住在狐猴利亚，那就干脆等于说狐猴接受了他们所居住的地方的名称。如果他们到了狒狒利亚，他们就叫作狒狒；如果到了大象利亚，就叫大象。这也就等于强调说，狐猴并不的确就是狐猴，而只是出于偶然的原因，他们偶然来到了狐猴利亚，而且还落户定居。因而也就强调说，这块土地完全不属于他们，因为他们只不过游荡到了这里，拾起了这片土地的名称。因此，大狐猴既是狐猴利亚的叛徒，又是狐猴的叛徒！"

就这样，小狐猴和大狐猴之间的战争开始。大狐猴收集豌豆，用弹弓发射豆粒打击小狐猴，小狐猴被豆子打得抬不起头来，趴了一两个星期，不能继续战斗。但是小狐猴自有他们的办法。他们挖了专门的大坑，让大狐猴陷进去；大狐猴掉在里边，只好坐在那里一两个星期，爬不出来。然后，小狐猴把他们从坑里拉出来，绑在树上，让他们没有办法用豆子攻打小狐猴。豆子用了很多很多，大坑挖了很多很多，战争没完没了地拖延了十年、二十年、三十年。

小狐猴重复说，之所以名为狐猴，是因为在狐猴利亚居住，所以他们不能住在别的地方，根据这个道理推理，狐猴利亚理所当然就是狐猴的祖国，是谁也不能夺走的。大狐猴也反复说，有狐猴利亚这个名称，是因为狐猴在这里居住，因此，除了狐猴以外，别人谁也不能在这里居住，或者可以说，狐猴利亚自然而然是狐猴的祖国，谁也不能把它夺走。因为大狐猴强调是他们在保卫狐猴利亚，而小狐猴要把狐猴利亚推向毁灭，所以小狐猴也强调说，事实恰恰相反。真是没有办法让双方达成共识。就这样，越来越多的小狐猴因为遭到豆粒打击而倒下，同时越来越多的大狐猴掉在小狐猴挖的大坑里，看不到出路何在。

只有一只狐猴，不知道为什么既不小，也不大，属于中等身材，有一百年没有在狐猴利亚居住，而是客居外国，可是那个国家的名称他却怎么也想不起来了。这只狐猴在这一百年后终于回来，来到狐猴利亚，在海岸上遇见一只扛着一把铁锹的小狐猴。

"你为什么扛着铁锹？"这位归侨问。

"有用啊，"小狐猴回答，"挖坑用。"

"挖坑干什么用？"

"挖坑，让大狐猴掉进去。"

"为什么要让大狐猴掉到坑里呢？"

"哎呀，你怎么不明白呢？小狐猴和大狐猴交战多年，我们，小狐猴们，挖坑就是为了抓住大狐猴嘛。"

"交战多年？"这位归侨问，"战争？我一点也不知道，狐猴中间还有战争？是什么战争呀？"

"哼，怪了去了，你怎么没听说大狐猴异想天开呀？你知道，让狐猴们几乎无法想象的是，大狐猴们恬不知耻，硬说什么狐猴利亚这个名称的来由，是因为他们住在狐猴利亚。像这样的荒唐事，你能够想象吗？"

另外一只小狐猴正好站在说出这番话的小狐猴身旁，对准他的耳朵小声说："喂，小猴崽子，你脑子糊涂了吧？是大狐猴说狐猴之所以叫狐猴，是因为住在狐猴利亚，而我们，小狐猴们，是说：有狐猴利亚这个名称，是因为狐猴住在这里。赶快更正！"

这第一只小狐猴毫不迟疑,开始更正,为了归侨狐猴的利益,他拿腔作调解释说:"也就是说,我当然要明确指出,大狐猴恬不知耻,坚持声称,狐猴之所以称为狐猴,是因为他们住在狐猴利亚,但是,每一只具有健康理性的狐猴都知道,实际情况正好相反,狐猴利亚之所以称为狐猴利亚,是因为狐猴住在这里的嘛。"

"哎哟呵,是这么回事呀。"归侨说。他还是不太明白:"可是,能不能证明哪个名称先出现的,是狐猴呢,还是狐猴利亚?"

"那当然了,"小狐猴要发火了,"每一只有正常思考能力的狐猴都能告诉你,'狐猴'这个名称的形成,是因为他们住在狐猴利亚,也就是说,我要声明,狐猴利亚之所以叫狐猴利亚,是因为狐猴在这里居住!"

"这个情况,我得好好思考思考。"归侨狐猴说,有点儿扫兴。

"还考虑什么呀?"小狐猴喊了一声。"这个情况,早就有人考虑过了!没什么可说的了。所有的人都信仰这个真理。"

"可是大狐猴们……"归侨开口。

"一般地说,大狐猴不是狐猴!"小狐猴大喊,"这个道理,每一只真正的狐猴都是一清二楚的!"

归侨狐猴心情沮丧,走开,去琢磨这件事,在琢磨的同时,遇到一只大狐猴,于是向他说明了刚才的事情经过。然而,归侨狐猴发现,大狐猴的解释和小狐猴的完全一样,只有一个区别,就是小狐猴说"叫狐猴利亚,因为有狐猴居住",大狐猴说"叫狐猴,因为他们住在狐猴利亚"。

归侨狐猴，或者说，中狐猴，十分困惑，不知道该怎么办。他决定召开全体狐猴会议，结束这场战争。大小狐猴都应邀到会：小狐猴扛着给大狐猴挖坑用的铁锹，大狐猴紧握用来向小狐猴发射豆粒的弹弓。这位中狐猴没有铁锹和弹弓，他致开幕辞："情况我已经听说，小狐猴和大狐猴之间正在进行战争，原因是这样一个问题：狐猴利亚之所以称为狐猴利亚是因为狐猴住在这里这个命题，还有相反的命题，即狐猴之所以称为狐猴，是因为生活在狐猴利亚——这一正一反，哪个正确。因为我对情况不是十分明了，我又不十分聪明，不能够独立处理问题，所以我提议请最大的狐猴谈谈看法。"

最大的狐猴站起来，刚要说话，小狐猴们就骚动起来，吼叫说，最大的狐猴本质上是一只大狐猴，而一切大狐猴实际上都根本不是狐猴，在有关狐猴与狐猴利亚问题上谎话连篇。于是中狐猴想要请教最小的狐猴，可是大狐猴们立即喧闹起来，说小狐猴不是真正的狐猴，他们的话不能听，因为在有关狐猴利亚和狐猴问题上他们散布弥天大谎。会议毫无结果，散会的时候，大狐猴开始用弹弓发射豆粒打击小狐猴，小狐猴开始挖大坑，捉拿大狐猴。

中狐猴一直在考虑采取什么行动结束战争。最后有了主意。他想起来几百年以前有一位英明的狐猴写了一部著作，是专门论述狐猴起源历史的。于是他重新召集会议，提议研读这部名著，来解决全部问题。

没想到这个提议得到了大小狐猴的普遍认可，于是决定研读几百年以来都没有读者光顾的这部专著。

然而，研读谈何容易！著作极其详尽，有两万五千卷，不知道哪一卷里有对于构成战争原因之问题的答案。不过，大小狐猴都同样开始研读。在第7389卷中，一只小狐猴发现，狐猴利亚的名称来源于狐猴，可是一只大狐猴在第22816卷中发现，狐猴的名称来源于狐猴利亚。因此，还是没有取得共识，因为大狐猴坚持认为，只有第22816卷重要，而第7389卷毫无意义，而小狐猴的看法正好相反。同时，任何一只狐猴，不论大小，都没有能力读完两万五千卷书，无法确定几百年以前一位研究狐猴的学者最后是如何解决这个问题的。

但是，中狐猴依然不断努力。他召集会议，发表演说："亲爱的狐猴们！大家可以回忆一下，狐猴的上一次战争发生在十万年以前，当时交战双方一方是黑夜睡觉的狐猴，另一方是白昼睡觉的狐猴，而不是在大小狐猴之间，因为大小狐猴中间都有白昼睡觉的和黑夜睡觉的。那一场战争还涉及狐猴死后要去的天堂的名称是否也像在大地上一样，叫狐猴利亚，还是叫狐猴欧利亚——多了一个'欧'字。那场战争给狐猴带来极大的灾难。战争结束全是因为上帝派来一位天使，向狐猴做出解释，说狐猴利亚和狐猴欧利亚的区别，就在于多了一个'欧'字，别无其他。死后愿意住在狐猴利亚的狐猴，可以住在那里，其他狐猴愿意住在狐猴欧利亚，也可以随心所欲。"最后，中狐猴拉长声音问道："为什么不能照此办理，请教天使帮助解决争端呢，啊？"

于是，狐猴，无论大小，都准备接受这个建议，因为双方都认为天使会支持自己,但是遗憾的是,谁也不知道应该怎样引导天使。这样一来,问题又搁浅了。

中狐猴感到绝望——应该知道,他是唯一中等身材的狐猴,而其他全部的狐猴都是或者大或者小——他说:"但是我们可以找到共识,我们可以承认,'狐猴利亚'这一称号的缘由是狐猴住在这里,而狐猴之所以叫作狐猴,是因为住在狐猴利亚。"

起初,这个见解受到普遍的承认。"好啊,好极了!"小狐猴欢呼,"中狐猴说得对,'狐猴利亚'这个称号来源就是狐猴住在这里!"

"好啊,好极了!"大狐猴也开始欢呼,"中狐猴说得对啊,狐猴叫狐猴,是因为住在狐猴利亚!"

"且慢,我并没有只说其一,未说其二,"中狐猴竭尽全力辩护,"我是既说了其一,也说了其二的!"

于是小狐猴和大狐猴都异口同声地呼叫,说中狐猴是一个大骗子、大傻子。他们集中全力反对他,把其他一切事物都置诸脑后。全部狐猴都向中狐猴猛扑过去,叫骂着要把他关进禁闭室,或者用弹弓发射豆子攻打,或者推进大坑。他们都喜欢这个决定,于是达成协议,先用弹弓发射豆子击打,然后推进大坑,最后关进禁闭室。

就这样,小狐猴和大狐猴之间的战争结束,他们都很满意,只有中狐猴是例外,他坐在禁闭室里苦思冥想。而且,全部狐猴最后终于都承认,有"狐猴利亚"这个称号,是因为狐猴住在那里,而有"狐猴"这个称号,是因为他们住在狐猴利亚。

看样子一切都已经胜利结束。可是，在一段时间之后，某一位大狐猴说："中狐猴先说，有'狐猴'这个名称，是因为他们住在狐猴利亚，然后才说，有'狐猴利亚'这个名称，是因为有狐猴住在这里。因此，最重要的事乃是'狐猴'的名称来源于狐猴利亚，而不是相反。"

但是，小狐猴一听这话，马上义愤填膺，高呼："混话，中狐猴先说，'狐猴利亚'的名称来源于狐猴，后来'狐猴'才得名于狐猴利亚！"

这样，争吵卷土重来，目的是要分辨清楚中狐猴先说了什么，后说了什么。但是这次已经不是小狐猴和大狐猴之间的争吵，而是黑狐猴和白狐猴之间的争吵，因为在黑狐猴和白狐猴里面都有大有小。他们决定去问中狐猴，真实情况到底如何，可是中狐猴已经死去，移居另一个世界的狐猴利亚，或者狐猴欧利亚，再也不能出面解释了。紧接着，在狐猴中间，新的战争重新开始，战争一直延续到今天。大家都等待天使提供答案，但是天使一直没有出现。看样子不久以后应该出现吧。

※附录二

不从事
花园耕耘的
五大理论

不堪忍受园艺劳动的人,是需要理论的。不从事耕耘又不提出不耕耘之理论的做法是肤浅的,是不良的生活方式。

理论应该有说服力,有科学性。但是不同的理论对不同的人才是有说服力和科学性的。所以我们需要许多理论。

取代不从事园艺劳动的办法是从事园艺劳动。但是,提出理论比在园中实际劳动要容易得多。

1. 马克思主义理论

资本家们想方设法搅乱劳动群众的思想,用各种反动的"价值观"毒害劳动群众。他们想要"说服"工人,田园劳动是巨大的"愉快",并且以此为伎俩,让工人在休闲时间保持忙碌,以防止他们开展无产阶级革命。除此之外,他们还想说服工人,因为他们有了自己的一小块土地,所以他们已经是"有产者",而不再是雇佣工人。这样,在阶级斗争中就把他们拉拢到了有产阶级一方。因此,推荐从事园艺劳动就是引诱参与大阴谋,目的在于对群众进行思想欺骗。你不要从事园艺劳动。证讫。

2. 精神分析理论

喜爱园艺乃是典型的英国风气。缘何如此,容易理解。英国乃是工业革命第一国家。工业革命扼杀了自然环境。大自然乃是母亲的象征。因为杀害母亲,英国人犯有杀母之罪。一种无意识的罪恶感攫获了他们,所以他们要赎回罪孽,方法乃是耕耘自己的一小块伪自然田地,并且倍加珍惜。耕耘田园乃是参与巨大的自我欺骗;幼稚神话延续了这一欺骗的寿命。你不要从事园艺劳动。证讫。

3. 存在主义理论

世人从事园艺,目的在于把自然文明化。但这是把物自体改造成为自为体的一种绝望的、徒劳的尝试。这不仅仅在本体论上是不可能的,这是自我欺骗,在道德上是对现实的不可允许的逃避。而物自体和自为体之间的区别是不可能消除的。田园耕耘,或者想象大自然可以"人化",都是竭力要把这一区别抹掉,都是毫无希望地妄想反抗自身无法降低的、人的本体论地位。园艺乃是一种欺骗!证讫。

4. 结构主义理论

在原始的集体中,人类生活是分为对立体的:工作与闲暇,与此相对应的是田野与家室。人在地里工作,在家里休息。在现代社会中,对立轴线被逆转:人在家中(工厂厂房、机关等)工作,在开阔空间(花园、公园、森林、河流等)度过闲暇时间。在保持概念结构的时候,这种二分法是关键,而人正是依据这样的结构组织生活的。田园耕耘是在家室与田地、闲暇与工作之间的二分法中制造混乱;这无异于掩蔽、最后消灭作为思维条件的对立结构。田园耕耘乃是一种大错误!证讫。

5. 分析派哲学

人们虽然做出许多努力,但是没有能够提出关于田园与园艺的令人满意的定义:全部现存的定义都留下很大的疑问空间,即哪些现象应该归属于哪一类。简单地说,我们不知道田园和园艺到底是什么。使用这些概念在精神上已经是不负责任,更何况还要实际耕耘田园。你千万不能耕耘田园!证讫。

1985 年

天堂的钥匙

上帝，或曰人类行动动机与后果二者之间的矛盾

　　上帝创造世界，是为了他自己的荣耀。这是一个无可争辩的，而且也是可以理解的事实。任何一种伟大的荣耀，如果世人不能目睹，都有美中不足之感。实在说，在这种情况下，是没有人再想获取这伟大的形象的。这种伟大无的放矢，毫无目的。身居一种无穷尽的永恒孤寂之中，再伟大也无利可图。在绝对的独处中，我们倾向于犯罪，纵情享乐，放心大胆，无所谓什么罪恶。问题就在于，一个身处完全的、不可救药的孤独之中的个人会有什么罪恶呢？理所当然的是，如果生活在完全的孤独之中，那么，一个罪人和一个圣徒之间的区别等于零。

　　神圣和伟大只存在于具体的环境之中。人的神圣，当然也存在于与上帝的关系之中。但是，这样的话语是否也适用于一个

独处的上帝的神圣呢？所以说，些微的虚荣（有谁能完全避免？）就足以在上帝心里引发出创造世界的欲望。

说到做到，上帝竭尽全力创造了世界。只有到了此时，他才变得真正伟大，因为现在有人景仰他，他又把人比拟为他自己，真是好上加好呀。对此，我们不必大惊小怪。孤独是一项残酷的发明，是一种境遇，与其说适合于上帝创世以前所在的那个地方，不如说更适合于地狱。而上帝创世之前所在的地方虽然大家都公认不为我们所确知，但是总体看法认定那是极其愉快的地方。而且，如果我们认为人类的孤独永远与往事有关，那么，这种孤独的处境就是十分难以想象的；这是以往曾经存在，为人所知的一种现实之丧失。而对于创世之前上帝的孤独是连一丁点儿回忆也无从寻觅的。因此，在有关孤独的概念或者想象中，甚至在孤独的感受中找不到舒适，这一发觉的前提是必须意识到人与世界的对立。

如果世界不存在，而且永远没有存在过，则这种意识也不存在。也无所谓孤独的处境，因为不存在人因为与某种事物形成某种关系而感受到的孤独。从这一方面来考虑问题，我们的确没有权利责备上帝创造了世界。对他来说，这是逃离他身处其中、不堪忍受之空虚的唯一的办法。

然而，应该记住的是，这不仅仅涉及孤独。上帝也想要满足他自己对荣耀的渴望。对于德高望重之辈而言，渴求荣耀美德行径都有不良之嫌。而用某种特别明显的方式表达这一渴求，甚至被公认为恶劣。但是，实际情况恰恰如此。上帝为自己的荣耀创造了世界，还不失时机地向世人展示，他唯一的动机正是这样。但是，他令人欣喜的诚挚抵消了他不够谦虚的态度。

现在，有人可能提出反驳，认为上帝的动机不足以赞赏，他亲自达到的成果也并不鼓舞人心。我不同意。我也不认为已经创造出来的世界是一个特别成功的伟绩。虽然确定世界是被一位全知全能的上帝创造这一看法肯定是一种过分的夸张，但是，我依然要大胆断言，这世界带有真正伟大创举的印记；我还可以毫不迟疑地说，也带有天才的印记。正像人类许多成就那样，世界是混乱的，没有章法可依，而且无疑有其种种媚俗的、粗糙的和乏味的方面。还有，和它打交道，常常令人极端不愉快。即使如此，我也还要重复：这个世界是宏伟的，予人印象深刻。有很多证明来支持这一判断，我准备在适当时刻提出。

但是，在某些方面，世界是可以改良的，在做出判断的时候，这一点最为重要。千千万万人民的最大努力，可以造成微小的改良和好的变化。历史可以提供翔实证据，来支持这一观点。

从此可以得到什么教训呢？这教训实在是太过平淡无奇：有时候人的行动动机不良，但是结果有益。

是否反之亦然呢？是的，有关上帝和以色列人民之间关系的下面的这个故事就可以做证。

以色列人民，或曰毫不利己做法的后果

上帝反复宣告了他对以色列人民的特殊之爱以后，在某一时刻发出大约如下的言论：

"我和你们，而不是和其他民族签订契约，原因并不是你们比他们人数多。相反，众所周知，在数量上你们是最小的。我和你们签订契约，是因为在我看来你们令人喜悦。"

这是用以说明情况的清楚和唯一合理的方式。爱不需要辩解。有时候，我们为爱寻找理由，说我们爱某人是因为某人如何如何，因为我们器重该人什么什么优点，因为该人具有什么什么特征，等等。这些解说大部分都是愚笨的，而且毫无必要。根本没有必要解释真诚的喜爱，注意到这个事实就已经足够。某物或者某人让人觉得愉快可爱，不需要什么理由，什么保障，或者什么目的。我认为，上帝向他的选民发出这一宣言，做法诚挚大方。而且通过向他们展示对他们的无私之爱和负责保护他们（完全不配）的愿望，他提示出一种对他们的特殊义务。在他的话语之中，他展示出毫不利己之大德——这的确是十分罕见的。

你们也许要问：这有什么好？要点正是在这里。这有什么好？

当然，这个宣告发出的时间，是紧随解除埃及枷锁之后，但是却早在下列时代之前：

罗马帝国，

西班牙异端裁判，

德雷福斯事件，

第三帝国，

和性质类似的其他若干现象。

如果我们清醒思索这一情况，我们会立即想到这一事实，亦即这种毫不利己的爱和对于造物主即将给予上帝子民的特殊关怀的提示，后来证明实际上是没有价值的。

这一见解又造成这样一个问题：依靠毫不利己的爱有多少意义呢？动机确实是高尚的。皆因无代价提供的爱，亦即以纯粹的喜欢，或者（我们也可以说）以设计好超越理性的一种喜欢为依据，肯定是最高形式的爱。然而，尽管动机高尚，后果却是灾难性的。

教训：让我们不要依靠毫不利己的情感。让我们更多地依靠互惠理念，而不是善意。只有在发出许诺的人知道我们能够报答其善意的时候,我们方才可以接受许诺。有数十位哲学家,尤其是托马斯·霍布斯[1],已经证实了这条行为规则的贡献,更不用说见于日常生活的贡献了。

让我们记取这一事实:我们接受多少,取决于我们能够给予多少。而且,《圣经》本身证实了这一忠告的正确性,见于该隐与亚伯的故事。

---

[1] 托马斯·霍布斯(1588—1679),英国哲学家。——译注

该隐，或曰对"论功行赏"原则的解读

我们都知道，该隐是一个农夫，而亚伯是一个牧人。所以，理所当然的是，该隐应该向上帝供奉麦子、亚麻、甜菜、水果，亚伯应该供奉烧祭油脂、肉、羔羊和带脊骨羊肉。但是，很遗憾，同样理所当然的是，从市场价格来看，亚伯的供奉必定显示出那是一种无可比拟的更为珍贵的礼物，引起上帝的注意，而该隐的礼物被婉拒，手势显出鄙夷，面部表情可能也不太和悦。还有，没有证据表明上帝吃素，不然，场面就会截然相反了。无论如何，实况和引发出的后果是有案可查的。

上帝对于这两兄弟供奉物的反应提供了对于"论功行赏"原则的最佳阐释。由于这一原则没有得到正确的表述，它也没有得到正确的解释。"论功"的含义被错误地说成是，在分配奖赏时，应该特别考虑个人的努力程度,亦即劳动时间数量和诚意的多寡。

从这个观点看,兄弟二人的供奉物就是相同的,因为每个人都拿出劳动分工之所得。该隐供奉一袋麦子,亚伯供奉一只羊。正是在这里,上帝表现出了所谓的公正的实质。分配奖赏过程中的公平是不能区分出完成劳动或者取得"功绩"的客观条件的。也不会注意这样一个事实:落在农夫身上,但是绕开牧人的命运是决定了人的命运的。它只考虑劳动的客观成果。总之,该隐是很可能想方设法寻求过更好的供奉品的。退一万步说,他甚至可能偷他弟弟的东西来献给上帝。肯定这种做法不太可取,但是同样可以肯定的是,这种做法造成的效果可能更好一些。而且,可以设想,既然这种小偷小摸对上帝有利,上帝也就不会追究不休了。

但是,该隐决心保持诚实,有什么供奉什么。然而,他又不能忍受他所遭受的,在他看来对他的不公平。还有,他的反应显示出他缺乏逻辑,或者他的无知、天真。如果从一开始他就知道公平评判的性质,但依然决心诚实行事,他就应该坚持不懈,对所遇到的情况不感烦恼和愤怒,因为,归根结底,这些情况是可以轻易预见的。如果他不知道,他就是天真透顶,因而不配得到同情。

教训:我们来看看这个事实。我们所得回报的高低大小,是以市场价格,而不是我们工作所费劳力多少为依据的——有许多学者,包括卡尔·马克思,都支持这一原理,当然更不必说日常生活对它的证实了。我们的朋友和兄弟可以承认我们的善意、我们的努力和我们的高尚意向。但是我们的兄弟或者朋友不会给我们制定出对于一条法则的所谓公正判断，因为无论社会法则还是神性法则，都是以我们行为的结果，而不是以我们的意图为指导的。如果我们把握了这条原则，就会有许多愉快迎面而来；我们将会在突然付给我们的高于市场价格的每一分钱中见出一个好运来临，见识出命运的一份赠礼。然而，只要我们从一开始就认为我们必须应承它的方式违背了公平规范，我们就势必要生活在一种无尽无休的气恼和愤怒状态之中，对人对事都愤愤不平，最后甚至可能由于气恼而动手虐杀我们的兄弟。

挪亚，
或曰对
团结的考验

上帝终于后悔创造了人类——为时已晚！面对自己匆忙行事的后果，他惊恐不已，决心把酷似自己的拙劣摹本全部淹死。我们知道，他只认定挪亚一人值得拯救。但是他犯了有失轻率和不公正的错误。他行动轻率，因为他本应该已经理解人类，可以预见即使世界上只剩下一对夫妇，一切也都会从头到尾重复出现，这种烦恼甚至在数年之后就会令他痛苦不堪的。他的行为不公正，因为只有人类的罪恶激怒了他，他却把动物也都消灭，这有什么道理？说到底，动物是绝对无辜的呀！

不过，我们不必这样追究下去了。我们关注的是另一件事，有关挪亚的事。

挪亚长于阿谀奉承。如果众所周知的一位暴躁、爱记仇、

火气大、报复心盛的老师对全班学生骂声连连，但是只对一个学生接二连三地表扬，那么，我们就不难衡量这个得宠学生阿谀奉承的高超水平了。但是，挪亚在内心还保存有一星半点的正直感。和上帝的冲突现在暂时还仅仅限于上帝的高声斥责和威胁，他就一点一滴地谋取上帝的信任，不断逢迎他，讨他的欢心。直到有一天，他终于注意到情况急转直下：人类的生存危在旦夕。

挪亚长时间地反复思考自己进退两难的处境。一方面，人类基本的团结互助心理教导他不要脱离被内定遭受灭顶之灾的兄弟姐妹，还要设法得益于想要消灭全部家人和全部朋友的暴君的善良的一面。在这样的情况下（挪亚自忖），一个正直的人必须站在命定遭受毁灭者一方，和他们同甘共苦，而不去为施迫害者效劳。即使他们有罪，听任他们受苦受难，而同时只顾保全自己，也是不体面的。无论如何（挪亚继续思忖），归根结底，我还是人，不是上帝，表现我和人类同舟共济的精神，从道德上看，对我还是有约束力的。

另一方面，人类再生的仅有的机会现在取决于我（挪亚继续思忖）。上帝已经清清楚楚地告诉他，除了挪亚及其近亲（兄弟姐妹不算）之外，他无意赦免任何人即将到来的屠杀。因此，如果我以兄弟情义名义自杀身亡（挪亚告诫自己），我就势必消除了人类再生的机会。即使这个世界不是最好、最理想的，它也有权利存在下去。

一言以蔽之，挪亚的困境在于或者必须决定背叛同胞，或者为世界彻底毁灭而负罪责，二者之中哪项还算好些。任何人也从来没有被迫面对如此残酷的选择，任何人也从来没有陷入人类命运名副其实地落入自己手中这样的境遇，而与此同时，人类的得救又只有通过自己在道德上的堕落才能得到保证。

如果我最后决定选择死亡，因而在道德上保存了面子，当然，我也不是要伤害任何人。如果我从一开始防止尚不存在的子孙后代的形成和存在，那么，还说我损害了他们的利益，这话就有失公道了。在创世之后的第1749年（这是洪水的准确年份），或者公元前2011年，断定我的行为可恶可恨就太天真了，因为在公元后1957年，也就是说在3700年之后，能对我的英雄业绩提出报告的人是无处可寻的。相应地，最好是行动得体，同时一劳永逸地结束这件里外不讨好的运作。另外一方面，我又不能舍弃世界，世界的存在值得珍惜，保存世界的行动本身就很有价值。当然，这一点我现在不能证实，因为暂时还想不出有理有据的论断，但是这一信念根深蒂固，我也无法处置。

多方考虑之后，挪亚决定承担背叛人类的恶魔式的罪责，因为这是挽救人类的唯一的方法。从此之后，他似乎全然蜕变。他为以往的阿谀奉承痛感羞耻，突然意识到了他过去所作所为的恶劣和徒劳。他用意诚恳，因为他设想，他如果不必通过自己挽救世人，并且在这一过程中得益颇多，而是承担羞耻——那么，他就会愉快得多。难道不是人人都认为他的所作所为的动机，就是明哲保身而非其他吗？他不可避免地得到的名声，是不可能引发出第二种解释的。

挪亚的行动的确有英雄气概：这一次他准备有意地扩大羞

耻感。他把自己的决定告诉了兄弟和亲朋好友，他们都转身离开他，表示不齿，认为挪亚依然故我，也就是说，依然是一个不可救药的马屁精。他的决定引发出的恐怖戏剧没有及于他们。挪亚耐心忍受。只有他决心对暴君施行报复，他要用下列方法养育子孙后代：让过往世代发生的全部叛逆和全部违法事件，和今后几代之内出现的事件相比，显得苍白无力。他的子孙后代将会是一帮不肯悔改的叛逆分子、臭名远扬的嘲弄分子，他们的存在将会成为全能的上帝挥之不去的苦恼根源。此景即将来临，但是挪亚肯定是无缘目睹的。

于是他爬上方舟，背叛了朋友、故乡和兄弟。

教训：让我们牢记，我们可以低首下心地服从强者，甚至为了我们同伴的利益而背叛他们，但是，我们必须极为肯定地、极为清晰地知道，只有这样才能挽救全部世人。迄今为止，只有挪亚一个人面临了如此的困境。

罗得之妻,或曰求助过去

齐莫曼教授和纳格尔教授近期的研究发现,所谓的所多玛罪恶不过是该城仇敌们为了把它的名誉搞臭而编造出来的神话故事。的确,《圣经》中没有提及此事。所多玛市民和更高一级权威的冲突的真正原因是完全不同的。所多玛人接受的观点是:所有的人都享有自由平等,思维权利不可剥夺。他们制定法律,宣告普世自由、平等和废除死刑。

通过颁布下列条文,这些法律在所多玛城又增加了一种恰当的效力:

1. 凡是否认人民自由,坚持剥夺某一个人自由的人,都要监禁,期限不定;

2. 凡是否定人民平等，要求采取不平等措施的人，都被剥夺全部权利，遭受奴役；

3. 凡是要求实行死刑者，按照法律裁定都要被判处死刑。

为了实施这些法律条文，所多玛城居民组织了庞大的秘密警察网，其任务是在私人住宅和街道上偷听，听到任何人发表不符合这些法律条文的言论，立即逮捕。因为许多人对于废除死刑这一点提出疑问，就都被送到简易法院，就地枪决。这种判决数以千计。因为对普世自由原则质疑被判入狱，因为怀疑普世平等而被贬低为奴隶的判决，也是数以千计。

后来，为了提高工作效率，秘密警察被划分为三个网络，每个网络专门调查一种罪行。但是常常出现如下的情况：普世平等护卫警察对普世自由原则提出疑问，所以被普世自由护卫警察密探逮捕；与此同时，这些密探偶尔对废除死刑表示不满，又被死刑预防警察抓获送交法庭。依此类推。

结果，造成一种令人不堪忍受的局面，在三个网络中，一种相互的深仇大恨迅速膨胀，人人都密切监视其他网络的人员，超过对全体居民的专注。人民的绝大多数现在都当上了警察，而且开始互相告密，所以入狱、奴役判决和行刑队执行命令活动达到群众性的规模；每支警察队伍都严重减员，所以需要持续地补充。这倒也不是说从人民中间招募警员有多困难，体面的人士有什么理由拒绝和忠诚于维护人民自由平等和安全事业的组织合作呢？就这样，在一年的时间之内，有四分之一的人口因为反对废除死刑而被枪决,另有四分之一因为不同意自由原则而被投入监狱,第三个四分之一因为质疑普世平等而被奴役,在剩下的百分之二十五人口中,几乎每个人都在三个警察网络之一供职。

耶和华目睹这一切,十分难过,心里着急。他认为所多玛城的条条理论都不合乎他的胃口,因为他断定自由平等是荒谬的理念,而废除死刑干脆就是旨在反对他的异想天开的怪异行为。他也不能容忍所多玛人如痴如狂地坚持这些原则。于是他向这座罹患狂病的城市派遣了特使,命令他们宣传他的决定:人民不是自由平等的,死刑必须保持下去。

这些警员接触了一个叫罗得的人,长时间以来秘密警察一直认为这个人是一个可疑分子。的确,出现这个局面是有充足理由的,因为警员进一步熟悉罗得之后,他的家人们表述了他的见解:人类相当大的一部分是劣等民族,应该关进集中营,稍有不服,就处以死刑,以示惩罚这样的原则,对于所多玛城,是污辱性的。接着,耶和华的特使们宣告了他们主公的计划:所多玛人的哲学令耶和华愤怒,于是他下令烧毁全城。但是他,罗得,因为丝毫不同意这一哲学,所以将会被引出城外,免遭毁灭。

事实也正是如此。拂晓之前,特使们把罗得及其家属带出城外,就在此时,火焰波涛从天而降,顷刻之间,全城化为万顷火海。

正好在这个关键时刻,罗得妻子的一个众所周知的行动发生了。耶和华特使们禁止她在逃亡过程中回头观望,说:"如果你回头,这就表示你留恋过去,留恋上帝所诅咒的自由平等和安全的原则。你要记住,这种随意的行为会招致死亡的惩罚,因为耶和华想要再次证实你们家族的信念即死刑合理,所以更加准备把这一条律令用在你身上。"

可是,罗得妻子和她丈夫截然不同,她刚一走过城门,就开始怀想自由平等和安全,总之,怀念过去,因为她被如此猛烈地剥夺了过去。她离开故城的时候心情沉重,随着被活活烧死的所多玛市民的呼号声在远方隐退减弱,回首观看的欲望给她的苦恼一刻胜似一刻,以致到最后这一欲望变得铺天盖地一般,令她再也忍耐不下去,于是她猛然回头,向火海中的城市投以一瞥。我们都知道,就在这一时刻,耶和华把她变成为一个氯化钠白石柱,只有外部还多少有一点像人的形体。

这一批难民惊愕无比。

"哎呀,我内人变成了矿物质了!"罗得大叫,向领队奔跑,"看在上帝份儿上,快想办法救她!"

"嘿,我看这是她本人的过错。"耶和华的一位特使说,"我们警告过她呀,她为什么要返回过去呀?"

"她并不是要返回过去!她只不过是想要在它毁灭的时候看它一眼啊!"

"想要观望过去,"特使严厉地说,"就是想要恢复过去。不然为什么还要看它?"

"不过是目睹一下它的灭亡。"

"嗨嗨,朋友,不行啊!你得明白,在耶和华阳光照耀下,最严重的罪恶之一,就是审视过去。"

"为什么?"

"因为过去保存着人不需要知道的知识。"

"但是我们已经知道了我们的过往世代。在过去之中,还能找到什么秘密?"

"耶和华不愿意用过去来比较现在和未来。过去必须忘记,因为……"

"因为那样我们就必定不能够充分地赏识未来。"罗得把他的话接过来说完。

特使宽厚地笑了笑。

"你反应得快,朋友。可是你有所不知。世人怀念过去,不是因为过去更好,而是因为那是过去。还有一个实情应该牢记:人就是过去。除此之外,一切皆无;夺取你的过去就等于杀死你。过去可以渐渐地,于不知不觉中取走,如果于骤然间取走,你的生存就会告终。你的内人在一瞬间目睹了她过去生活的废墟,因此必死无疑。"

"天使先生,你说话自相矛盾。你以前说过,耶和华消灭了我内人,是因为她不想忘记过去,现在你又说什么她是自杀身死,因为她的过去被消灭了。"

"自相矛盾是耶和华的秘密。"特使说,不太客气了,"因为怀念过去,你内人冒犯耶和华,又想自杀;但是,在她观望已经成为废墟的过去那个时刻,她把自己毁灭了。所以,严格地说,她的终结是由耶和华和她自己的联合行为造成的。"

"照你这么说,耶和华通过否定我的过去,就是要把我也杀死。"

"不然，不是在躯体的意义上，"特使说，不耐烦了，"他仅仅是想要让你变成另外一个人，忘记有关自由平等和安全等那些可诅咒的观念。你会进入暴政、不平等和死亡恐惧的国度。认同这个国度，你会变成为另外一个罗得，会丧失因为生活在那另一个世界而形成的身份。"

"那我内人为什么在躯体上被毁灭？"

"别说了！"特使大吼，现在已经是怒不可遏，"我再也不给你解释神的秘密了。你好像以为你跟我是平等的,可以和我争论,由着你的性子。别打这个主意了。你自己同意平等观念是有百害无一益的胡话。劳驾请你记住你的话,郑重接受你上级的解释。你这种讨人厌的诡辩，一句我也不想再多听了。谈话到此结束。我的耐心所剩无几。"

就这样，罗得遛到了一个新地方，心里反复思索着有关过去、平等、自由和耶和华的悖论的奥秘。

从罗得困境中可以得出如下的教训：

教训一：关于过去。我们认为我们拥有过去，但是颠倒过来也是正确的：过去拥有我们，因为我们不能改变过去，过去还要充斥于我们全部的生存。

教训二：关于过去。禁止我们回顾过去的高级权力有此禁令，是为我们着想。的确，朋友，你如果回头，就会立即变成盐柱。

教训三：同上。因为剥夺过去就等于死亡，又因为沉湎于过去也等于死亡，所以只有一个解决办法：担负过去，同时假装过去不成立。太难了吗？有人做到了。这样的人长命百岁。

撒拉,或曰道德中一般与个别的冲突

最后,撒拉告诉她丈夫亚伯拉罕,由于某种与生俱来的残障,她不能生儿育女令她丈夫喜悦。她丈夫坐在那里,阴沉沉地想心思。谈话中止。在紧绷着的沉默中,他俩彼此都等着听到耳熟能详、却又很久不敢说出的话。到最后,还是撒拉开口,因为,一方面,身为女人,她理应更有勇气;另一方面,在眼下这个问题上,应该表现出大公无私,"你娶我的使女夏甲,生个孩子吧。"亚伯拉罕长出一口气,放下心来。他为人不太大胆,现在他感到欣慰,因为这个主意不是由他提出来的。性情如果不平和,他本人就会提出这样的要求,等他的妻子同意,而不必迫使她低首下心地先把话说出来。他不应该懦夫般地逃避别人说他自私这类的指责。相反,他至少应该让他的妻子意识到一种权益,即她是一种难堪处境的牺牲品（她知道她丈夫长期追求夏甲）。他不应该让事态发展过分，让她来免除他的愧疚，提出这一建议，同时把他投入他自己如痴如狂渴求的罪过中去。夏甲是埃及人，是幼发拉底河畔全部乡村中最艳丽的少女，撒拉的决定绝对不是她出自内心的自发反应，也不是表示宽宏大量的举措。这个决定来自她有关家庭观念的朴素常识。撒拉所找到的神的原则是：男人的命运是在其子孙后代身上持续生存。如果这条原则不能变为事实，就不会有家庭，家庭的精髓也不会开花结果。因此，这是协调本质与存在，协调家庭一般的本质和具体的个案，即亚伯拉罕与撒拉的夫妇关系。而且，撒拉知道，亚伯拉罕如果没有孩子，就要变成亲朋好友的笑柄，让人小看。还有，由于情况不正常，他的社会地位可能受到动摇。但是，她甚至一点也不担心她丈夫在别人眼里会变得可笑。她只是强烈意识到一般的义务，即满足某一既定规范的需要，她感受到了对于一个事实不安的原因，即存在未能实现本质，她的家庭没有家庭的一般性原则：繁衍后代。就这样，一般战胜了个别。

撒拉纹丝不动，没有一滴懊悔的眼泪，在帐篷旁边的青草当中静坐。在那帐篷里，她丈夫正在贪婪地拥有夏甲无与伦比的玉体。撒拉仰望天上的繁星。那是漫长的夜，但是亚伯拉罕感觉不到长夜的延续，而撒拉则提前衰老。

正在发生的事和预料的一样。夏甲当时还是一个少女，天真，多少有点虚荣，没有理解命运选择她来完成的使命。她和亚伯拉罕共度了这一夜，她享受了数次；对她来说，这是享乐之夜，而不是义务之夜——像对撒拉那样。(亚伯拉罕的态度是含混不清的,他正在完成义务,但是,只要有机会,他为什么不来享受这义务的令人愉快的方面呢?)在实施法则的过程中,夏甲只不过是一件消极的工具,她没有意识到她该扮演的角色。对于一般,她没有任何意识和认识,只是利用法则来品尝直接的、没有杂质的欢乐。她的动机是个人的,和销魂忘我的时刻密切相关。

但是夏甲知道有小孩是好事。对于自己的角色,她的满足感不是含蓄的,她展现出膨胀起来的腹部,得意地期待变成母亲。她还作出虚情假意的言辞姿态,在可怜的元配夫人面前炫耀她的优越处境。撒拉的牺牲精神日益遭到难堪的挤压。起初,亚伯拉罕还挺胸抬头,得意扬扬,好像完成了什么非同小可的业绩。但是,家中的气氛很快就变得不堪忍受,他开始避免回家,以免卷入两个女人之间的争吵。

撒拉的愤怒和痛苦终于爆发出来。在长期压抑和寻找报复的怒火中,她要求亚伯拉罕道歉。像许多徒有真正男子汉大丈夫之美名的男人那样,亚伯拉罕是一个不折不扣的懦夫。他全部令人起疑的勇气,不过是在一帮狂热武士当中舞刀弄剑,但是他没有处理生活冲突的丝毫能力。遇事他不采取主动态度,总是要让别人代替他做出决定。甚至在现在,他的行为也是符合他的性格的。很快,他就有话对付夫人的怨言和恼怒:"可是,说到底,夏甲是你的使女呀。你怎么处置她都行。这件事,我可不想掺和进去。她有什么问题与我无关。"

撒拉一直等待的就是这个批准令。当天晚上,这怀孕的女人受到痛骂,骂她的话粗野至极,又受到殴打,羞辱。她号啕大哭,完全绝望,逃出了雇主的家。就这样,感情最后对律法占了上风,存在对本质造反,个体战胜一般。一场喧闹过去之后,亚伯拉罕回家,对于事态的转机十分高兴。而那小妾在凄凉中遭到驱逐这一情节给他带来的些许良心愧疚,已经被解脱感一扫而光,因为麻烦都已经成为过去。一切归于正常,他没有伤害任何人,他根本就没有做出自己的决定。像一切懦夫一样,他深信,一事不做就不必担负责任,上上策就是一事不管。他让夏甲怀孕,是执行内人的命令,他没有卷入两个女人的争吵,最后,他也不过是指出夏甲是撒拉的使女,女主人爱怎么对待她完全尊便。这个事实再明显不过。因此,令人烦恼的局面也就自然而然地消失。到这儿,这个故事进一步的发展已经没有多少意思了。

教训一:涉及撒拉处境。如果律法高度损害我们的本性,因而证明的确不可容忍,那么,不执行律法就不是罪恶,但是执行也是一件功绩。换言之:你可以抛弃本性,但是它去而复返。

教训二:涉及撒拉的处境。如果我们承担重任,执行律法,那么,如果不执行到底,就先定地乃是罪恶,因为他人必须为我们的半途而废付出代价。

教训三:涉及夏甲的处境。无功受禄者理应得到惩罚。

教训四:涉及亚伯拉罕的处境。面对波涛般激情,懦夫能够得益。

教训五:涉及亚伯拉罕的处境。我们不必自欺,认为我们只注意了事实,所以没有做出什么决定。

教训六：涉及三角关系。这个故事匪夷所思，为了要一个孩子就再娶一个妻子。但是，按照我们胃口的轻重缓急的次序，我们每个人都必须下定决心。

亚伯拉罕，
或曰
高尚的悲哀

亚伯拉罕和以撒的故事被克尔恺郭尔及其继承人从哲学角度解释成为恐惧问题：按上帝指令，亚伯拉罕必须牺牲儿子。但是，从哪里可以确知他对这一道命令的理解是正确的呢？换句话说，从存在主义观点出发对以撒事件的解释依据是这样的一个假设：最后决定由亚伯拉罕做出，亚伯拉罕没有办法对指令来源或者内容取得完全的确认。他被恐惧攫取，一想到他牺牲儿子可能归于徒劳，就战栗不已。因此，亚伯拉罕是在这样一种情况下感受恐惧的化身：在不同重大价值观中间被迫进行选择，没有作为这一选择依据的外在的理由。

我要坦言，我倾向于以简单得多的方式解决这个问题，也就是说，这个方法涉及亚伯拉罕的过去。我认为亚伯拉罕不会怀疑这道指令的神性根源。他掌握了绝对可靠的手段和他的造物主达成协议——但是这些手段是为我们今天所不知。他见识过造物主多次，和这位上级甚至有熟稔之感。我也注意到主给他的众所周知的诺言，让他成为一个伟大的、受到特殊祝福的民族的祖先，这个民族在世界上最终会取得超凡绝伦的地位。他只提出一个条件：服从权威。如果亚伯拉罕不能确定上帝真的曾经对他言说，则上帝的意图必定毫无意义。事实上，他是要测试他臣民的忠实程度，所以他必须找到一个办法在亚伯拉罕身上唤醒不可动摇的信念——这正是亚伯拉罕从上级那里得到的一项指令，若非如此，这一举措的目标就不会达到——亚伯拉罕将不会考虑他是否应该执行指令，而会被迫考虑他是否的确接到了一个指令。换言之，亚伯拉罕要对国家最高要求这一理念负责。民族未来的命运和国家的伟大程度取决于忠实执行最高命令，但是最高权威要求他牺牲亲生儿子。亚伯拉罕具有陆军下士的气质，习惯于准确遵守上级指令，但是，对于自己家庭的命运，也绝对不是漠不关心的。上帝要求他牺牲自己儿子的时候，他认为命运必要为这道命令辩解。领导人不习惯向下级解释命令。命令的精髓就是必须执行，因为它是命令，并不是因为它是合理的、必定成功的，或者经过深思熟虑的。执法者不必理解法令的意义，否则不可避免地造成无政府主义和混乱。一个下级如果追问一道指令的含义，就等于散布混乱，是一个穷究死理的讨厌人物。这样的人骨子里太过精明，反而成了当权派、社会秩序和政府的仇敌。

然而，如果命令要求你亲手杀死自己的儿子，该怎么办呢？

亚伯拉罕的矛盾是一个士兵的实实在在的矛盾。亚伯拉罕知道自己陷入一种不自然的处境。有一件事可以证明：在走近贡献牺牲地点的时候，他命令仆人们留在后面，借口是他和儿子都要祷告。实际上，他是想要完全独自一人完成这个又恐怖又可憎的行为。这次出游的目的，他一点也没有透露给儿子。他要防止儿子看出破绽，亦即父亲用他当牺牲品。

到达目的地以后，亚伯拉罕毫不迟疑，开始堆放圆木块。这个步骤要求某种技巧，因为圆木不断地从木堆上滚下来，有好几次，亚伯拉罕都必须完全从头重来。在这些准备工作中，以撒没有帮忙。他胆战心惊地凝望着他父亲，小心翼翼地提出几个问题，父亲的回答阴郁而含糊。

这件事终于不能再拖延下去了。亚伯拉罕不想明告以撒他的命运如何；命令中不包含这样一个步骤。因此他可以让这孩子避开命令的恐怖。他想从脑后给他闪电般的快速一击，这一击是内行的、准确的，让这孩子没有时间想到命运。

但是他的计划流产了。以撒爬上了圆木堆，他父亲让他整理一下上面的几块木头。就在此刻，亚伯拉罕举起他平时屠宰公牛用的大刀。也就是在这同一时刻，天使的"刀下留人！"这一叫声立即引发出一声惊骇呼吼。以撒猛然回头，看到他父亲站在那里，全身僵凝，高举大刀，双唇撇起，满脸残酷决断表情。以撒昏迷倒下。

上帝发出善意的微笑，拍拍亚伯拉罕的肩膀。

"你做得恰如其分。"上帝赞赏他说，"现在我知道，你服从

我的命令,连儿子也不放过!"于是他又重复以前的诺言,要更多地繁衍亚伯拉罕的人民,帮助他们消灭敌人,"因为你听从了我的声音"。

故事到此告一段落。当然,结尾也可能与此不同。如果以撒在最后一瞬间没有回头,他就不会知道他背后正在浮现的真相。片刻之后,他会从柴堆上下来,看到他父亲平静地站在那里,大刀放在身旁的地上。如果这样,则全部的故事都会在以撒意识之外演出,只在亚伯拉罕与上帝之间展开。故事就会以实例说明一种不同的教训。但是事实是以撒目睹了实况,亚伯拉罕满意,因为得到了上帝的承认,得到了他的确认,即将来他拥有一个伟大的国家,而且,最后,他没有把儿子当燔祭品献出。结尾圆满,家中皆大欢喜。以撒当然永远摆脱不了那次震惊。从那一时刻起,他一直感到腿没有力气,他一看见父亲就局促不安。但是他很长寿,也很成功。

教训:有些老朽的知识分子和疯疯癫癫哼哼唧唧的胆小怕事分子也许会说,从道德观点看,亚伯拉罕是否杀死了儿子,或者为了这个目的举起大刀,然后在最后一分钟又被制止,这都没有什么区别。而我们,真正的人,和亚伯拉罕一起,见解则截然不同。我们看着结果,认为他是否想要杀人并不重要。要点是他没有杀。所以我们大家都对上帝这一高妙玩笑哈哈大笑。你们自己最后也会看到,上帝的确出类拔萃。

以扫，或曰哲学与交易的关系

亚伯拉罕遇到的事，他好几代子孙也都遇到了：他们的妻子都不能生育。这一奇异的规律又因为上帝的介入而打破，孩子还是生了出来。第一例是以撒的妻子利百加。在上帝的帮助下，她生了双胞胎：毛发多又健壮的以扫和皮肤光洁的雅各。

父亲偏爱以扫，以扫长大，成了一个忧郁的青年，沉默寡言。他天天打猎，躲避同伴，因为自己相貌丑陋而羞怯，而且又故意不修边幅，丑上加丑。他工作勤劳，整天打猎，或者耕种收割。

另外，雅各英俊，讲究穿戴，性情活泼，十分喜欢言谈。他很善于说笑话，逗大家发笑，白天常常走远路游乐，或者玩耍。有时候，尽管不情愿，他也帮助母亲做些家务工作。他是母亲的心肝宝贝。

有一天，雅各刚做完晚饭，以扫就回来了，干活累得精疲力竭，请求弟弟给他一盘热汤。全世界都熟知的交易，就从此开始。雅各向哥哥提出交易条件：他可以给哥哥一盘汤，但是哥哥要把长子继承权让给他。以扫因为不合群，所以喜欢思考，于是开始思忖这件事情。

什么叫长子继承权？就是"我先出生"的事实。比雅各早生几秒钟，但依然是先出生的。这个事实属于过去，因此，出让我的长子继承权就等于改变过去。但是改变过去是办不到的。所以，准备付给我代价来改变过去的人，一定是个不开窍的蠢货。这样的蠢货近在眼前。有点常识的人都知道，如果我一得到点好处，所谓过去在某人意识里就被改变，那么，一盘汤也值得。实际上，当然，真正发生的事情，是绝对不会在以后凭着以某一交易为基础的决定化为乌有的。（以扫遵循认识论现实主义，坚持相信时间的顺序不会化为零，总之，他深信，时间不可改变的方向性和过往的一切不可废除。）因此，我的长子继承权之事实依然是一个没有改变，也不可改变的现实，而全部变化都在于雅各要求承认他先出生。所以，我付出代价换取的是杜撰出来的，纯粹公文式样的改变，对事物实质毫无影响。总之，哲学家注重实质，不重名分，所以这个交易可以放心大胆地接受。

雅各也是哲学家，但是由于生活闲散，具有一种理想主义的、实用主义的信念。他看待事物的方式不同。过去，这究竟是什么意思呢？他想，关于过去的概念本身，从一开始就是指某物某事以前一度存在过，因而现在已经不复存在。总之，是指现在不存在的事物。如果说过去在什么地方存在，那就是在自己的意念中，或者在他人的意念之中。过去不以人对它的认知或者非知而存在这一命题，毫无意义。过去是相对于意识而言的，因此，在意识之外，并不独立存在。因此，我们可以校正过去，只需要改变关于过去的意识，嘿嘿，过去就已经改变。我和其他的几个人只需相信我有长子继承权，那么，实际上，我立即就会变成头生的儿子。这绝对不仅仅是名称的变化，这也是事物本质的变化，何况，根本就不存在这样的"本质"，因而只存在事物本质的后续状况——我所接受的状况。如果有协议规定，我的确是头生，那么，就只有蠢笨呆痴的老学究才会断言宣称什么"按照事物本质"以扫乃是头生，什么只有这一本质的表象才证实以扫享有长子继承权。没有表象的本质是不存在的（连黑格尔也察觉到了这一点，更不用说从比里当到休谟、到穆勒的实证主义者们了）。有人说，就假定我是头生，世上的事就以此为据办吧，但是，依据事物不可见、毫无力量的"本质"，以扫被认定为头生，这实在是太可笑了。说实话，我不是在购买一个名分，我是正在变成为头生，而所付出的代价根本不值一提。

两兄弟虽然从不同观点出发，却达到了相同的结论，每个人都觉得占了大便宜，于是交易完成。雅各特别满意，甚至还多给了他哥哥一片面包，不仅以此证实了商业中的诚信，而且还表现了慷慨大方。

从理论层面看，故事到此结束。雅各夺取了父亲的财产，成为更名为以色列的民族的伟大领袖，也是整个民族的始祖。似乎这还不够,他也变成了大卫的祖先;有了他的帮助,又成为伯利恒的约瑟的祖先,又靠约瑟的帮助,成为神子的祖先。

为这一切付出的代价是一盘热汤。天真的现实主义者以扫表示他自己是一个头脑简单的梦幻者,而理想主义者雅各在事业上则极度讲求实际。

交易的第一批后果变得明显的时候,以扫开始呼叫,抱怨他弟弟欺骗他。当然,他错了,受到了雅各正常的嘲笑。交易进行得完全公开透明,签约双方十分清楚所买所卖的是什么,没有什么秘密可言。是以扫自己的哲学蒙骗了自己,他的哲学无法和雅各的哲学抗衡。无疑他可以安慰自己,认定自己的哲学讲求操守,尤其是"本质"没有受损,只不过是实际后果变得不利罢了。因为他不是一个实用主义者,他不从实用主义方面来评判哲学,也就是说,不是根据这种或那种理论教条所提供的好处而得出的观点来评判。因此,他对他的世界观不存疑虑,虽然这一世界观没有真正地恢复他实际的资财。

雅各却正好相反:他对他所选取的哲学深信不疑,而且信赖的程度大大加强,因为他对其价值的评价依据根植于该哲学中的标准,亦即以其实际用途为转移。这就是生活境遇影响哲学的案例,你倒说说怪也不怪。

从这个故事可以得出好几条教训,但是我只写出最重要的,尤其是那些不言自明者:

教训一:如果我们越深入"事物本质",我们受益越多,这一信念的根据是一种夸张。

教训二：把过去稍加改变，就可以获得大利。

教训三：决定未来的不是过去。可以说，情况恰恰相反。

教训四：理想主义并非交易的仇敌。

上帝，或曰宽恕之相对论

这篇故事十分简短。它只提出一个出发点、一个问题和一条教训。

出发点：《诗篇》作者谈到上帝的时候说："称那击杀埃及人之长子的，因他慈爱永远长存……却把法老和他的军兵推翻在红海里，因他的慈爱永远长存。"（《诗篇》第136篇，10：15）

问题：埃及和法老怎样考虑上帝的慈爱？

教训：慈爱和恩惠不能同时给予每一个人。只要我们说出这两个词语，就得追问：给谁？如果我们把恩惠施予某些民族，我们就先得问问自己，这些民族对这个主题有什么想法。

实例：埃及。

巴兰,或曰客观愧疚问题

比珥的儿子巴兰承担一项重要使命,他的坐骑是一匹毛驴。但是上帝不满意巴兰选择的路线,就派一个天使去阻挡他。上帝做出了安排,让天使佩戴了一把特别大的刀,却又只能让小毛驴看见——这是常有的事。毛驴一看见障碍,就做出理性反应,离开那条路。巴兰看不见天使,也做出理性反应,就用棍子拍打毛驴,迫使它返回那条路。这个情况重复了三次。于是上帝最后把语言能力赐给了毛驴,毛驴大声喊叫:"你为什么打我呀?"

毛驴会说话,巴兰也不感到太奇怪,因为在那年头更奇怪的事还多着呢。他对毛驴生气,说:"你把我当成傻瓜,耍弄我!可惜我没有带着刀,不然一定得给你点颜色看看。"

上帝是通过这朴实而低下的牲口的嘴来说话的,他在让巴兰明白自己中止他的使命的原因之前,犹疑了很长时间。他喜欢嘲弄巴兰,虽然巴兰本来就已经十分恼火。最后,他感到对不起这个人和这匹毛驴,就让天使在巴兰面前现形。就是呀,巴兰马上明白过来。但是天使开始斥责他。

"你为什么打这头不幸的牲口呢?"他高喊,"这头小毛驴救了你的命嘛。再这么下去的话,我就用这把刀把你劈成两半儿,让毛驴活下来。"

"小老爷呀,"巴兰为自己辩护说,"你没有现形,我怎么看见你呀?"

"我没有问你看见我了没有,我问你为什么打这匹无辜的毛驴。"天使气得大叫。

"可是,尊敬的恩人,"巴兰吞吞吐吐,"我打它,是因为它不服从我。谁处在我的位置也要动手的。"

"别把责任往别人身上推,"天使坚定地说,"我们谈的是你,不是别人。毛驴反抗你,是受了我的命令。你打它,就是反对我,你的上级,还有上帝,更高的上级。"

"可是,小老爷,"巴兰欲言又止,"反正,我没有看见你,我怎么会……"

"你又要离开正题了,"天使打断他的话,"你怎么老是这样。你有罪,还说什么都没看见。这样的借口我们要是相信,那就得把地狱关闭了。客观地说,你是有罪的,你明白吗?客观上,你妨碍了上帝。"

"我明白,"巴兰说,又沮丧,又谦卑。现在他站在路中间,五短身材，肥胖，懊恼，直擦光头上淌下来的汗水。"我明白，我是一个客观上的罪人。第一，我有罪，因为我没有看见你。第二，我有罪，因为我抽打无辜的牲口。第三，我有罪，因为我不顾上帝的禁令，还要往前走。第四，我有罪，因为我和你顶嘴。我浑身上下全是罪，是一堆不洁净的垃圾，对于我，进地狱已经是有福了。我的罪恶滔天。请饶恕我吧。"

"好好，够了，够了，用不着多辩护了。"天使说，现在已经恢复了平静，"走吧。"

"往哪儿走？"巴兰问。

"原来往哪儿走，还接着走。"

巴兰叹息，流下了眼泪，"刚才你还让我停步，不准我走呢。"

"刚才是不让你走，现在你可以走了。"天使回答。

"那还为什么叫我停步？"

"别再刨根问底。你是罪人。这是上帝的旨意。"

巴兰只好服从指挥，又骑上了毛驴，开步向前，说："说到底，我受害最大。我的主人只是精神上感到不愉快，但是我的腰背现在还痛呢。"

人和毛驴恢复了旅程。

从这个故事可以得出许多教训。但是我们不必讨论了。如果巴兰看见了天使，他必定会让毛驴掉头，离开道路。但是如果那样，他就不会完成一次有成就的行动——逃避困难还有什么功劳可言？功绩就在于避开不可见的障碍。然而，这不是巴兰想干的事。

教训一：让我们赏识牲口的声音，因为有时候牲口知道的比我们多。

教训二：不知道实情乃是一种大罪。以不知情为由为自己辩护等于罪上加罪。

教训三：在与绝对常识的争执中使用一般常识是反常识的。

教训四：有了客观的愧疚，连上帝也不能解救我们。

教训五：双方如果按照理性行动，结果就是这样，但每一方面都以不同前提为出发点。

教训六：这就是生活。

扫罗王,
或曰生活中的
两种坚持

大自然很少在一个人身上把优秀品格和聪明才智结合起来。这一告诫理由充足。如果没有构成造物主世界基础的其他许多法则,上面的告诫足以令人对造物主的大智慧钦佩不已。但是,我们在这里关注的是赢得我们赞赏的一条法则。

法则的一个变异是大自然的这样的一个倾向:极少在一个拥有军事天才的人身上把广阔的精神视野和总体的才智结合起来。因为这是两种相互矛盾的特质,所以这一点可以理解。很容易看到的是,一个军事领袖的美德就在于仅仅在一道命令的范围之内表现出独立自主性。每一道命令都为不可预料事件留下一定的空间,指挥官必须用最大技巧利用这一空间,以求达到命令规定的目标。但是,指挥官一旦开始考虑命令范围以外的情况,例如,该命令为之服务的整体目的,就会感到迷惘。对于他来说,精神领域所受到的限制本身就是一种美德。因为过度聪明的军官受命采取一项特殊行动,在这一情况下,如果可能,就想要赢得整个战争,或者甚至解放全人类。结果,他的行动失败,在一次小交火中,他遭到失败。所以说,智慧有一种经常超越自己或者他人设定的界限的自然倾向。这样的人总要试图比较各种观点,调查与已经颁发的决定或者命令有矛盾的见解的前因后果。他们不能经受或者容忍服从的态度,把照章办事视为贬低尊严。结果呢,和软弱的性格一样,造成逃兵。为达到预期目的设定精确界限的才能,是和军事天才密不可分的。

这是从扫罗王的兴亡故事中可以总结出来的最为重要的教训,而他的故事则是《圣经》中最为引人入胜的章节之一。

扫罗显然是理想的指挥官。便雅悯部落一个穷苦牧人的这个儿子,按天意接受了君主的尊严,但是长时间都是世人的笑柄,因为他有一身农民习气,礼仪不周,但是,由于他谦虚、坚韧,具有钢铁般的意志,而得到普遍的承认。几次成功的军事行动之后,他获得了光辉战略家的美名;又因为他儿子必须为一次战役中的暂时失败与别人共同承担责任,他判处他死刑。这一事实为他赢得人民广泛的钦佩。不过,也正是人民的呼吁拯救了少年儿郎约拿单,使他免受父王严惩。扫罗是一名无可指摘的司令,他明确相信这一个道理:世界的命运取决于彻底遵守上级下达的命令。他,扫罗,通过撒母耳收到上帝的命令,撒母耳享有大智,比他年长的扫罗是一个朴实的人,接受命令后无所畏惧:他很高兴他的活动有规定明确的范围,在此范围之内,可以采取什么措施。但是,绝对不能越过规定一步。

有一天,发生了一件事。上帝还记得亚玛力人。这个民族在几百年前他的选民逃出埃及过程中曾经伏击过他们。在人类记忆中,这一事件早已被淡忘,但是,在这类事情上,上帝的记忆力确实惊人。敌人已经遭受失败,但是他还不满意,还想再度打击敌人一次,于是命令扫罗攻城,并且无情地杀死一切生命:男女老幼,牛羊驼驴。

扫罗开始认真工作。如果不是因为他遇到了一个小障碍的话,他会一丝不苟地执行命令的。前不久,他的老师撒母耳感受到一种强烈的愿望,要提高这位国王的智慧水平,并且用哲学感染了他的头脑。因此,除了具体的命令,他还在扫罗的心里培植了一种总体观点,即他应该为了自己人民的福利,为他们的良好名誉和物质富足而奋力。就这样,撒母耳用理论毁灭了扫罗,也就是说,用一种总体原则;因为每个人都用自己的方式解释它,所以从中不能产生具体事物。他给他接种了哲学抱负,这些抱负后来证实了他的失败。

武士扫罗屠杀了全部亚玛力居民之后,有人把他们的国王亚甲当俘虏带到扫罗面前。扫罗开始了哲学思索:"既然这个国王已经落在我手里,杀死他再简单不过。但是他只是孤单一人,所以没有危险。我的任务是关注我臣民的福利。如果我饶恕了这个国王,就为我的臣民赢得宽容和慈爱的名誉,这比一个国王的生命要可贵得多。"因此,他以人民的名义赦免了亚甲,但是又因此违背了上帝的命令。他还犯有第二个过失。由于连绵不断的战争，以色列人民筋疲力尽，在物质方面十分困苦；畜群的减损是灾难性的，繁育的前景极为暗淡。"为了臣民的福利，我要保存最珍贵的家畜，羊、牛和驴，用来扩大畜群。"扫罗做出决定并且付诸执行。就这样，他第二次以他老师传授给他的教诲的名义，超越了自己的权限。而且，他这样做，是受到了公众舆论的压力，也是为了人民的显而易见的利益的。他在一部分作为战利品抓到的家畜身上打了标记，准备用来当作给上帝的祭品。暴风雨立即大作。上帝对撒母耳大怒，似乎只有他一个人负有责任，而撒母耳又把罪责推给扫罗。

"上帝要的是服从，不是祭品。"他说，"他要求我们完全彻底地执行命令，而不是独立解释总体律法。"

"我听从人民的声音，想要对他们表示慈爱。"扫罗解释说，却感到没有把握。

撒母耳苦笑一番。他下令把亚甲押来，立即用一把快刀把这个人躯体的各个部分剁成碎块，双脚、双腿、双臂、头部。因此，亚甲丧失了上述的保存生命的前提，被送到了另外一个世界——在那里，即使被斩成原子般的小块，人也依然可以存活。撒母耳又下令屠杀被赦免的家畜。

完成这一任务，撒母耳心情很不轻松。他深知此举标志了他得意门生事业的终结，是他自己把他摧毁的。虽然本质上撒母耳不比扫罗残忍，但是他深知一道军事命令的含义，而且他意识到这样一个事实：凭借哲学的理由来改变一道命令就完全等于告诉最高上级自己比他更懂哲学和军事战略。但是，最高级的上级的意志乃是哲学的唯一的来源，因此，以哲学的名义拒绝服从命令就绝对等于以上级的意志来反对上级的意志——总之，坠入一种内心的矛盾之中。所以，因为自己的内心活动，扫罗变成了一个怀有内心矛盾的人物。他自己毁灭了自己。作为国王，他停止存在，这一事实不足为奇。这次惨败之后，撒母耳陷入长期的绝望之中，因为他对扫罗的教育过程投入了巨大的努力和热情，然而，他认识到这一令人悲伤的下场是无法避免的。谁也没有摧毁扫罗的生存——是他自己亲手把它扼杀的，因为他想要超越欲望界限，又以一些原理的名义，但是，强加给他的这些界限也是以这些原理为基础的。就这样，他调动了一种矛盾的机制，这一矛盾最终把他击溃。

这篇故事有什么教训吗？教训已经言明，不过也可以做如下的表述：我们可以一成不变地按命令行事，或者按照某种原则行事，但是不能永远同时遵守二者。

喇合，
或曰真实的和
想象中的孤独

《约书亚记》叙述了一个众所周知的事件，它涉及在耶利哥发生的间谍事件、音乐和屠杀。照直说，约书亚得到上帝的保证，他将征服耶利哥城和其他几个地区。但是，出自深不可测的理由，约书亚对这一许诺并不满意——尽管他对胜利深信不疑，可以上床安心入睡。但是，在围城开始之前，他派了两个密探进城，密探身上带了大量的当地货币（间谍永远如此）。这是两个年轻人，脑筋很好，但是相当轻浮。他们刚刚迈步进城，就决心先品味一番文明创造的花样翻新的娱乐——他们在军队服役期间，一直被禁止享受这类玩乐。因为衣袋里鼓鼓的装着现金，他们在夜间就去那些在门道里挂着大红灯笼的宅子里溜达。这种大宅院本城颇有几家，这个城市为自己的高文化水平而十分自豪。他们很快就找到了目标。在照常的直觉的引导下，他们遇到了一位女士，芳名喇合。这位女士名声不怎么好，因为她靠出卖色相为生。不幸的是，色相正在褪色，因此，原来丰满娇艳的喇合维持这一行业已嫌年老，所以要价儿只能低点，接待穷酸顾客，既然如此，她的收入就相应地低一点。但是，这两个青年人，在严酷的军旅生活之后也就顾不上挑剔了，在卖春妇半老徐娘怀里找到了快乐。然而，几杯浊酒下肚之后，他们就开始吹嘘他们的间谍使命。等他们意识到了事态的严重性，的确为时已晚。喇合控制住了他们。他们向她求饶，但是从事喇合这一行业的人得到别人的宽恕很少，所以她们不能和他人分享。不过，喇合很机智，马上做出如下的推论："敌人占领这个城市，几乎已经是定局，因为我知道上帝是他们的盟友。这是大前提。但是也有几种选择。我或者可以把这两个间谍交给警察局，国王会因此认定我立了大功，也显示出我对城市的忠诚，但是，敌人一旦进城，我同样会被他们处死。或者我可以把他们藏在家里，过后向占领军寻求保护。可是，这样的话，在他们到来以前，我时时刻刻都有生命危险。私藏敌人就等于背叛城市和国王。其实，我也许不必这么谨小慎微伤脑筋。我有什么对不起这个城市的吗？它不是常常冲我脸上吐唾沫吗？即使得救，也会照样让我在几年之内饿死的。我在这儿住着，孤单一人，没人理我，像是在一个空城里一样。道德家们的良心谴责，我可以不管。因此，有两种前途可供我选择：几个星期之后的死亡，和城市沦陷之后无疑的死亡。选择实在困难，因为无疑的死亡有一点好处就是拖延，但是我又要为这一死亡在此时此刻冒险。在现时的不确定的恶和未来的不确定的恶之间，不能理性地抉择。那我就盲目选择吧：我得挽救这两个间谍，的确是有几个星期要提心吊胆的，可是以后不就得意了吗！毛皮大衣、珠宝首饰、天天盛宴、夜夜歌剧，也许有一位大王还要娶我呢。对于这些蛮子来说，我至少也算个中上等了。说的就是嘛。"

反复考量之后，喇合和间谍们签订了协议：她把他们隐藏起来，然后帮助他们逃走，但是在约书亚占领城市之后，他们要保证她和她全家人的安全。他们在信物上画押。到此，间谍事件和故事的道德侧面告终。下面开始的是音乐的方面。上帝精确绘制了围城详图，约书亚细心遵守法令，他没有按照一般常识用攻城器械和大炮把城市包围起来，而是组织了一个管乐队，队员都是祭司。他命令这些号手围住城墙，吹奏军队进行曲。士兵在前面正步前进，神的约柜被抬起来，为队伍垫后。祭司们吹号一连吹了七天之后，都累得半死，大部分人都得了喉炎和气肿，因为祭司也一样是人呀。士兵们都很窝火，他们认为军队统帅是在暴露他们，让人家笑话。耶利哥人在城墙上站成一排，对着下面围城的敌人极尽叫骂嘲笑之能事，都以为他们是一帮疯子。在第七天，乐队又极为有力地演奏，那些祭司用尽力气，连眼珠子都快从眼眶子里跳出来了。同时，大军受命齐声高呼，声音极大，震得城墙像干土一样"哗啦啦"崩溃坍塌。

现在，故事的屠杀部分开始。按上帝命令，大军冲入城内，按《圣经》记载："将城中所有的，不拘男女老少，牛羊和驴，都用刀杀尽。"祭司们抢劫城中财宝，全城夷为平地，只留下一

座房屋。这当然是喇合的住宅。军队守住诺言,豁免了这卖春妇的房子、家具和家人。当然,有几个军官有违反纪律的行为,不过,喇合向军队总司令部提出申诉,得到了赔偿。然后,军队撤退到城外,喇合则趴在地上大哭。她留守在一座荒城之中,住在唯一的房屋里。她孑然一人,周围遍地都是尸体、灰烬、废墟和呛鼻气味,没有朋友,没人保护,没有顾客;没有人给她送来毛皮大衣、珠宝首饰,没有人邀请她去大剧院;没有一个高级军官向她求婚,娶她为战时夫人。一切皆无,只有在这荒原中完全孤立的、毫无意趣的生活,结局就是如此。

这个故事中有一个情节特别引人注目:从物理学观点看,城墙不可能由于七把号的吹奏而震塌。因此,这是一个奇迹。然而,如果上帝一定要创造奇迹的话,那他为什么还给一支大军布置枯燥的任务,让人无情笑骂整整一星期呢?还有,他为什么强迫祭司们损害健康,还在人民中间破坏他们的威望——身为祭司,在铜管乐队中吹奏,谁还能敬重他呢?

"有什么目的?"我问,又找到两种可能的解释。

也许,上帝极为喜欢军队进行曲,突然强烈需要尽可能多的进行曲;也许这件事干脆就是无缘无故的行为,是他想要对他创造出的臣民开的一个纯粹的超现实主义的玩笑。在后一种情况下,他必定是展现了强烈的幽默感,不过,因为我认为我了解他的禀性,觉得还是第一个解释更为可信。唉,可惜啊……考虑到他的地位影响重大,竟然有这样的趣味,多么错用大好时机啊。事实上,后来他也不遗余力地在尽可能多的军队进行曲中寻求快乐。直到今天依然乐此不疲。

从这个故事可以得出几个教训:

教训一:涉及喇合的处境。肉体上的卖淫,在一场敌对行为中不足以保护业主。

教训二:涉及侦探的处境。上帝之手可以引导人走向极为特殊的地方,但是天意背后隐藏着对人类幸福极为重要的秘密动机。

教训三:涉及喇合处境。不要过早地认定我们乃是一个孤独群体的成员。如果我们真是孤独的,我们会清晰地辨认出区别。

教训四:涉及故事整体。让我们吹起号角!让我们吹起号角!奇迹可能出现。

约伯,或曰美德之矛盾

虔诚约伯的故事有其"天上的序幕",很像歌德《浮士德》中的"天上的序幕"。序幕如下:

在最高的一重天上,有一个优雅的酒吧,耶和华习惯于在那里听取在人间完成侦察使命的情报人员的汇报。撒旦有时候也出席。酒吧间的名称怪里怪气:共合友情身,这是表明两位对手之间相互关系水平的各种词语的第一个字组成的:共处、合作、友谊、情爱、身份。有一天,耶和华正坐在那里品味他喜爱的饮料矿泉水,撒旦突然闯入,向酒吧服务员要了一杯白兰地。撒旦点着一支香烟,抽了几口,愣愣地凝望前方,却又好像于无意中把一口烟吐在耶和华的脸上,耶和华气得满脸通红,呛得厉害,大口喘气。于是撒旦老练而不以为然地对服务员说:"你知道吗,我在人间散步刚刚回来,有好消息。说是好消息,是指从我的观点出发。"他说得平平淡淡。

"嗯。"服务员哼了一声,不置可否。

"就是嘛,"撒旦继续说,"实在是好消息。比如说,有一个牧师,有系统地背叛他妻子,看来他很快要成为我们的顾客了。"

耶和华很不愉快地挪动了一下身子。

"底格里斯河河岸的一个年轻摆渡女工,"撒旦又说,"把她的亲爹亲娘剁成碎块,然后大口吃猪肉,还大口大口地喝牛奶。舒服透顶了嘿哟呵。"

耶和华气得发抖,"乓"地用拳头猛捶了一下桌子。

"还有一个渔夫的老婆,"撒旦继续说,旁若无人的样子,好像根本没有注意到对手的愤怒,"在丧失了儿子以后,亵渎上帝,咒骂耶和华的命令,等着咱们发落她呢。"

耶和华再也忍不住了。他掀翻了桌子,造成可怕的声响,又霍地站了起来,怒不可遏,大叫:

"还有约伯,你看见他了没有?"

撒旦转过身来,一股子礼貌加吃惊的表情。他们直面对峙:耶和华又高又大,宽肩膀,身着朴素农民服装,撒旦则矮小、文雅,一张读书人的瘦脸,手指上金刚石戒指闪闪发亮。

"约伯吗?啊?"他反问,姿态很从容,很有礼貌,"是啊,我见过他。人挺好,不过不太聪明。"

"你不觉得他挺有趣吗?"耶和华挖苦说,"比方说,他杀人了没有?还是乱骂人了?"

"没有。这个约伯是您最好的仆人,虔敬的楷模。他对您诚恐诚惶。咱们办公室档案里甚至没有把他当作未来的模范记录下来。他不做错事,因为没有必要。他一切都顺利。他经营一个大农庄,天天举办盛宴,当然,饮食都十分洁净。他还要咒骂什么呢?"

"嗨,对,就是啊!"耶和华高兴起来,撒旦对他的轻微讽刺消失了,"可是,听你的吹嘘,好像你已经征服了整个世界。"

一股不愉快的阴影掠过撒旦的脸面。"这个问题可以澄清一下,"他平静地说,"我承认,您把人类在您和我之间分开了,分得对您不利,就是说,您十分慷慨。除了一个民族以外,实际上您几乎把全人类都交给我指挥了。后来,您向您所选择的这个民族发出消灭其他民族的命令,结果,其他民族成员很快地,大量地委身于……嗯……一个更好的世界,把我们的旅馆都住满了。还有,您创造的人性是善,都必定成功,而生活困境引发罪恶。但是,与此同时,您又创造了一切所能想象出来的最为恶劣的环境,所以绝大多数的人都完全陷入欺骗、盗窃、阴谋的泥坑,还沾染了忌妒和盲目的欲望,更不用说还有通奸了(和其他罪恶相比,几乎不值一提)。请不要介意,我绝对不是批评这个世界的组成成分,我也不是调查这个世界被造就成这样是不是有意的,还是因为能力上的欠缺;我不过是罗列事实而已。在这样的情况下,人类只有可以忽略不计的一小部分才有机会到达您美妙的花园——发出牛奶和五谷香味,又荡漾着甘美长笛乐曲的花园。这一小部分人十分满足,没有理由犯罪,其次,因为他们怕您,也没有勇气犯罪。因此,除了极少数例外,您的选民都是胆小怕事和饱食终日的人士。约伯饱食终日，我坚信，只要他能吃饱，就会保持对您的忠诚。别让他再养尊处优；牺牲一个人，让我的兄弟们都富起来吧。"

听他这番话，耶和华越来越不信任他。撒旦的话，只有最后的提议，他才听明白，于是他以绝对的自信口气呼叫："同意！他的财产、他的家庭、他的住宅，你怎么支配都行，但是你不能伤害他。你能看到，什么也动摇不了他的忠诚！"

"好！"撒旦喝干了第四杯白兰地，高兴地说，"但是有一个条件：您不能帮助他。"

他们签订了协议。耶和华回到桌子旁边坐下，伸直了腰，撒旦返回地面。他立即开始工作，在一天之内极其容易地教唆西巴人偷走约伯的驴和牛，还杀死了他的几个仆人。

接着，他又让加勒底人牵走他的骆驼，杀死更多的仆人。不仅如此，他还用闪电击死约伯的羊和余下的仆人。最严重的是，他竟下令杀死了他的十个孩子。

耶和华从天上俯视这个成功的开端，诡秘地微笑了一下。"最后要证明我的想法是正确的。"他解释说，因为尽管情况如此，约伯依然屈膝赞美上帝。约伯大声宣扬耶和华的恩赐。

下一天，他们在共合友情身酒吧间的谈话如下。耶和华得意扬扬，高声大气呼喊："看看现在吧。我说什么来的？你那些谁也弄不明白的愚蠢道理都到哪儿去了，啊？是谁赢得了约伯的人心了呀？哈哈！不是你！看看约伯是怎么赞扬我的吧。忠诚就是忠诚，不必讨论的。你气死也白搭。约伯是我的人。"

"我已经提出,"撒旦说,声音显得疲惫,"经验教导我们,您的人,除了几个例外,都是酒足饭饱和胆小怕事的。约伯过去对您忠实,因为他酒足饭饱,现在对您诚实是因为胆小怕事。他怕您,根本不敢骂您。我得承认我低估了他那胆小鬼的心理力量。但是,等我们直接攻打他的身体的时候,他剩下的一点耐心就要云消雾散了。"

"好好攻打吧!"耶和华大叫,搓起双手。马上他又狠狠地捶打桌面,连矿泉水瓶子都震倒了。"对他你爱怎么办就怎么办吧,但是你现在不能杀死他。"

撒旦立即返回地面,让约伯染上了十分讨厌的皮肤病,紧接着还有其他同样讨厌的疾病——肠胃炎、肾炎、心脏病、肺病、关节炎、脊髓炎。

约伯痛苦至极,躺在住宅废墟上,尽管困苦绝望,但是依然赞美上帝。他的妻子站在他身旁,大声谴责他的虔诚毫无意义。

"这都是你那个耶和华给你的,你,你还要赞美他!你都快死了,你心里十分明白,你没完没了念叨的另外一个世界不过是一个童话故事罢了。退一万步说,就是真的有另外一个世界,也不会比这个好,算了吧!现在你先痛痛快快地抱怨你的上帝吧!"

"你,你这个蠢货女人!"约伯吼叫,艰难地抬起头来,"我们的道德就是感谢上帝,不是为了他赐给我们的好,而是为了他送给我们的恶。荣耀如果不是这样,我们就没有价值。对于所得到的好,连一个恶棍也会感激涕零。但是我感到自豪的是,我在困境中依然赞美上帝。我绝不亵渎。我既然献身于主,就一定保持我的忠诚。"

"但是到底是为了什么目的？"他妻子也叫喊起来。

"我已经告诉你了，是为了保持我对上帝的忠诚。"

"可是，你发誓表忠诚，但耶和华露出作恶的真相，你还对他忠诚，你就是助长罪恶。"

"那是无关紧要的，"约伯回答，"我对上帝保持忠诚，不是为了为善，而是为了保持忠诚。在这个个案中，手段和目的是相同的。"

撒旦倾听了这一番对话，脸上露出苦笑，同时回到酒吧间，喜气洋洋的耶和华正在那儿等着他呢。

"怎么样？明白了吧！"耶和华高声说，"你高谈阔论，夸耀你精致的诡辩说辞，但是普通人知道该怎么办，根本不理睬你的喋喋不休。"

"唉，看来我打赌打输了，"撒旦平静地说，"但是您的胜利也不一定有价值。有三个情况可以说明。

"第一，您的胜利不能使我的论据失效。我说过，的确有几个例外的，对您忠诚的人，是为忠诚而忠诚。但是我的理性主义当然又告诉我，不能满足于存在着例外这样一个判断。人一般的行动都是非理性的。而且，您必须牢记，说到底，是您把他们造就成这样的。不过，他们的行为服从于一定的规律，因此，在大多数情况下，是可以预料的。他们依据他们躯体的需要对事件做出反应。我们就把这种行为称为理性的吧，虽然这个术语语义模糊，我想这样的行为是符合特别的生活情况的。这样看来，我愿意承认，在约伯这一个案中，我是过高地估价了人类行为的理性了。原来他的行为比我预想的更有意义。因为他缺乏思想，您获得了了不起的成功。约伯信赖忠诚法则的钢铁般的力量，而且决心保持对他原有的保护者的忠诚，尽管这位保护人现在变得虐待起他来。我认为，这是极端非理性行为的高度——但是我对世界的知识，是承认这样一种事态的。就这一个个案而言，我犯了一个错误，不过这一点并不要求我改变我对现实持有的观点。"

"第二，我有一点满足感，因为尽管约伯保持忠诚，但是他的妻子针对您说出了一串不神圣的字眼，所以，至少还有一个人支持我！"

"第三，您没有完全遵守协议条文，因为您秘密帮助了您的仆人以忍耐和美德承受苦难。"

"我怎么能够这样帮助他？"耶和华大叫。

"当然啦，"撒旦说，"您如果想要否认，就会陷入莫利那主义，或者贝拉基主义的邪说，有人说这些主义是我的发明。从神学上说，没有您参与的美德就是不成立的，这一点绝对正确。如果圣奥古斯丁《论自由意志》（其实，这是一个十分模糊的概念）的论文还不能令您信服，那就把特伦托会议决议从书架上拿下来，读一读《因信称义论》。"

"在神学问题上，我的知识不多。"耶和华在迟疑中承认，"坦率地说，这些讨论和研究，我一点也不懂。当然我不想陷入异端。但是，归根结底，如果说是我帮助了他，那么说到底，你也是帮助了他的，只不过方向相反而已。"

"绝对不是！"撒旦回答，"我不过是创造了应该引导约伯去犯罪的外部条件，但是美德及其功绩的价值恰恰就在于这样的事实，亦即无论外在环境如何，人都要实施美德这样的事实。我的世界使命显然容易，就是创造客观的条件，在这样的环境下，人是根据自己的倾向犯罪的。您貌似困难的工作就在于，让他们从自身内部生成对这些外在环境的免疫力。但是我的任务实际上更为困难，我在物质世界中行动是为了在精神领域中实施恶，所以我必须知道物质世界与精神世界之间的因果关系，通过直接影响来控制精神世界，而您，另一方面，是直接影响精神的。因此，您和受您影响的物质有直接的联系。尽管如此，如果说我十分成功，还有，如果说通向破坏的道路，通向我的王国的道路十分宽广，而走向拯救的道路十分狭窄（在《圣经》中您已经说明），只及于少数人，那么，这就证实了一个事实，即我正在完成一件真正伟大的工作。说到底，是您创造了世界，不是我。再说了，我的成功要更多地归功于您的慷慨，而不是您的能力不足，或者我的工作才能。所以我不再折磨您，把约伯的灵魂留给您，无怨无悔。在人类的下等部分中，我能够找到足够的代用品。当然会这样的。"他补充说，声音几乎听不到了，"因为您和我之间的理论争论没有办法调和。还有，您的确不必具备什么神学知识，因为您自己就是研究对象。一块石头是不必懂什么岩石学的。"

"还有辩证法呀，"耶和华哼了一句，"这都是谁教你的？我只懂得一件事。约伯的灵魂得到了拯救。我赌赢了，你那一套老学究式的胡言乱语我不感兴趣。"

"我宣布我被击败，很是荣幸。"撒旦说，礼貌地鞠了一躬，然后离开优雅的……酒吧间，耶和华依然在那里坐着，沉思默想。

我们可以从这个故事里得出无数个道德教训，虽然这不过是约伯个案的序幕。有些教训很简单，例如，有一条教训要求重审"二人争吵（例如耶和华和撒旦），第三者得胜"这一条成语。还有一条，也很简单：普通人有十足的理由避开强大友人之间的争论。最后，第三条教训是不计代价的忠诚之美德绝对不需要优秀的头脑。

还有几条复杂的结论呢。让我们逐一研读：

教训四：忠诚之为美德，有其内在矛盾。如果为某种利益而实行美德，它就不再成为美德；如果为美德而实施美德，又常常会迫使实施者行恶，因此不再是美德。

教训五：耶和华即善。因此，当他显示其本质的时候，他就是善。而赞美他的人如果赞美所得到的善，则这一做法不能称为功绩。这样，只有耶和华因恶，亦即行动违背其本质而受到赞美之时，他才能获得真正的胜利。换言之，耶和华的胜利之日，正是他脱离其本质之时。为了获得连续不断的胜利，他必须永远以歹徒的角色出现。浅薄人士以为耶和华创世粗笨，原因就在于此。实际上，创世是一件昭示他聪明才智的功绩。他加重人类伤痛和苦难之举，正是取得胜利的屡试不爽的手段。如果人类快乐无比，撒旦就会取得较少的成功，而上帝则完全不会成功。于是，显然，为了让天堂大门向少数人打开，千百万人必须被驱赶走过地狱之门。这是一种新的神正论的命题，不同于传统的观念，却更符合人类经验。

教训六：在和撒旦的理论争论中，很容易失败，因为他拥有许多理论的论据。不过，我们必须聆听他的言谈。

教训七：如果约伯认为他的不幸是撒旦的行为造成，他就应该设法反抗，而不是无所作为。例如，他应该去看皮肤病医生。因此，面对实情，自然而然会相信降临我们头上的恶永远是邪恶势力的行径。

希律王，或曰道德家的困境

大占星家向希律王提出了如下的一份报告："我饮过神秘的海巴西斯河河水，呼吸过五彩缤纷的阿拉诺山间空气（就连尼斯罗、那希玛、阿德拉美和贝里珥也曾对此山顶礼膜拜），现在向陛下禀报众星的语言：土星是铅的世界，是不幸和失败的行星，火星上又冷又潮湿，这二者结合，在昨天产生出来一个婴儿，他注定成为你的死敌。土星在七重天上公转，它命令穷人出生，即临时工、农民、小商贩；从远古时代起，土星就给我们国家送来了疾病和死亡；土星阴险，一张阴灰色的脸，古书教我们提防它，因为它只保护窃贼、造假人和囚犯。就在昨天，它创造出了一个犹太人国王。你的权力受到威胁了，众星都异口同声地说。"

希律王站起来，用一种掩盖了暴君阴冷愤怒的柔和声音说：

"不必再重复你精确的智慧结晶了。我只想问一件事：他是在哪里出生的？"

"伯利恒。"

"你说一个国王诞生了，同时你又提到一个迹象，表明散工和商贩来到世上。这不是矛盾吗？"

"凭出生，他不是国王，但是凭众星的意志，他是。他生在一个劳工家庭。"

"劳工成了国王！"希律鄙夷地笑了，"好得很，好得很。你可以走了！"

当天，在希律书房里开了一个会，有国家的四位最高要人参加。国王致开幕辞。

"我收到了一个报告，说一个犹太人国王已经诞生。众星传递的消息相当含糊，只提及诞生的地点、社会阶级和大致的时间，因此，潜在觊觎我这王位的人数量很大。因为不能确定劳工阶级中哪个人是这个人，又因为毫无疑问我们不能允许颠覆我们的统治，我只想到了一个行动方针：毁灭全部可以列入这一类别的人。简单地说，在众星宣告的时间出生的全部婴儿，都必须屠杀，一个不留。"

四位顾问反复思考这个问题。沉默许久之后，一位斯多葛主义者和宿命论者顾问说："请原谅，大王，陛下的道理不能说服我。如果说天意让一个国王诞生于世，那么，人类的努力是改变不了天意的目标的。众星所昭示的是既定的、必然发生的事，不是可能发生的事。不论我们做什么，命定的事必将完成。在这件事上，我建议不必采取措施，因为是徒劳的。请记取俄狄浦斯王的故事和他父亲得到的预言。面对天意，人是软弱无力的。经过深思熟虑，我认为还是不要伤害婴儿为好。如果说命运可以改变，那也只能由上帝来改变。让上帝了解这件事吧。"

"我认为你是持失败主义态度的。你已经屈服于惊慌情绪。"希律平静而尖锐地指出。"下一位。"

"这位德高望重同事的论据，我不同意。"另一位顾问是道德论者和伊壁鸠鲁派主义者。"首先，我不相信不可逃避的天意。世界上根本没有什么天意，这一点已经在我们景仰的哲学家著作中得到证明。即使我同意这位同事的观点，这样的解释也是毫无根据的。众星宣布了一位国王的诞生。但是众星并没有声明，已经出生的婴儿也一定变成国王。这个预言的意义也许不过是：一个婴儿的出生，具有称王的才智前提，或者在有利的条件下能够成为国王。因此，我们可以设想，反对这潜在的敌人的行动能够成功。"

"这么说，你是赞成我的计划了？"希律问。

"不赞成。虽然我不同意上一位发言人的论据，但是我同意他的结论。对这些婴儿不应该采取行动。行动无疑会取得成功，但是这行动是不道德的。对弱小而无助的婴儿发动攻击，加以消灭，自己却不遭受危险，这是不道德的。"

"你这些话，我认为就是一个道德论者的幼稚解说，你是想让政治屈服于道德。"希律冷冷地说，"经验教导我们，这些尝试毫无用途。因为客观地说，如果你这些空想式的梦幻不产生和前一位发言人推荐的无为政策一样的后果，我就不屑一顾。从根本上说，道德说教和失败主义是一回事，同样地导致对政权的颠覆。先生们，你们不要得意忘形！政权受到威胁。现在不是斗嘴的时候。下一位。"

"我的见解完全不同。"第三位顾问是一位宗教道德论者。"我既不相信无法逃避的命运，也不相信道德行为的一定之规。屠杀婴儿当然可以引向成功，引向潜在对手的覆灭。如果我们得到保证，屠杀可以放心大胆地进行，那么，对于所要采取的行动，就无须乎怀有哪怕一瞬间的迟疑。但是，我们事先应该确定，从长远看，这个办法没有价值。这个行动有可能成功，但是没有十分的把握。另外，我们有把握的是上帝的惩罚，因为，如果我记得不错的话，他对大规模屠杀婴儿一事是不会太过宽恕的。大王啊，为了拯救你的王位，你是要冒死后遭惩罚的风险的，和这种惩罚相比，你丧失权力造成的痛苦根本不值一提。因此，我奉劝你不要采取这个步骤，倒不是因为不会成功，或者绝对不道德，而仅仅是因为得失完全相互抵消。"

"哎哟，先生们，我很抱歉，但还是想说，一直到此时此刻，你还根本一点儿也不懂得权力的性质呢。"希律说，"世界上最重要者非权力莫属。说什么在几年之内甘心接受权力的丧失，以防止今后几十年的不愉快，这话我听着荒唐透顶。下一位。"

"我的意见和前面三位根本不同。"第四位，也是最后一位顾问，是一位政治家。"前面的发言人，除了第三位以外，已经相互反驳了他们的论点。因此，我能够做到的，就是反驳第三位的观点。就算我们可以接受绝对道德法，也不能说屠杀婴儿是不道德的。说什么婴儿没有防卫能力，这毫无意义。每一次我们杀死一个敌人的时候，甚至涉及一个武装到牙齿的敌人，我们也能够证明说他没有防卫，虽然这不符合事实。换句话说，在每个战役中，大家或者战胜没有防卫的人，或者屈服于战胜者。从这个角度看，在婴儿和武装部队之间是没有区别的。还有一个见解，我认为同样是无稽之谈：自己没有暴露于危险而发动攻击是不道德的。这完全等于说，在战争期间，作战任何一方不能采取给敌人带来最小损失的行动，作战每一方应该承受最大损失，简单地说，应该尽力输掉战争。先生们，这也许是你们的笑话理论吧？请至少做到前后一致吧。如果说作为国家政策的一种工具，战争本身还有消灭敌人的任务这一观点是可以容忍的话（这种战争行动，无疑是没有人反对的），我们也应该赞同导向成功的一切斗争手段。比如说，在战争期间，我们是不是可以混进敌人阵营偷走或者销毁他的武器呢？当然可以。但是，这样做，我们就消除了敌人的防卫能力！我要说，就是要这样。是的，如果发动战争是完全可以允许的话，那么，对于没有防卫手段的人也必须发动战争。喂，为什么就不能对婴儿发动战争？"

"连第三位的论据也是幼稚的。你说，上帝对于屠杀无辜的人会愤怒，或者因为是运用了集体罪疚心理吗？无稽之谈呀。我不必提醒你了：根据《圣经》记载，上帝常常对他的大军下令，杀死不少地方全城和全国的居民，而且强调这一命令适合于婴儿。这类的故事在《圣经》中随处可见。为什么还要引用这些论据呢？请回忆一下原罪的故事吧。亚当生活在我们许多许多代人以前，就因为他有罪，每个人一出生，初生的婴儿，你们都记得，就肩负着有罪的重担。因此，亚当的罪压在每个婴儿身上，而且，大家都知道，给千千万万的人带来无法衡量的痛苦。这样，集体过错的原则也是上帝行动的根据，为了找到一个敌人而直接杀死几百个无辜的人，比起原罪史来说，就是九牛一毛；因为原罪，千百万人还在死亡；按《圣经》教导，死亡的现象乃是亚当与夏娃的不服从造成的后果。这是我的论据，希望能有说服力。"

"谢谢，讨论结束。"国王宣布，"先生们，你们提出的论据，已经完全说服了我。既然你们的言论都赞同杀婴，我就接受你们的见解。请做好准备，开始行动。"

故事的后果大家耳熟能详。婴儿遭到屠杀，但是行动本身没有成功。作为搜索对象的婴儿，逃过了法警的屠刀。

故事结尾不为人知。但是近期的研究提出的澄清如下。

几十年后，希律在地狱底层遇到了原来的顾问们。四个人处境悲惨，所受惩罚非笔墨能够形容。按地狱的规矩，四个人胸前都挂着示众的大牌子，上面写着他们的犯罪事实和对他们的判决理由。这些理由的细节很有教益，因为是最高法院法官亲自编写的。

希律和唯一支持他屠杀婴儿政策的那个顾问大牌子上的文字相同："杀害儿童。判决理由：从上帝运用集体罪疚原理和因为他人之过错而屠杀婴儿之事实中，不能推论任何国王也可以照此办理。相反，以绝对的道德名义，这是受到严格禁止的。"

斯多葛道德论者大牌子上写着:"1.宣扬异端宿命论;2.试探上帝。判决理由:此人坚持无为,而且诱导他人无为,相信上帝为他完成一切,或者一切已经决定,从一开始就是宣扬异端,而且试探上帝,并且散布失败主义,这一做法必定损害和阻碍目的在于在人间完成上帝事业而进行的斗争。以绝对道德论名义,歌颂无为之言论,当受惩罚。"

同样摒弃希律计划的道德论伊壁鸠鲁派分子大牌子上写着:"令人不齿的权力论。判决理由:国王权力来自上帝,为保卫人间和平和秩序,国王听命于上帝。凡是贬低权力问题者,都是加深社会解体,鼓吹无政府主义。以绝对道德名义,此举应受惩罚。"

宗教道德论者大牌子上写着:"否认绝对道德之存在,宣扬以斤斤计较为凭据的虚假功利主义道德论。判决理由:上帝要求人为了善而为善,为无私热爱上帝而为善,不是因为为善有利可图。若非如此,则上帝被视为商人。此举十足可恶,以绝对道德名义,应予严惩。"

五个囚徒本人分别高声朗读示众大字报之后,在悲哀中低头。"我们都是对的。"希律说,其余的人同声附和:"我们都是对的。"但是希律突然握紧拳头,大叫:"谁是罪人?"

在这个时刻,他们蓦地看见一个奇形怪状的身影向他们走来;这个人低沉地哼哼着,背着一大堆沉重的书本和文件,几乎快压断了腰。这是那个占星家。他的示众大牌子上写着大字报似的罪状:"宣扬不实见闻,造成严重后果。判决理由:此占星家通报国王有一个犹太人国王诞生。但是,由于无知或者轻率(二者毫无区别）而忘记补充说明，这个新国王绝对不会威胁希律王的王位，因为他自己后来就说他的王国不是这个世界的。就因为这个虚假宣告，占星家造成了几百个无辜者死亡；为了保卫国王，他们惨遭屠杀；这绝对没有必要。如此不负责任的行为，令人悲叹，令人震惊。以绝对道德的名义，应该惩罚。"

后来发现，占星家背着的大堆大堆的书本和文件，都是公认的极端精确的信息，在现在必须牢记在心：铁路时刻表、电话簿、统计年鉴、各类蓝图、地图和设计图纸。

"这全部罪责都是他的！"希律大叫。接着，他们都扑向可怜的占星家，又狠狠地推他，又攥紧拳头打他。"我们入了地狱，都是因为你！"他们大呼小叫，骂声连篇，用语不雅，甚至在那个地方都显得不体面，虽然说在那个地方一切都很体面，或者被认为是体面的。

"请尊重事实，"占星家呻吟着，因为连遭打击，几乎全身倒下。"在这里，我是唯一无辜的。你们受罚，是因为你们有罪恶意向，而我的确没有其他消息，我报告了我得到的消息。我的意向是朴实的，但是上帝还是惩罚我，不是因为后果，而是因为意向。我真不明白我怎么会落到这步田地。"

撒旦正好从旁边走过，诡秘地冷笑了一下，说："当然啦，提供准确消息而挨罚，明白这个道理就好。"他接着说："但是现在懂了也没用。明白得太晚，已经无计可施。没有什么办法了。别跟可怜的占星家过不去啦，他实在是无辜的。你们应该想到，在道德问题上——就是我们眼下讨论的这个题目——每个方向的知识，都来得太晚。你判断你的行为和意向的时候，这些行为和意向已经没有办法逆转。和技术方面形成对比的是，每一个行为的道德方面是绝对无法预见到的，只有在事后才能理解和得到评价。我们这一平常机构的主要力量——也几乎是唯一的力量——就在这里。正因为如此，你们可以在这块地面上见到你们全部的朋友和熟人，毫无例外。"

路得,
或曰爱情
与面包之间
的对话

摩押人路得与外帮人即犹大人以利米勒的儿子玛伦共享婚床十年之久。漫长十年她都保持了对丈夫的忠诚,她丈夫背离了自己的饥饿之乡的故土,在路得的家乡得到接待。以利米勒之子玛伦死在摩押人的土地上,远离自己的出生地。他的妻子路得独自留在故乡,永远失去丈夫。

路得心里想:我嫁给了外帮人丈夫,现在我的乡土永远地收留了他,这片土地也就不再属于我了。以利米勒的儿子玛伦离开了我,背叛了我,与摩押土地合而为一。在我丈夫背离了我的这块土地上,我再也没有欢乐。所以我要离开这片悲哀阴郁的土地,到犹大去,因为我丈夫是从那儿来到这里找我的。

于是路得和婆婆拿俄米离开了自己的故土,来到犹大。这个地方现在没有干旱和饥饿，到处暖洋洋的，充满生机，如同她对以利米勒的儿子玛伦的回忆那样。拿俄米和儿媳妇来到这个国家，路得离开了自己的人民和城市，自己的神和自己的父亲、母亲、兄弟姐妹，是为了让她丈夫的人民成为她自己的人民，丈夫的城市成为自己的城市，丈夫的神成为自己的神。

路得和婆婆拿俄米在犹大之地伯利恒镇住下。她们遭受了饥饿和折磨。没有人为她们生火，或者防备夜间嚎叫的豺狼。

她们住在伯利恒，又害怕，又悲伤，等待上帝的恩赐，或者死亡。她们知道，这二者常常是没有区别的。

饥饿折磨她们没完没了。路得对婆婆说："看，她们正在地里收割大麦。我找他们去，找到地主，他会让我拾大麦穗的。"于是，玛伦的遗孀路得去波阿斯的地里拾大麦穗。波阿斯是她丈夫和婆婆的族人，允许她尽量多拾大麦穗，表示特别的善意。他是天生的好人，没有坏心眼，而且，他很高兴对路得表示宽容。有两个原因：一个是情爱的，一个是手足同胞的。路得比伯利恒全城的女人都更加令他愉快，他对她的情爱特别炽烈。让他愉快的道理就是她离开了故土，在他，波阿斯的国度寻求救助。这一点增加了他的人民和他的神的光荣。因此，他对她说，由于她对他的家乡持有的态度，他有义务对她表示谢恩。与这类情况中的通例一样，他希望他这样做也能得到她的谢恩。她背着一大口袋大麦离开田地，对这位善人怀着谢意。她和拿俄米吃了大麦充饥。

接着，拿俄米说："今天晚上，波阿斯在地里扬场。你去吧，如果看见他睡觉了，就叫醒他，留在地里。完了拿回面包来，明

天就有吃的东西了。"

情况正是这样。夜里,路得到地里去了,轻轻抚摸熟睡的波阿斯,叫醒他,两人留在麦捆中间,直到清晨。那天早晨,她带回来面包和美味糕饼,供自己和婆婆食用。

接着,路得对拿俄米说:"我一想到自己是不是变成了赚钱糊口的妓女,心里就十分不安,因为我半夜去见一个男人,第二天早晨带回来面包。"

但是拿俄米回答说:"你没有做什么错事。波阿斯慢待你了吗?没有。在你给他爱情以前,他就慷慨酬谢了你,他不让你挨饿。他对你的爱还没有得到你的报答吗?还有比用爱情来谢恩更好的方法吗?爱情如果不是我们最为珍惜的礼物,还是什么?所以说,你越珍惜你自己作为女人的名誉,你给予让你不挨饿的人的那份礼物就越重大;你给予他的,是一个女人应该给予他的。挣钱的妓女之所以受人蔑视,不是因为她委身于给她面包的人,而是因为她心里蔑视她自己,因为她给予那男人的东西对她自己来说没有价值。但是,对你来说,它有重大的价值——也正因为如此,你可以表示出最重大的、最真实的谢恩。"

"但是,我不是为了面包拿出爱情的吗?"路得坚持说。

"世上真的有不要回报的爱情吗?"拿俄米问。"如果有,是值得器重的,但是在世人当中很少见。爱情至少要求某种相应的爱情,而你只要求面包。但是,即使在面包永远是稀罕物的这个世界上,对于你来说,面包也能得到,比爱和善更多。人对面包的需求超过爱情。人必须先有饭吃,感情才能要求营养。

何况你只取了面包。"

"但是我献出了身体。"

"你献出，是为了报答你得到的面包，是谢恩。你尽你最大努力表示了谢意，恰恰是因为你最高度珍视你作为女人的名誉。因此，你贡献，是为了确保一种保持你每天活下去的物品，而付出的是一种无可比拟的更为可贵的东西，也就是说，你自己灵魂的一部分。这样，你表现出来了给你带来荣誉的慷慨与大度。你不仅没有污秽自己，而是证实了一种美德，赢得了世人的尊敬。"

婆婆和儿媳妇之间这场谈话一直在进行，直到波阿斯派人送来消息，说他想要娶摩押人路得为妻。这样，波阿斯表明他器重路得的美德，而拿俄米对整个情况的评价完全正确。

这个故事中哪一个细节也不应该受到嘲讽、笑话、怒斥，或者轻蔑。相反，这证明了一个事实：我们的嘲讽常常是毫无意义的，我们的愤怒是虚伪的，我们的轻蔑是愚蠢的，我们表现出这类情感就是要迫害一个人，这个人为了活命的面包要表示谢恩，要用爱情来表达谢忱。还是让我们赞美那些为了面包而献出自己最珍贵之所有的人的慷慨吧，正如拿俄米正确指出的那样，就是在饥饿山谷里——也许恰恰是在饥饿山谷里——找到面包比找到因为得到面包而表示的谢忱更容易些。

雅亿，或曰误入歧途的英雄主义

这一篇是关于底波拉、雅亿和西西拉——两个女人和一个男人的故事。但是这不是三角恋爱的故事。这是他们的遭遇。

耶和华是按照他最经常、最频繁使用的一个系统来关怀他的人民的。每一次人民违背耶和华的命令或者警告，都要被送到他们的仇敌手里去。这些仇敌征服了犹太人，心满意足地折磨了他们。因为人民常常落入桎梏，所以他们知道他们违背了一项神性的指令——指令是要引导他们悔过，改变自身，可以再获得自由。这种机制的工作，像电脑一样准确和无懈可击。

现在，这样的事又一次出现。以色列的儿女们由于自己的错误和背离行径而落入迦南人的枷锁。迦南人的国王是耶宾，在这个故事里是次要人物，他的军队首领是西西拉。西西拉的盟友是希百和他的妻子雅亿。这个雅亿，用最好的字眼形容吧，可以说是西西拉的女相好。在以色列人当中，底波拉司法官之职，是一个果断而聪明的女人。

底波拉是反抗迦南人起义的主导，把起义引向胜利。底波拉是一个具有权威和充沛精力的女人，强力、激情和策略决断的特点在她身上巧妙地结合为一。她是激进的预言家，实际上是人民的代言人，在激昂演说中号召人民向压迫者发动战争。她的人民心中灌注了起义的热情——人民由于遭受二十年的压迫而心情沮丧。她是大无畏的律师，召集了十二个人（其中有拿弗他利人巴拉），扫清了她们心里真正男子汉不应该怀有的犹豫不决和懦弱怕事的情绪。

"外帮人的枷锁，你们还要背负多久？"她激励他们，头发在风中猛烈地吹着，"都快过去二十年了，在征服者面前，你们还低着头！你们人民的心灵，是不是由于精神屈服已经迟钝？在武士们的胸膛里，是否连一点荣耀的火星都焕发不出来，希望再也激发不了你们？你们是否要永远屈服于奴隶的可悲命运？你们是否准备安心忍辱负重，像公牛屈服于轭具那样耐心，在你们主子的鞭子下面把头垂得更低？"

拿弗他利的巴拉回答说："女人，你谈荣耀，又谈希望。注意你说的话，不能空发议论。你让我们起来斗争，是以荣耀的名义，还是以希望的名义？这是两种不同的理念，因为人甚至可以不顾希望而挽救荣耀。如果这是你的要求，我们就接受。我说'我们'，是指来自我们人民十二个部落的十二个人。我们已经做好投入战斗的准备，但是我们只有十二个人。没有希望，人民是不会去斗争的，每一位军事领袖都懂这个道理。人民是为了自由或者面包斗争的。他们如果相信胜利，就会创造奇迹。但是如果你命令他们去展开一场从一开始就已经失败的斗争，而且只是以荣耀的名义，他们也会远远地离开你。十二个人会在一场毫无指望的斗争中牺牲生命，但是他们得到的回报只是嘲笑和轻蔑。我们都记得，每一种需要都是一种美德，如果奴役是一种必要，而奴隶们如果必须拥有生存的一个理由，就会把它变成美德。我们都还记得，这种必要永远都有它的宣教人，这些人都善于说服人民，如果不能去除脖子上的套环，那么，戴着它也是一种荣耀。我们还记得，人人都倾向相信自己的行动动机高尚，都会为每一种条件打造一种理论，给这种条件增添一种伟大的光环。凡是存在的事物，没有不能被神圣化的，而且神圣品格本身更容易被添加给已经存在的事物，比添加给初次形成和存在的事物更容易。因循守旧比奋力创新容易，每个人都更加喜欢轻易取得的品格，对它也就无须乎再动脑筋。这就说明何以物质的优异对精神的优异容易占上风，何以现实的世界对于向往中的世界具有多方面的精神优势。因此，我要考虑：你是要给我们向往中的世界呢，还是值得敬重的世界？是胜利的远景呢，还是失败犹荣的远景？"

底波拉一听这话，怒火万丈，像烈火上又喷洒了汽油。

"没骨头的东西！"她大叫起来，"怀疑的虫子咬住你们的心了吗？你们是为人民做主吗？你们本来应该鼓舞人民去斗争的，但是却在小事上纠缠不休，像鼻子乱闻木槽的毛驴一样。从一开始，你们就必须有胜利的信心，然后才能同意洗刷你们脸上的耻辱相。但是，如果事先就有胜利的把握，那么，拿起武器摆脱耻辱，还有什么可喜？我要再问一句，走向有把握的胜利，还有什么价值？你的问题很愚蠢，你心里是个懦夫。你问是荣耀还是希望，这有什么区别？你的荣耀就是怀有希望。你的希望就是拯救荣耀。但是，要把你的怯懦变成人民的负担，而不是给他们勇气！你在等待胜利的希望吗？如果不在你身上，又在哪里？你在等着什么来实现你的胜利？胜利就是你的信心，如果你不相信胜利，失败就是确凿无疑的。如果你拒绝，我就独自把人民联合起来，把他们从这片枷锁土地上带走！"

这十二个人低下头来。底波拉站在他们面前，像炽热的雕像，毫无畏惧，威武而不可战胜，充满了热情和信心。这十二个人信赖底波拉，在她的领导下，在拿弗他利部落的巴拉领导下，以色列人参加了反抗压迫者的战斗。

以色列士兵在他泊山脚下赢得重大胜利。迦南人的大军被完全歼灭。他们的指挥官西西拉在最后一分钟逃离战场，一个贪生怕死的人。他努力摆脱了他的随从，心里绝望到底，最后，来到他的友人希百和雅亿支起帐篷的地方。

雅亿走出帐篷迎接朋友，她一见他，立即看透了情况。西西拉满面灰尘，气喘吁吁，疲惫不堪，恳求地看了看她，又低垂了双眼。

但是雅亿对他微笑，又慈善，又凄婉。

"你把刀也放下了？"她平静地问。

西西拉用手蒙住双眼,失声痛哭。

"我是从战场上逃跑的,"他吞吞吐吐地说,"刀也丢了。情况惨极了。战役过后,只剩下指挥官一个人还活着。既然敌人没有杀死我,我就应该自己处死自己。我的耻辱没法补救。"

雅亿没说话,笑着拉住西西拉的手,把他领进了帐篷。在帐篷里,她踮起脚来搂住西西拉的脖子,和他使劲亲嘴。她开始说话,声音轻得几乎听不见:"亲爱的人,留在我这儿吧。"

西西拉十分困惑。片刻之间,他死灰色的脸明亮起来。"这是怎么回事?"他迟疑地问,"你的意思是……你不抛弃我吗?你没有看见我浑身上下都是……懦夫的耻辱吗?"

雅亿让他坐下,用她细长的手指抚摸他的头发。"西西拉呀,"她温柔地说,"我爱你,不是因为小看你逃跑,而正是因为你的逃跑。多年来,我周围都是大无畏的人。恐惧的感觉在我们这里倒是稀罕的。物以稀为贵。我们周围都是勇敢的人,所以恐惧和逃避是不同一般的。你是一个不一般的、少见的人,所以值得珍爱。"

西西拉睁大眼睛凝望她,惊愕万分。

"怎么是这样?这种罕见的情况是爱情的原因吗?比如,在正常体态的人当中有一个罗锅儿,你就爱他吗?"

"当然,这不仅仅是稀罕与否的问题,西西拉。也是一个有实质的问题。你的弱点是不想战斗到底、到死。我为什么必须尊重时刻准备死亡这种性格力量呢?我见过许多蠢货和饭桶故意崇尚死亡。他们没有一个人以英雄精神来鼓励我,我更重视有理由的逃跑,对愚蠢的勇气不以为然。"

"但是,我不是因为讲理性才逃跑的,雅亿,"西西拉小声说,甚感羞耻,"我是因为恐惧逃跑的。"

"可以说,你是更愿意屈服于死亡恐惧,而不是因为恐惧感到耻辱。当然啦,你不相信'宁死不受辱'这条愚蠢的口号。西西拉,我心爱的,再想一想吧。对前者的恐惧和对后者的惧怕同样是听命于激情的:其一是生活的意志,其二是虚荣。耻辱的依据是什么?是别人对你的看法。为荣耀而死,你就是全然拜倒在他人看法的脚下,因为一个真正孤独的人是不能没有荣耀的。但是一个真正独处的人可能感受死亡的恐惧。死亡可能在荒野中击中我们,而羞耻只能在人群中击中我们。在你用死亡来保卫自己免遭羞耻的时候,你就不再是你自身,因为担心在别人眼里失去你的形象,你已经失去了你的人格。而爱情需要对方保持真实的本来面目,因为对于爱情来说,这是最为内在的、表达爱情的最好的方法了。如果只因为某种个人的品格而爱一个人,就不是爱他。实在说,相互的情况是真实的:因为爱某人,所以爱其品格。我爱的是你,西西拉,是你,不是你的力量,或者你的弱点。如果你坚强,我就爱你的力量,如果你软弱,我就爱你的软弱。我爱你,所以我爱组成你的存在的一切因素,爱你特有的气质,不管它是什么。总之,我想要你只保存你本质的自我。但是,面对死亡表现出勇气的人很少是他们自身,因为这样的勇敢在自然界很少见,在绝大部分情况中,其存在都是违背自然的。因为你怀有对死亡的恐惧,你是你真实的本身,所以我更加爱你。"

"你说的话听起来很有点奇怪，雅亿。但是我要听下去，因为你给了我希望，就是因为我已经永远丧失了的希望。我要坦言，我欣然同意你的话，因为你为我提供了理由，可以用来为往事，为我已经做了的事，因而是无法逆转的事，辩解。我逃跑是往事，而往事是要寻求道义辩解的，而且还要向别人推荐的。所以，你的话我接受，雅亿。你和底波拉有天壤之别呀。她以战胜羞耻的名义号召她的人崇尚死亡。"

雅亿莞尔一笑，又温柔，又凄婉。她说："底波拉那样做是因为她的人民对胜利还依然抱有希望。但是，这样的希望现在你没有了。你所需要的是抵御绝望。"

"那么，你对你自己的哲学不是深信不疑了，雅亿。你难道不相信你刚刚对我说出的话吗？"

"我怎么会不信呢？"

"可不是吗！你刚才说，为了让我免于绝望，你的哲学必不可少，同时，为了保存希望，底波拉的哲学都可能是真实的吗？不可能啊！我想知道真理到底在哪里。"

"相信我吧，在你还依然活着的这个时候，真理在我说的话里。"

"撇开这个时候，我是指一般情况下，古今中外，真理是什么？"

"睡觉吧，西西拉，你累了，"雅亿的话很柔和，"现在不是多说话的时候啦。"

"请你只告诉我，你真的相信，我不必自己来了此一生吗？"

"你不能那样做，西西拉，绝对没有必要。——现在睡觉吧。"

西西拉立即入睡，十分沉稳。

雅亿轻轻走到帐篷一角，从地里拔出一根又长又坚硬的楔子。然后把它对准熟睡的西西拉的太阳穴，用一把大锤子把它猛地一下子深深地凿了进去。西西拉在寂静中死去，甚至没有发出一声呼吼。

接着，雅亿听到帐篷前面的人声。她走出帐篷，看见犹大凯旋大军领袖巴拉向她走来。雅亿微笑着迎接他，掀开帐篷垂帘，做手势请他进去。

雅亿自有她的道理，为我们所不知。历史学家陷入不可救药的思索。这个故事有四种版本：巴洛克的、浪漫主义的、自然主义的和常识的，但是都不令人满意。

根据可信度最小的巴洛克版本，雅亿在熟睡的西西拉身旁站立许久，自言自语地说："可怜的西西拉呀，我说的话都是真的。你一定不要自己夺取自己的生命，也是真的。由我来操办吧。我实在爱你，要保护你不遭受羞辱。但不幸的是，羞辱是一种现实，没人能够逃脱。即使你想要保存生命，你也很难忍受生活，因为你必须生活在他人中间。他人是我们的现实。我能为你做的最好的事，就是帮助你死去，在你不知不觉之中。而我呢？我可以生活下去，因为不受耻辱的威胁。威胁我的，就是说，是关于我杀了你这一事实的意识给我的折磨。我是不是应该承受呢？为了这个行动而惩罚自己——这个行动我马上就要采取。我是不是应该采取呢？但是，如果这是一件我必须做的事，我为什么还要惩罚自己呢？为什么？因为我拯救不了你吗？谁也做不到。谁也没有义务为此而拯救你，除了我之外，因为我爱你。我要活下去，理由就在这里。但是，为了活下去，我必须表现得我是你的敌人的盟友。只有在那个时刻我才算喝完这杯伤痛和不幸的苦酒。"

我们认为这个版本虽然提供了有关整体的一个合理的描述，但是在意趣和情调上缺乏心理学方面的可信性。

浪漫主义版本有所不同。在一开始它就指明雅亿一向是站在犹大人方面的，她的全部话语都围绕着一个单一的目的，即哄他睡觉，以便轻易地、麻利地杀死他。因此，谋杀是可以理解的，但是在此之前的一场谈话，从心理学上看，是不现实的。

自然主义的版本如下：雅亿的谈话是诚恳的，但是后来她被恐惧俘获。一想到敌人可能把她连同她的情人一起杀死，就惊慌失措。所以她杀死他完全是出于怯懦。在这一版本中，很难克服杀人所需要的勇气和必然引向同样行动的怯懦的程度二者之间的矛盾。

常识版本：雅亿丝毫没有杀害西西拉的意图，但是以色列的盟友耶和华在最后一刻奇迹般地改变了她的心意，这是她的一件极小的功绩。要不然就是他控制住了她的手，把她变成了犯罪的工具。有许多论据都支持这个版本，不过还是不能清除全部疑问。首先，在这一版本中，和耶和华正常行事方式比较而言，这种行动方式太过细致，太过严密。

这场戏剧无论是怎样展开的，都一直包裹在神秘之中。可以有许多解释，而得到的结论也会依每种版本中的解释不同而不同。然而，尽管有人做出不同的努力，也有几种结论又是一样的。

教训一：有时候世人相信，英雄主义是一种特殊个性的标志。实际上情况正好相反：个性常常在怯懦中揭示出来，是与人性为一体的。英雄主义销毁个体性，将其全然浸入我们周围世界的信仰、偏见和判断之中。一个人只能在某一社会所视为神圣的各种价值观方面成为英雄。另外，人特别是在一己利益上，是懦夫。因此，懦夫常常是一种特殊的人格，故意把自己抬高，高于周围人们的水平，打破习俗的硬壳。

教训二：在每一场战役中，有人必须丧失荣耀。虽然如此，世界并不就从此止步不前。

教训三：没有一种生活哲学不能得到讲求理性人士的维护。

教训四：有如这样的个案，太坏；有如那样的个案，太坏。太坏，永远都太坏。

所罗门，或曰世人如众神

这一篇故事追溯到各方敌人依然遵守互相宣战这一习俗的时代。这是一个有内部矛盾的习俗，因为对某人宣战就意味着向他通告自己要消灭他的目的。但是，这样做，也等于警告敌人，并且帮助他预防对方的攻击和保卫自己。结果就是，开战在即，先为自己设置障碍。如果说战争本身可以被视为一种敌对的行动，那么，宣战就不仅是表达一种礼仪，而且可以被描述为友情行动、自我暴露行动，当然也就是一种怪异的前后不一致的行动。因此，随着逻辑思维的进步和成长，这一习俗已经几乎全然消失，实在不足为奇。

然而，在我们此刻所谈论的这个时代，这个习俗依然有效，神人同样遵守。在这方面，耶和华也不例外。在这里我们想要描述的行动恰恰就是耶和华对他的仆人所罗门宣战。

所罗门行为一向轻率，令耶和华不快，耐心都要耗尽了。所罗门是一个享有过多天然性力的人，这是他生活中一种费时又费钱的因素。《列王记》上说，当时的耶路撒冷养活着这位大王的七百个妻子和三百个小妾。而且，这两类妇人之间的区别十分微妙，难以分辨。事实上，这大约一千名妇女伺候并满足这位君主的欲望，靠他的国库税收生活。耶和华是讲究节制的，能够体谅人类的弱点——姑且把和一千个女人在一起生活称为一个弱点吧。但是，他的容忍终于到了尽头。所罗门做得太过分，竟然让他的成群妻妾在宗教事务上放纵行事。应该牢记的是，这些女人原籍基本都是外帮人，崇拜外帮神明，而耶和华和这些神明，众所周知，是处于战争状态的。但是，所罗门像许多贤人一样，性格软弱，顺从于暗示和言外之意。如果他正好心情不错，他就会对成群妻妾发出种种诺言。但是过后他又常常为这些诺言感到耻辱，找各种借口取消。可是，这些妻妾纠缠不休地要求为她们的神明献祭品。这也不奇怪，因为每个人都想要把祭坛的荣耀奉献给自己的神，而且，如果这样做只花别人的钱，又何乐而不为？这就造成了一个可怕的局面。耶路撒冷挤满了金碧辉煌的寺庙，都是为了众多的神明建造的。十分混乱，让忠实的信徒不知何去何从。最令人烦恼的派别，在这个大城市里漫无节制地扩展开来，外来的祭司们在国王宫廷又推出新的时尚，可惜国库的资财渐渐耗尽，像仲春的白雪一样。每个人都计算好了为崇拜一个神明得花多少钱，而在这里的崇拜对象有二十或者三十之多。摩洛、俄赛里斯、阿什托雷思、基抹等的大堆涂金神明圣像，从底座上向下得意微笑，奢华享用为他们烧出的香火芬芳。

耶和华怒火中烧。毫无疑问，他原来希望即使不是马上，也会是很快就一劳永逸地消灭的还是强弩之末的对手，突然之间，又开始冒出新的光彩、新的生机，表现出开展更加宽广活动的迹象，而他自己却正在失去阵地。物质的祭品减少，信徒向他表决心的宣告减少，都让他心情日益恶劣。他的消沉情绪跌落到了谷底。在耶路撒冷城中心，似乎为了嘲弄他而建立起来的外帮人寺庙的形象本身，就激发出他的万丈怒火，这对他的健康有害，对世间全部居民的安全有害，因为这些寺庙里居民面临危险。

所罗门意识到自己的处境，左右为难，感到无所适从。有时候，他没有办法反驳女眷们的压力——她们要求他追加拨款，对异邦神明献祭品，到头来他还是抵御不住而屈服。他常常写支票，满脸无可奈何的表情。但是，一想到耶和华他就坐卧不安。在教义问答课上，他得到开导，知道上帝的宽恕是无限的。现在有时候他脑子里重复这句话，但是在内心里是根本不信的。

这一切的结果，可以预料，就是大呼小叫的争吵。事先，有一个简略的电报发给了所罗门："立即停止和摆脱偶像崇拜。耶和华。"回电是："好吧，好吧。所罗门。"

虽然有这次电报往来，但是不法偶像在整个城市里依然不断出现，有如雨后春笋，而且，像以往一样，成功地取代了真正的宗教。

第二封电报在语气上像最后通牒："看来你认为我可以无限

期地忍耐下去。耶和华。"

回电不可避免:"正是。所罗门。"

耶和华又回电:"须知你已经过度利用我的耐心。耶和华。"

情况到了紧急关头。耶和华的一个信使,戴眼镜的、红头发的天使,出现在耶路撒冷,也不敲门,就大步走进国王卧室,国王正在安乐椅里舒舒服服地坐着。天使没有顾忌,严厉宣布:"耶和华要求在二十四小时之内消除全部崇拜,否则所罗门国王要为后果承担全部责任。"

所罗门属于这样一类男人:在他们身上,抱负和恐惧经常处于斗争状态之中,二者之一交替占上风。这一次,他感觉信使的威胁对他提出了特别的挑战,他的抱负占了上风。因此,他假装惊奇,说:"耶和华吗?啊?请问,他根据什么标准宣布一种崇拜虚假,其他的崇拜真实呢?这一切,我应该怎么理解呀?"

面对这种无理取闹,天使不知如何是好。所罗门趁他无言以对之时又问:"情况是不是严重到我不能崇拜想要崇拜的神明了?耶和华凭什么认定我只能崇拜他呢?也许下一步他要告诉我,我们人民选定的俄赛里斯、阿什托雷思和其他的神明都是完全不存在的啰?"

事态已经十分明朗。天使终于振作起来,说了软里带硬的客气话:"我得到的命令不包括讨论你的偶像存在与否的问题。我的上级认为,问题的本质不应该被形而上学的胡言乱语搅模糊。就我自己而言,我还想补充说,这些偶像存在与否和目前的事情毫无关系。你是否知道耶和华是你的朋友,只希望你好?"

"耶和华难道比我更清楚我的好处在哪里吗?"所罗门说,"哪些偶像给我的好处最大,我就向他们祷告。"

此时此刻,天使又一次无言以对,无奈地看看房间四周。他从来没有领教过如此蛮横的话,所以他没有办法运用逻辑战略来反对所罗门。在苦涩中,他只好回答:"你父亲大卫对他的上帝的态度完全不一样。"

所罗门耸了耸肩膀。

"人类的进步,除了其他情况以外,还在于这样一个事实:儿子辈行为方式与父辈不同。"(这句话是他从一位无神论者那里听来的。)

"好好好,"天使完全给搅糊涂了。他沉默片刻,接着在绝望中呼叫:"那是肖像崇拜!其他的信仰是假的!"

"假的,假的是什么意思?"所罗门问,"不同的神明都在争取得到人的崇拜。每一个神明都要求整套的崇拜。因此每一个神明都是按照一己的利益行动的。至于我呢,从《圣经》可以知道,我是按上帝的形象和面目创造的。因此,我要按照同一种原则来行事。宗教的崇拜无所谓真假。更可以说,这是一种多少有利可图的活动。坦率地说,耶和华缺乏宽容,小气,报复心重,忌妒心强,还残暴。我真不明白,如果我愿意,我为什么就不能够崇拜另外一位神明?"

"因为只有他才是你的神,你的人民的神。"

"为什么呢?请问。"

"因为你和他有契约。"

"什么意思嘛！"所罗门大笑，"对我来说，毫无意义。"

"很简单，意思是，你的利益是可以鉴别的，而你的利益和其他众神的利益有冲突。"

"只要我还是耶和华的一名忠实的崇拜者，就会有利益冲突。我一旦崇拜其他神明，情况就要变化。"

"你的错误恰恰就在这里。"天使说，"最近有一本论超验一神论的教科书，重新审订扩大版的，很好地澄清了这个问题。"

天使翻弄他的文件箱，拿出一本因为翻阅而变旧的小书。找到了相关的一章，《内在性与超验的统一》，他开始大声朗读下面的一段：

> 耶和华和以色列人民的友谊以什么为依据呢？耶和华和以色列人民的友谊以他们的利益的一致性为依据。全部其他神明和以色列人民之间的敌意何在？其他神明和以色列人民之间敌意在于他们互不相容的利益之冲突。有时候有人提出这样一个问题：耶和华和以色列人民的利益是否永远互相符合，或者间或也有龃龉？提出这样的问题本身就是幼稚可笑的。超验论一神论教导说，人必须准确分清事物的本质和表象。全部其他神明和以色列人民之间的不和在于事物的本质之中，亦即在其相互关系之中，在全部其他神明和以色列之间缺乏和谐。另一方面，耶和华和以色列人民之间的关系本质上以友谊为依托。但是，他们之间可能严生误解吗？似乎如此，是的。但是如果我们不局

限于事物的表象,而是向前推进,走向本质,就会发现,他们在本质上是处于同盟状态之中的。在这一案例中,本质与表象之间的区别又在哪里?在这一案例之中,本质与表象之间的区别就在于敌意这一表象,而同时友谊保存在本质之中。为了每一个有关方面的佳善和福利,友谊必须发展和巩固。凡是不理解事物本质和表象之间区别的人,永远也不是超验一神论者。这样的人士还有待更多用心学习。

读完这一段之后,天使合上书,大功告成似的摇动这本书。

"看啊!看啊!"他高呼,"看到了事物的真实情况了吧?我希望现在一切都已明确。这本书是风格与思路清晰结合的典范,能够驱散全部疑虑。事物的本质与外在因素表象(就用这个术语吧),都寓于事物的根基之中!"

所罗门抹了抹前额,看了看上帝使者,还是不大信服。

"我觉得嘛,这是哲学的东西。"他无精打采地说,"我必须承认,我上学的时候,这门课我一直考不及格。你能不能把这一切用一种比较容易懂的方式说明一下?"

"当然可以。要点是耶和华和你的人民之间的友谊最终会得到恢复。事物本质要求这样。"

"在实践上,我应该怎么理解这一要点呢?"

"在实践上,要点是耶和华已经决定摧毁你和你的国家。我被派到这里是为了传达给你这个说明。"

"现在我懂了。就是说,耶和华要对我宣战了?"

"正是这样。我必须说,你的感悟力很强。"

所罗门突然脸色苍白,从椅子里站起来,问道:"面对这样的处境,你有什么建议吗?"

"完全没有,"天使和善地微笑,"每件事都早已决定。一切都是既定的。现在根本没有什么谈判可言。国家就要灭亡,十一个部落将被遣送他乡。"

"既然一切都是既定,那么我们的谈话还有什么意义?你可以直截了当告诉我嘛,用不着给我上一大堂哲学课。"

"耶和华在采取每一个步骤的时候,都要加以科学的解释。因此,有绝对必要由我来让你理解你所遭受的毁灭的理论依据。"

"只有一件事我不懂:如果国家灭亡,千千万万的人被杀,他怎么还能奢谈友谊?"

天使摇摇头,不赞成他的言辞。

"理解理论问题不是你的强项,"他居高临下地说,"不管怎么说吧,我已经解释清楚,这是加强你的人民和耶和华之间友谊的问题。我们之间的误解仅仅在于事件表象。而问题的本质是友谊。友谊必须重建。这正是耶和华做的事。"

"没有其他出路了吗?"

"没有。生活的法规与感情无关。你们之间的友谊必须重建。我只能说这句话。啊,是呀,我还忘了一件小事。耶和华还让我补充说,出自对你父亲大卫的尊重,他准备对你表示宽恕。因此,他将允许你在平静中死去。在你死后,进入你国家的大军将立即恢复这一友谊。"

"换句话说,"所罗门结结巴巴地说,"上帝和人民之间的友谊因为我的冒犯遭到损害,但是恢复友谊不是对我的惩罚,为了惩罚我,必须屠杀我国人民的一部分。你认为这样的拯救合情合理吗?"

"神意是高深莫测的。"天使眼睛向上凝望天空。

"是的,这是另外一件事了。如果情况如此,一切都十分明确啦。"

从这一时刻起,谈话在友好和互相理解的气氛中继续。历史记录了后来的事。

这一故事提出了几个问题,其中有两个特别重要:宣战问题和由于国王的过失而惩罚人民的问题。每个问题都在相应的教训中得到答案。

教训一:在故事的开端,我们已经指出,宣战乃是友谊的行动。事实也是如此,这又一次证明,耶和华和所罗门之间的关系以友谊为依据。耶和华的确是对他宣战。另一方面,正是在这一情况下,耶和华的宣战未能阻止战争行动进行到底。因为耶和华是全能的,在慷慨行动方面,他不冒任何风险。无论如何,这一行动证实了遵守礼仪乃是君子的风度,由此可以明确,强者可以做到以真正友好的方式加强友谊——但是必须是无限度的强者。

教训二:事实表明,宣战不仅是友谊的行动,因为战役能够导向统一,而且也是友好的行动。战争行动永远导向一致。事实上，取得一致的方法最好莫过于战争，开战永远是一种友谊的行动。然而，最为如饥似渴追求一致的因素，莫过于对一个和唯一的神的信仰。军国主义易于信奉一神教，原因就在于此。

教训三：从表面上看，让一位国王在平静中死去，并且为了他的罪过而惩罚人民，是不公正的。但是，对于上帝而言，这一程序是公正的，因为他还可以使用死亡之后的死亡惩罚之法，这些惩罚方法是人间的帝王们不能企及的。所谓正义，就是允许犯罪不受惩处，却不是避免惩罚无辜的人。后者无关紧要，因为无论如何，人人也都是必定受到惩罚的。不然，生活的意义依然无法理解。

另外一种见解也随之出现，不过不包括神明教训。为了决定应该崇拜和服从哪路神仙，人们互相斗争。但是，在两种情况下，即在各路神仙中间和在人民中间的斗争中，归根结底，斗争都是由人挑起的。具有决定意义的是，各路神仙经常要求人们接受有利于此一方或者彼一方的明确立场，绝对不容忍含混不清的态度。因此，他们常常强迫人们宣布一种选择，就这样，剥夺了令人愉快的模糊态势的存在，然而，正是这一态势才构成了生活的本源魅力之一。

撒罗米，
或曰
人都有一死

关于希律王美丽又爱跳舞的女儿撒罗米（又译为：莎洛美）的诗文很多。纪尧姆·阿波利奈尔把自己最美丽的诗作之一献给了她：

> 为让洗礼者约翰再次微笑，
> 老爷，我跳舞优美，比天使还好……

奥斯卡·王尔德写了一个关于银足公主撒罗米的剧本。杨·卡斯普罗维奇写了一首撒罗米赞歌：

> 她撒满黄铜粉的头发随风起落，
> 像血红色的火焰琥珀……

利奥那多·达·芬奇的学生路易尼画出了撒罗米的容颜。他是凭想象画出来的，因为没有办法一睹这位少女的风采。我们认为他画得不真实。在他画的肖像中，撒罗米表现出一种镇静的、隐约若有所思的神态，还显露出好奇心。但是她的面目，除了好奇心表情外，还显示出某种冷漠、超然，甚至下意识的残酷。她和王尔德剧本中的那个人物不同，和阿波利奈尔诗歌中的形象不同，和在我们想象中形成的形象不同。

我们都记得福音书各位作者讲述的关于撒罗米的故事。根据这个故事，我们相信，希律王（不是下令屠杀无辜的那个，而是他的继承人）是一个残酷的人，不过他并不永远是残酷的，而王后希罗底倒是一贯的残酷，教唆他去杀害施洗者约翰。这对夫妇的女儿，在王后的教唆下，提出要施洗者的人头，因为她父王欣赏她跳舞，兴致极好，告诉她可以提出任何愿望。愿望成了现实，这位先知的人头被放在一个大盘子上端来。

这个故事是真实的，但并不是在全部细节上。因此故事依然不可理解，因为记录忽略了一系列细节，这些细节对整个故事十分重要。我们得到的印象是，希罗底是约翰的死因，撒罗米是她盲目的工具。其实这是错误的。事实上，整个事件原委如下：

撒罗米这个美丽的、爱跳舞的少女爱上了约翰。约翰虽然成为囚徒，但是常常得允在御花园里徜徉。撒罗米清晨走出房门的时候，必定从这位长满胡须的囚徒身旁经过。他强壮，身材高大，倚靠着一棵大树，双臂交叉在背后。这是他的习惯。他伫立不动，一双绿色眼睛凝望着撒罗米；在这双眼睛里，她辨认出他对自己所宣告的真理的信心，而且意识到凡是想要劝诫他的人，成功的机会几乎都等于零。他常常站在那里，像一尊雕像，一连几个小时，静静地仰望着空间，十分小看周围的人。有时候，由于百无聊赖，警卫想要和他说话，但是他的回答都十分简短。

"约翰，你知道不知道，死亡等着你呢？"他们问他。

"知道，兄弟。"约翰回答。他说出"兄弟"这个词的方式让每个听到这个词的人都觉得荣幸，虽然约翰使用这个词语是想要把自己放置在和他们平等的地位上。

"你很年轻，约翰，"士兵们说，"连原因都不知道，还值得去死吗？"

"值得，兄弟，"约翰回答，"我也知道我为什么死去。"

"为什么呀，说啊。"

"为了真理，兄弟。"

"真理到底又是什么呀？"士兵们继续问，因为无聊。

"真理就是人只能死一次，兄弟。"

士兵们连连摇头，有怜悯之感，还说："就为了连小孩都知道的真理，你就死去吗？真是有点儿疯了呀，约翰！"

然后，他们离开他，掷骰子玩，争吵，喝酒。他们都是好人，没受过教育，很和气。他们看守约翰，因为这是命令，但是他们都不恨他。

撒罗米，衣着讲究的撒罗米每天从衣衫褴褛的施洗者身旁走过，有时候在他依靠的大树附近停步，私下里听他们谈话。她常常凝望约翰的眼睛，形同着魔；这位先知有时候朝她这方向投以冷漠的一瞥，没有笑容。

有许多日子,美丽的跳舞少女撒罗米都从这个囚徒身边走过,每次都在他倚靠的大树旁边逗留更多一点的时间。最后,她鼓起勇气对他说话。

"祭司,你说人只死一次,这谁都知道。那么,你这个教导还有什么新意,又有什么深刻的内容呀?"

"你们都不理解,撒罗米,"约翰说,"如果你理解了,你早就不再会微笑了。"

"先知,你的话我不懂。但是,就算你说得对,那么,一个夺走我微笑的真理又能有什么好处给我?"

"什么也没有,撒罗米,没有。这个真埋给人的唯一的好处,就是享有这个真理。别无其他,撒罗米。"

接着,这跳舞少女就对他说:"先知,把你的真理教给我吧。"为了不让警卫听见,她把声音压低。

"不仅是我的真理,撒罗米,也是你的,虽然你对它一无所知,这些真理属于我们大家。我可以教你,但是你不会因此感到快乐。我可以教你,因为人应该认识自己的真理。"

从这一天开始,撒罗米天天来看望约翰,他教导她这伟大的真理,声音严肃、平直、单调,听得她几乎入睡。只有撒罗米日记的片段保留了下来,她在这里记录了约翰的谈话。有一段如下:

"……因为凡是终结者皆归于无,虽然它比通往王国之路更伟大……"

另一段是:

"……如果每种有限性都是绝望的根源,那么,无限者更加如是。"

第三段：

"……一旦你理解这一点，你就不再享有平静。在深夜，你会离开你的家园和城市，因为你不属于它们；会离开你的父母，因为你不属于他们；会离开你的子女，因为你不属于他们。你将会开始探索，你只想得到一件事物：永远否定现在的一切，否定之后，又否定你的否定认识，直到最后……"

撒罗米每天去看祭司约翰，寻求教诲；每一天，更多的笑容都从她的脸上消失。但是，现在，在国王面前，她跳舞跳得更加娴熟，更加优美。她跳舞，双脚几乎不触及地面，对于所有看见她跳舞的人来说，跳舞的不是撒罗米，而是对她的追忆，皆因如此之美的事物只能出现在追忆之中。

撒罗米深深爱上了这位祭司，约翰经常痛苦地出现在她的意识之中。她靠追忆生活，一如寄生植物靠树木生活。

祭司约翰深深爱上了舞女撒罗米，每天都在等待她出现在监狱牢房的时刻。警卫让她进来，毕恭毕敬地行礼，因为她是国王的女儿。约翰给她灌输了自己的智慧，而她十分艰难地承受了他悲哀的知识的重担。

直到有一天，她说："我相信你教给了我一切，约翰。现在还有什么？"

约翰回答："我是国王的囚徒，撒罗米，囚徒是没有明天的，只有今天。我离开这监狱之日，正是他们把我的遗体抬走之时，全凭国王的兴致……"

"约翰,那怎么办?我们必须否定现存的一切,但是这样做只有通过否定我们自己的生命,因为我们自己的生命只能是它现时的存在。"

"是的,撒罗米,我们可以否定它,通过死亡。但是囚徒没有死亡的权利,必须争取这一权利。你为我争取吧,撒罗米。"

"我要争取,约翰。但是当我们不在这里的时候,我们还能在一起吗?我们死去的时候,到哪里去呢,约翰?"

但是约翰没有回答这个问题。

当天晚上,撒罗米在御花园里跳舞,比以往任何时候跳得都更优美。观众觉得那是一团旋转的云雾,在地上起伏跳荡。舞蹈表演之后,在暴风雨般的掌声中,国王问道,应该怎样奖赏她的特佳艺术,才能让她高兴。她还没有来得及开口,她母亲就对她小声说:"要约翰的人头!"因为王后痛恨施洗者,认为(也许不无道理)死亡是能够落在一个人身上的最大的恶。

旋即,撒罗米以高昂而激越的声音呼喊:"大王,把先知约翰的人头给我拿来!"

一阵惊骇恐怖的低语掠过大厅,国王脸上突然出现冷峻低沉的表情,死一般的沉默。如果说到此时此刻为止他没有决定杀死约翰,那部分的原因是对这位先知的惧怕,部分的原因是对他的尊敬。但是,在犹疑片刻之后,他以显露出犹疑和违心情绪的声音,对警卫下令:"把先知的人头用大盘子拿来。"

惊愕的人群中是一片死一般的寂静。

板斧劈砍声响宣告了施洗者约翰尘世旅途终结的时刻,客人们全身战栗,一阵冷冷寒风吹过王宫大厅。他们都呆坐在椅子里,直到刽子手把那人头用大盘子拿来。女人们全身战栗不停,咬着手帕边缘,男人们徒劳地努力把目光从那个形象上转移,但是那被砍下的先知的头颅,淌着鲜血,仍然吸引着他们的目光,不可抵御。

撒罗米站在大厅中央,脸上飘过一丝几乎无法察觉的笑容。只有她一个人没有颤抖,没有移开目光。恰恰相反,她目不转睛地凝视着曾几何时还是施洗者约翰的面容(现在已经成了鲜血淋漓的团块),深深地俯视那现在受到死亡催眠术符咒的、玻璃珠一样的眼睛。

客人们从惊愕痴呆中回过味来之后,急忙奔跑逃出大厅。只有撒罗米留了下来。她在那里呆站了很长时间,一动不动,然后走进自己的房间,去取一把锋利的匕首。匕首还没有出鞘,她就觉得听到了先知的声音。

"人只有一死。"

她动摇了,匕首从她手里落下。她曾经问约翰:"我们死亡以后,何去何从?"那个时刻约翰的沉默,此刻在撒罗米的双耳里重又出现,而且显得更加沉重和广阔。

然后,她心里想:"我们应该像约翰教导的那样,否定现在的一切,只有通过死亡,我们才能克服一切不可避免的事物,而死亡是世界上最为不可避免的事件。现在,先知约翰已经不复存在。我们是否已经否定了现存的一切和已经结束的一切了呢?既然约翰已经不再活着,他的智慧是否也随着他死亡了呢?如果是这样,为了一种已经不再存在,而且只有在他活着的时候才是重要的智慧,我为什么还必须杀死自己呢?"

于是撒罗米坐下，在日记里写出了她在这一天之内学到的六条真理：

"第一，我们与真理的婚姻不比与真理拥有者的婚姻更为长久。

"第二，一个人的死亡，只能确证——而非否定——他的生活，因为死亡仅仅使我们自己的生活最终不可改变。

"第三，先知约翰说人只死亡一次，这是错误的。因为没有人仅仅是为自己死去，因为他死后不能继续生活。人只是为他人死亡，为他人可以死亡数次。

"第四，我的确曾经默许先知约翰与他同死。但是现在他已经不复存在，我还必须遵守诺言吗？在我和虚无之间，契约还完全有可能存在吗？如果先知的死亡对我，而不是对他来说是存在的，如果在他死后，死亡对我，而不是对他来说不复存在，——那么，说到底，我就可以随意解除这样的契约。为虚无承担义务是荒谬的。所以……"

撒罗米手稿中关于其他真理的文字已经不可破译。

问题依然是：对于约翰的死亡，撒罗米是否负有责任？当然没有，因为她是按照她的原则行事，实现了他的死亡，因而完全是按照他的意愿行动的。她如果自杀也能够赢得荣耀。

的确如此，但是，如果她自杀，这也不会令她为某种她不该感到愧疚的事感到愧疚。因为死亡消释愧疚之少，正如拒绝死亡引发愧疚之少。有人会问："那么，她是绝对无辜的吗？"一个愚蠢的问题。如果我能够回答这个问题，我们的世界早就已经可以被比拟为一个乘法表，你也就会看到，世界会比今天的现实恶劣多少。

与魔鬼的谈话

伯尔纳神父的重要布道[2]

我最亲爱的朋友,啊,我最亲爱的朋友,今天我们要谈一件伟大的事——但是,我说的话,也许一点也不伟大,肯定的,不伟大,很小,渺小,世界上最小最小了,这是不言自明的,因为如果说造物主是最伟大的,那么,反对他反对得最激烈的人,

---

[2] 明谷的伯尔纳(1090—1153)是中世纪伟大的圣徒,因为创造西多会和参加第二次十字军东征而闻名。而锡埃纳的伯尔纳(Bernard of Siena)创建了伯尔纳会。此后,天主教开始受到迫害,尤其是在法国大革命(1789年)之后,有些知识分子把十字军和大恶等同起来。但是这些学者很可能是不对的,因为当时即使是有教养的人也相信,有了刀剑就可以有所作为。可以认为,明谷的伯尔纳做过一次讲道,要求人民参加十字军,去屠杀占领了基督教圣地的穆斯林。因此,他和魔鬼斗争(或者号召他人参加这场斗争),其办法就是以其恶之道还治其恶之身,以魔鬼之道还治魔鬼之身,或者可以说以毒攻毒,不仅如此,为达目的,甚至矫枉过正也是必不可少、理所当然的。——译注

一定是最渺小的，最渺小的。我这话说得多好，所以我们不谈大事，只谈完全是细小的事、最小的事、几乎是没有的事，就是因为这事和上帝对立。但是，最激烈反对造物主的是谁，或者是何物呢？我最亲爱的朋友，你们要问，我来回答你们：亲爱的，你们是知道那个凭借自己卑鄙渺小而最激烈反对上帝及其伟大的人的名字的，呵呵，他的名字你们都很熟悉，我甚至可以说，如果你们一般地知道一件事或者一个人，那你们就正好知道这件事或者这个人——这个小人，滑头，下流胚，让人看不起、让人嘲笑的东西，粗鲁无文的家伙，你们认识他，认识他，我要重复这一点，但是既然你们认识他，我为什么还要对你们谈论他呢？是的，我要讲解，亲爱的朋友们，要讲，因为你们虽然认识他，但是不真正理解他，因为你们对他顶礼膜拜，为他效劳，最亲爱的朋友，你们每天，每个小时——我要说，每一分钟，持续不断、一刻不停地为他效劳——所以你们似乎认识他，可是，我的兄弟们，我的姐妹们呀，你们并不知道他到底是什么人，为什么有这样的力量——也就是说，他丝毫没有自己的力量，因为他反对上帝和上帝的力量不是凭借自己的力量，而是凭借极度的无力，极度的虚弱，那么，你们究竟为什么陷入他极度无力的枷锁之中呢？为什么让他骑在你们肩膀上，你们还看护他、爱惜他，最亲爱的朋友，还哄着他，为什么，这是为什么……

可是我累了，亲爱的朋友们，气都喘不上来了，不够用了，可是没有办法，亲爱的，这没什么，等一会儿我就要告诉你们关于这个伟人、这个小人的一切，必须知道的一切，以便你们从今以后知道对付他的种种花招，戳穿他的花言巧语，绕过他投下的陷阱和圈套，不致落入他的阴谋诡计，避开打击，回击阴谋，把他的谎言拉到光天化日之下，揭穿他的重重骗局，毫不留情地铲除一切邪恶。

可是这一切都在哪里，恶魔的这些诡计、这些欺骗和罪恶，到哪里去寻找它们，该怎么对付，最亲爱的朋友，在哪里挖掘出魔鬼的据点，并且在这个洞穴里把敌人永远击溃——这正是今天布道的主题，我的兄弟姐妹们啊，我准备谈的就是这些，就是此刻正在说的、已经说的话，请你们都听一听，听一听大家都已经知道的事；但是你们知道这些还不够，因为你们还必须知道我所知道的事，因为我是你们的神父，关怀你们，引导你们，面对魔鬼的愤怒保护你们。这残酷的魔鬼为什么不在别的地方安插据点，而是在你们身上，是啊，在你们的灵魂里，在你们的五脏六腑里；他在那里建造适当的宫殿，安全的避难所，从那里他把你们推向毁灭，亲爱的朋友们啊，他在那里埋伏着，要利用你们的天真无辜，从那里发出他的种种阴险恶毒，就在你们的身体里，是啊，是啊，在你们身上沾染这一切，在肚子里，像约拿肚子里装了大鱼，我的意思是说，约拿的鲸鱼，也许这里重要的不是约拿或者鲸鱼，因为这不重要，这意思是说，约拿重要，因为他是上帝的人，而鲸鱼不重要，因为他不是上帝的人，所以这里说的不是鲸鱼，如果没有鲸鱼，也就没有约拿，所以我们先放下约拿和鲸鱼，因为要谈其他的事，所以，让我们返回到我想要谈论的事情上来，说的就是你们把这个叛徒装在自己身上，装在肚子里了，而且不是在躯体的一部分，不仅仅在脑袋里，或者说不仅仅在脚丫子里，而是在一切地方，每个地方，在你们污秽的肉体的每一小块之中，在你们污秽的灵魂之中，我亲爱的朋友们，乡亲们，你们都带有魔鬼的瘟病、魔鬼的力量，或者更可以说虚弱，正如我已经说的，是的，是的，他坐在你们的脑袋里，引诱着你，让脑子变蠢，还坐在肚子里，坐在胃里，好吃懒做的东西，还坐在生儿育女的地方，我的兄弟姐妹们——就坐在那儿，呵呵，一个不知罢休的淫荡家伙，还坐在你们的肝脏里，制造火气和怒气，坐在你们心里，让不洁净的思想滋生，逗留在血液里，把你们推向残酷的阴谋，坐在不知羞耻的脏手里，指挥双手干种种坏事，还坐在肠子里，而且，也坐在眼睛里，眼睛呀，贪婪地贼着看世界，坐在爱听小道消息的耳朵里，坐在舌头上——呵呵，一坐在舌头尖儿上啊，坏话、丑话就连连冒出，亵渎谩骂，一派异端的口吻——一切地方，一切地方，最亲爱的朋友们啊，从头到脚，在你们浑身上下，这不干净的恶魔都在窜动，唆使全部器官干坏事，摆弄你们，像傀儡一样，引诱犯罪，教唆、许愿、指使你们干可怕的勾当。而你们，我最亲爱的朋友们，你们对他言听计从，落入魔掌，对他无计可施，全部落在他的权威下面，失去希望，你们——女人和男人，姑娘和小子，老头子和老太婆，甚至还有几乎没有从地面上爬起来的孩子，我是说，婴儿，吃奶的孩子，新生儿，还有哪！还有那些尚未走出母体子宫的胎儿，刚刚成形的——所有的人，所有的生命，哎哟，这是何等的绝望，最亲爱的朋友们啊，这景象多让人悲哀，看着你们都受到敌人奴役，被迫去干可耻的勾当，遭受嘲笑，必定变成上帝发泄怒火的对象，因为，亲爱的朋友们，斧子已经对准了树根……

唉，我亲爱的朋友们啊，如果你们看看自己的心灵，审视一番，用细针划一划你们的良心，就但愿不要，但愿你们在那里不要发现什么，不要亲眼看到什么，千万不要，我再说一遍，连你们当中最卑贱的也不要，连那些无耻地压榨哭泣寡妇和孤儿的人，杀死丈夫的、犯奸淫伤害身心的人——上帝保佑！——都不要看到什么；而是让那些，我要说，让那些最好的人，那些最纯洁、那些自以为在上帝面前披着洁净无瑕外衣的人，和在他人看来是如此的人，对这些人，我要说，让自己灵魂全部的丑陋，和像充满毒蛇的可怕的深渊那样展现出来。只有这些人——上帝也许不允许——才可能看到，在自己假冒的纯洁中，他们每时每刻都在把我们的救世主钉上十字架，给他带来最为可怕的痛苦，用长矛戳穿他的胸侧，吸取他的胆汁。只有在这个时刻，这些人才看到了自己令人震惊的黑暗，必须从自己的灵魂中逃离，就像老鼠在预计可以找到天鹅绒或者丝绸的地方碰见了蛇、蜥蜴一样。啊，多么可怕，我最亲爱的朋友们，这是多么残酷的背叛，何等的无耻，这是灾难，灾难啊……你想想吧，想想吧，我的兄弟，我的姐妹，我现在说的不是不纯洁，而是说在你的纯洁之中，在你的嘉善之中，在爱和好心之中，隐藏着多少魔鬼式的狡猾；你想一想，胆大妄为的恶魔为了把你推向永恒的毁灭，而设置了最为微妙难辨的陷阱，他到处钻营，无孔不入，把杀人毒药滴进你最嘉善的思想、言语和行为之中，以便更容易地哄骗你，

不是把你推向邪恶，而是推向嘉善，然而，这全部嘉善以它自己的凶恶行事，污秽一切，诋毁名誉，然后就高兴起来，得意扬扬，"咯咯"奸笑。就这样，我亲爱的兄弟姐妹，他彻底欺骗了你，连你自己也看不出来，你全部的信仰都充斥了严重的亵渎，你的清醒在上帝面前变成了最为丑陋的醉酒，你的纯洁是不可遏止的淫荡，你的谦卑是最不体面的高傲，你的勇敢是发出臭味的怯懦，你的慷慨是无耻的贪婪，你的真诚是指向上天的报复性的谎言。你想一想吧，最亲爱的，只要扪心自问，你就会赤裸裸地目睹你自己的丑恶，残酷的丑恶，和无以复加的腐败。因为，虽然你为了信仰而忍受了最严酷的折磨，为什么还要继续忍受？在灵魂深处，你期望着什么？还不就是在天堂逗留的时候有神圣冠冕给你戴上，在上帝宝座脚下神气活现地落座，炫耀自己的神圣，所以，你说，你说实话，你是为了什么？是为了你自己，你的一己，你只真正爱你自己，什么上帝的荣耀和对救主的颂扬和他最神圣的受难，都不值一提，在你慷慨施舍的时候，你为什么要这样做呢？我的兄弟姐妹，还不是为了在世人和上帝面前炫耀空幻的功绩。最亲爱的朋友，你给别人一分钱，还不是指望着别人为了这一分钱奉还给你一块金币？如果说你在无懈可击的纯洁中生活，还用棍棒皮鞭抽打自己的身体，你这亲爱的小虫子，你这么干是为什么呢，还不是为了在复活以后要尽兴地享受躯体，让身体在洁净赎罪中或者地狱考验中不受伤害？但是你那些处心积虑，我的兄弟啊，你那些疯狂的计算，都是徒劳的，因为上帝会识破撒旦的阴谋，你也看不明白，为了这个纯洁，你的耻辱,还有正义,还有信仰,你要付出代价,在硫黄热火里烧,又沉降在冰洞之中,万劫不复,我亲爱的,这样的事你是做不到的,不引发恶毒闲言碎语的体面事你是想不到的。我要告诉你,小鸽子,即使因为谦卑你化为尘土,从那尘土下面也会有傲慢毒蛇世世代代繁衍出来;即使你有勇气把大山推倒,从这些大山下面也会跳出来胆小怕事的兔子;虽然你用正义震惊了世界,但是那个研究着人心世道的上帝却能够把这个正义看透,在其中看透最可怕的不正义——是不正义,我说,因为把自己摆在造物主的伟大之上这个做法,是对造物主的最大不公正和最大错事,而这正是你的所作所为,因为对于你自己来说,你这个正义必须成为磐石,它只能为你一个人服务,因为你只想到自己,自己,从来想不到别人。你勇猛是因为胆怯——你惧怕上帝的复仇,你守斋戒是由于你贪杯贪嘴——因为你不愿意在最后的审判那天上帝判决不给你食物;因为你懒惰你才工作,你认为,在上帝复仇之时,会永远让你免除工作;因为你极为痛恨,你才爱亲朋好友——你不愿意有其他的人抢在你前面落座和享有天堂的荣耀,你的宽宏出自忌妒,你的慷慨来自伪善。你只要看看四周,兄弟,把目光再集中于自身之内,一种恐惧就会向你扑来,而且这个形象会永远地留在你的心里。可是,那是你的形象吗?是你的,又不是你的,确实无误地是你的,因为那就是你自己;又不是你的,因为撒旦在你心里占山为王,向你露出全部的丑恶,这时候你才能看到,亲爱的,才能看到,其实你和你的教唆犯是合二为一的,已经无法分清你们俩,而从你的神圣面目后面正好露出阴险恶毒魔鬼的嘴脸，在你全身上下没有一小块、没有一根头发不渗透了撒旦的毒汁；虽然你把你的身心分割成不知多少小块，如何再把每一个这样的小块切分成为一百万个最小的小块，再把这小小块切分成一百万个更小的小块——即使如此，在这每一个最小的小块里也有地狱呼出的毒气连没鼻子的母鸡也能闻到，连瞎眼的蝙蝠也能看见，连哑巴的鱼儿也被吓得大喊大叫。我最亲爱的兄弟姐妹啊，情况就是这样，就是这样，一点儿办法也没有，因为你们被魔鬼毒害到了骨髓，因为那恨世者用不可觉察的阴谋把你们一个不少地锁在他身上，又绑又捆，把你们全奴役起来。虽然我不知道你们怎么挣脱逃离，但是，他一奏乐，你们就跳舞，他一下令，你们就说话，你们就言听计从。毁灭，啊！悲惨的毁灭就高悬在你们每一个人的头上，因为上帝的法庭是公正的，罪恶不会不受惩罚，而在你们身上，除了罪恶，他已经一无所有，你们的祷告是可怕的亵渎，你们的感恩是无耻的羞辱，你们的荣誉是对我们救主受难的痛苦嘲笑，你们的每一个念头、每一句虔诚的话、每一个慈悲的行为，都是遗留在救主疲惫躯体上的鞭笞的血痕，你们不给他一点安宁。啊！你们这些残酷的刽子手，阴险的行刑队，这，这就是你们的形象，这就是你们真实的肖像，你们这些烂心子的树干，糟软的破布，公路上的苍蝇、羊粪蛋，是的，我的兄弟们，亲爱的兄弟们啊……

我心里十分悲哀，我的兄弟们，我惶恐不安，伤痛不已，夜不成眠，泪流满面，呻吟，呻吟着，乞求光明，心里充斥着痛苦的忧虑，哭泣的泪水滴在面包上，我的骨头变得干枯，因为我费尽脑筋苦思冥想，亲爱的朋友们，你们应该如何对付这污秽的东西，如何挣脱那铁钩子般的魔爪，因为他要把你们捏死、掐死，用毛茸茸的膝盖压住你们的胸口，又呲牙咧嘴地转着身子，寻找可以撕咬吃掉的人，所以我担心惧怕得像墓碑一样惨白，这墓碑从外面看是美丽的，可是下面埋着死人的枯骨——这不是我要谈的，我不是惨白的墓碑，你们，我的兄弟们，你们就是这些墓碑，被鬼魂占有，被恶魔毒水浸泡，充斥了强盗的凶残——你们该怎样对待自己呢？有谁会扶你们一把，向你们伸出手来？有谁会给伤残的双腿递过一副拐杖来？我要问。因为盲人是没有办法为瘸子领路的，更不用说你们要推开给予帮助的手，因为你们习惯了魔鬼的奢侈，在那堆粪土中十分舒服，你们为和撒旦结成死党而夸耀，颂扬你们的污水坑，因为盲目而看不见他正在准备永久地毁灭你们；你们耳聋，听不到上帝的声音；因为哑口，你们的嘴已经不会颂扬上帝了，只能发出臭味和吐出脏话。亲爱的朋友们，任什么办法也救不了你们，救不了了。

　　真的救不了了吗？但是，我的兄弟们，让我来寻找解救办法吧，要热心寻找，要赶快，不要喘息，因为时候到了，主的日子来得不知不觉，不能浪费一刻时间了，让我们快快地找，立即找，找草药，找偏方，求帮助，给瘸子找拐杖，给盲人找光明，让我们快找，不要拖延，也许还能找到一点什么。兄弟们，让我们大家互相帮助，免遭毁灭，不然就会为时已晚，只有剧烈的疼痛和绝望撕咬你们，而虫子在那里是不死的，所以，亲爱的，让我们赶快自救，找自救办法，尽快呼吁援助，在黑暗森林中找到小路，快跑，趁着还来得及，去找水，因为大火席卷了全城，全国，全世界。水，水……

最亲爱的兄弟姐妹们，你们心里就装有这样的魔鬼王国，每个人都这样，全体都一样，这是黑暗的王国，我们这些软弱无力的人怎样才能和这整个王国做斗争呢？怎样战胜地狱般邪恶的敌对力量，强迫魔鬼听从呢？但是，办法是有的，是能够应付的，亲爱的朋友们，只要努力专注，不懈地阅读福音书里的话，在那里寻找拯救、勇气和安慰——针对绝望的良药，针对魔鬼狡诈的良药，在那里会找到混合为一的全部圣油，全部，只要你们用心专注；可是我为什么要说这样的话呢？因为你们不会专心阅读，因为你们脑子里想的不是这些事，和福音书无关，和先知无关，和读书无关，你们一心谋划着盗窃、通奸、大吃大喝，你们全是该诅咒的贪婪分子、浪荡公子、娼妓、吃货和强盗，忌妒心强的东西，根本想不到福音书；唉，一句话，流氓，你们都是流氓，最亲爱的兄弟姐妹，我到底能够在什么地方找到拯救你们的办法呢？必须设法拯救你们啊！你们也想一想，那天国的喜乐该是如何呀，不法的猪猡们，男盗女娼的东西。唉，我亲爱的兄弟姐妹，你们不要推开帮助你们的手，因为这已经是最后的时刻，最后的。听清楚呀，听清楚，这是福音书说的，这是救主的声音，《马太福音》第八章的意思是说：如果鬼驱赶鬼，自己和自己分离，那么他的王国还能留存吗？……

这话我没有说过吗？没说过吗？拯救是有的，有的！救主说了，拯救是有的！救主说了，救主说要如何摧毁撒旦的王国，把不洁者埋葬，和魔鬼一劳永逸地清算，啊，这是何等的喜乐！亲爱的，很好啊，很好，我们已经知道了，都知道了，这是很重要的，不能让你们心中的撒旦王国留存，就是说，你们心中的撒旦，亲爱的，最亲爱的，要把这个王国分成两半，像用锯锯开那样，像把虫子掐死，是的，是的，现在我们已经知道该怎么办了……

现在你们知道了，我亲爱的，你们不仅能够战胜撒旦的一切阴谋，而且这还是十分容易办到的事。我说容易，是世界上最容易的事，小事一件，可笑的小事，不费一星半点的劳累，不用周折，亲爱的兄弟们，只要弹动一下手指头就够了，地狱机关就化为尘埃，不洁势力的谋算也就垮台，这是何等的容易，何等的简单。我的孩子们呀，这个阴暗的大土是何等的虚弱，连刚刚出生的婴儿也能够击溃他周密的诡计，夺走他手里的武器，只要知道，只要明白应该怎么办就行，小鸽子们。但是我们已经知道，你们也已经知道，最亲爱的，全部要点、核心在哪里，用什么武器把敌人化为灰烬——这在救主的话里都已经说明——在撒旦驱赶撒旦之时，他的王国也不会留下，因此，只有这个，这一个，才是对付撒旦的有效办法，而非其他——用撒旦把撒旦赶走，用他自己的武器把他打倒在地，用恶来摧毁恶，用他自己的剧毒毒死毒草。最亲爱的兄弟姐妹，这就是方法，这就是拯救，这就是宽恕，这就是永恒生活的康庄大道，是走向天堂的光明之路。啊，最亲爱的朋友，这是何等的幸福，上帝向我们宣布了这个方法，允许我们挣脱魔鬼无耻的控制，这是何等的幸福！何等宽宏的安慰！就像是从致命疾病中康复，从污秽深泥潭中爬出，从海岸泥沼中逃离……

到这个时候，我的兄弟们，我们就用鬼赶鬼，不给他喘息的时间，要在地狱方阵中制造混乱，搅乱魔鬼队伍，调唆一个魔鬼反对第二个，再把第二个投向第一个，在这邪恶王国中制造混乱，让他们自己的邪恶把他们砸成烂泥。你们也许要问，这有什么意义呢？用魔鬼驱赶魔鬼，用妖魔治妖魔，这是什么意思？我要回答你们的问题，马上就回答，最亲爱的，一切都会明了、清晰，让你们羞愧难当——你们连这最简单不过的事理也没有弄清楚。其实这是关系到一件事的——如果说这还是一件事；是不是一件事，现在先不追究了——这件事只不过是指，我亲爱的，是指要聪明地习惯，并且准备好回击魔鬼的每一种诱惑，就比如打这个引诱分子一个大耳光，要有把握，有把握，我的朋友们，要有效，要稳、准、狠——对于每一个魔鬼，要放出另外一个魔鬼，别的一律不管，只要在邪恶王国中制造混乱，例如，我的宝贝，当你感到绝望的时候——而绝望就是魔鬼诱惑的明显的征兆——你用什么来征服绝望呢？宝贝呀，这事儿是明摆着的，用放纵来征服它，是的呀，用极端的、不加限制的、无耻的、恶劣的、可怕的、笔墨无法形容的放纵；在下一次那引诱分子又勾引你淫荡放纵的时候，向你许诺男女云雨之乐、拉拢你、描绘甜蜜图景、点燃情欲之火的时候——那么，你，宝贝呀，就用另外一种罪恶来回敬这些诲淫诲盗的话——用狂喝豪饮，让四肢完全瘫痪无力，也让身心瘫痪；他这个不洁的鬼再来哄你酗酒，你就用贪财吝啬还他致命一击，你就能够完全脱身。如果又有一种荒唐的意向在你心里滋生，一种亵渎上帝威仪的、对知识的无神论式的渴求，那么，你该怎样驱逐、怎样赶走这诱惑呢？哎呀，兄弟，这武器就在手边，方便至极！你动用懒惰之法，那么，魔鬼的诱惑也就无法收效，懒惰懈怠会把一切欲望，包括最大的欲望，从灵魂里赶走，当然你就保存了纯洁，一如既往，又把魔鬼变成笑柄。再用忌妒心赶走懒惰，用高傲赶走忌妒，用虚荣赶走高傲，用贪婪赶走虚荣，再回过头来用淫荡赶走贪婪——就这样，用魔鬼的扫帚把魔鬼的引诱全部扫除干净。

鸽子呀，对于你来说，这也许是太过困难的任务了，工作也许太多，太费心思，但是别着急，亲爱的，对付地狱陷阱我们用更简单的办法，简单得多哪，你只要注意听着，竖起耳朵来，你马上就知道，对付魔鬼的最简单的办法就是，用行动之恶来驱赶诱惑之恶，把魔鬼的伎俩拿出来嘲笑，还有，教唆犯挑动你淫荡的时候，你一分钟也不要耽搁，马上就投身于最恶劣的淫荡之中，这样，教唆也就到头了，不再有了，我说，因为事情很明显：没有行动，教唆不停；行动开始，教唆停止。所以你，我最亲爱的兄弟和最亲爱的姐妹，你连一分钟的引诱也不必忍受，而是魔鬼对你嘀咕什么，你就把他的教唆打个落花流水，他说盗窃，你就盗窃；他说行凶，你就行凶；他说发火，你就暴跳如雷。就是呀，兄弟们，这是多么容易的办法，对付魔鬼用的，有用、有效——立即把教唆付诸行动。这不就是瓦解魔鬼王国的精明办法吗？以魔制魔，我要再说一遍，这不就是心灵对付地狱般狡诈的伟大胜利吗？对于这一伟大胜利，天使们不是要编写颂歌吗？

啊，我的兄弟们，我告诉你们的都是大事，我渴望排除不幸，伸出援助之手，我最亲爱的兄弟姐妹，请相信我的话，我恳求你们，因为这里关注的是永恒的幸福。

咦，亲爱的兄弟姐妹，你们为什么这样瞧着我呀，有什么可瞧的？有什么奇怪的吗？奇怪吗？我的话有点不明白，是不是呀？怕你们头上长角吧，你们看见啦？这有什么奇怪的呀？犄角就是犄角，我戴着当装饰品，为检阅用的，也不仅仅是为了检阅，因为我要自卫，说不定路上有公羊袭击我，开始顶我，或者别的野兽……你们也许又想到了这个尾巴，这尾巴碍你们什么事了吗？因为我必须有一条尾巴呀，需要，不然我怎么轰走苍蝇呢？所以我必须有尾巴，不是吗？不能没有啊！可是你们不这样，心里想着别的，哼，哼，我早就知道你们在想什么，你们愚蠢无比的脑袋瓜子，没有思想的脑门子，我知道那里滋生了什么——都是何等讨人嫌的念头，何等糊涂的想法，何等下三烂的小人之见。因为你们，我知道，我十分明白，你们想象着，这头上的角，屁股上的尾巴，等等的——这都是魔鬼的标志嘛，而我，你们的神父、监护人和老师，是从地狱黑窝里来到你们这里的，我不是别人，就是披了人皮的鬼。哈哈，你们说，说呀，是不是这么想的？你们这么想，脑袋里这么翻腾，不是吗？可是我告诉你们，你们，我这些可怜的，最亲爱的兄弟姐妹，为什么要隐瞒呢，有什么可隐瞒的呢？那我就告诉你们，是的，是的！为什么不呢？是的，千真万确，我是从那儿回来的，我的魔鬼同党帮派派我来的，有多么……可是我为什么来，你们要问，这里面有什么隐蔽的目的，有什么意图？这个，我要告诉你们，有什么不可以说的？所以你们就好好听着，注意听，让你们知道周全。我到这里来是为了拯救你们，要给你们带来伟大的学问，帮助你们……你们一定是想，我既然是魔鬼，就没有别的，就是要把你们推向毁灭。唉，你们大错特错啰，最亲爱的兄弟姐妹，这错误太可怕了，误解太严重了！说实在话，我是出自对你们的爱才来的，我最亲爱的兄弟姐妹，出自伟大的爱，我变成了魔鬼，因为我知道，没有一个天使、权威、神职人员、帝王将相、天使，甚至天使长，他们之中没有一个会告诉你们这个最伟大的秘密……因为天使就是嘉善本身，最亲爱的兄弟姐妹，这你们都知道，不是吗？既然是这样，那么，天使因为是善，就必定知道如何与恶周旋、和他斗争、揭露他的阴谋了吗？亲爱的兄弟姐妹呀，天使不知道，不可能知道，因为善不能接触恶，因而也不能把恶斗倒，只有恶，恶本身，魔鬼——只有他才能战胜魔鬼。我也是，兄弟姐妹们呀，出自对你们的爱而起来反抗上帝的权威，以便参加魔鬼的合唱团，把恶主管起来，把恶散布开来，像这样和邪恶斗争。仅仅是为此目的，别无其他，我亲爱的兄弟姐妹，我才来到地狱窝里，才能走到你们面前，把反抗邪恶的有效武器交给你们，以求用邪恶驱散邪恶，击溃魔鬼的控制——救主正是这样教导我们的。所以，你们不必惊奇，不用惊奇，我再重复一句，对我披的这张皮、头上的犄角和尾巴，用不着惊奇，就是有火苗在我身上飞舞，也不必惊奇；而且，一般地说，在任何时候，对任何事情也不必大惊小怪，因为如果天使出自对你们的热爱之心而甘愿遭受永恒痛苦，并且变成魔鬼——那么，就的的确确对什么也不值得奇怪了。实际上情况也正是这样，一点不差，所以我就是为了这一点才到你们这里来，说服你们从恶，以这个邪恶赶走另外的邪恶，因为只有以恶才能治恶。

现在你们已经知道了一切，亲爱的兄弟姐妹，对于你们，现在已经没有任何秘密了，现在你们已经知道我是谁、我为什么到你们这里来、想要教会你们什么；现在你们已经知道，怎样脱离魔鬼的黑窝，砸烂恶鬼的阴谋诡计；现在你们已经知道了一切。最亲爱的兄弟姐妹，只有堕落者才能和堕落者斗争，因为必须在这同一个深渊里久坐，才能进行战斗，因为只有堕落的天使，才能够征服堕落的天使。这是多么伟大的真理，最亲爱的兄弟姐妹，多么精辟的学问，对于你们误入歧途的灵魂来说，是何等的安慰、何等的光明。

亲爱的兄弟们，我看出来了，从你们的脸色就看出来，你们有点不明白，有点不放心，脑子里还有点糊涂，这个细节，或者那个细节，不知为什么，是什么问题，在某一个地方，也许这样，也许那样，唉，亲爱的兄弟们，你们关心什么，我都看清楚了，我看透了你们灵魂中阴暗的混乱，看到了咬噬你们内心的那个虫子，我知道那是什么虫子，是什么怪异的思想，因为你们——你们说，这是不是属实——心里想，如果你们用第二个魔鬼赶走第一个，那么你们就要和魔鬼永远共存，要把这长鼻子鬼头当作同伴了，是不是？你们是一定想要完全排除鬼气，完全免除罪过——哎呀，多放肆的念头嘛！——你们被高高地送上天堂，坐在上帝的右手边,在上帝的宝座旁边享受永恒的安宁,受到邀请参加永不止息的欢庆。上帝啊!你们不要说不是,因为这是你们的心思,就是这样,啊!你们这些不幸的人啊,这是多么放肆大胆,这是傲慢,是仇敌般的、无尽的、邪恶的、魔鬼式的傲慢!我的兄弟们,你们想到的就是这个,从你们贫瘠的小心眼儿里获取力量,就像上帝果园里干瘪了的苹果被风吹掉一样,从你们小心眼儿里获取完全的无罪,消除有罪的可怕后果,成为一尘不染的圣徒?这是你们的期望,对吗?我的兄弟们?但是呀,这是可怕的罪过,是人世间最大的罪,是无耻傲慢之罪,这一宗罪无限地损害了上帝的威仪,应该受到最严厉的地狱惩罚,这种罪非笔墨可以形容,而你们还幻想凭着这最恶劣的罪得到永恒的嘉奖吗?啊,这是何等的腐败,何等的堕落,何等的耻辱,冒天下之大不韪啊!我最亲爱的兄弟们啊,谁如果指望神圣,谁渴望拯救,谁就是在给自己制造更坏的痛苦,要比从摇篮到坟墓这一辈子所制造的最为恶劣的罪行还要恶劣,或者说,比傲慢之罪更坏,正因为这一罪过,造反的天使被投入深渊。你们要权衡一下,思考一番,掂量掂量,你们对造物主的所求是什么,指望着什么,然后你们就会看见,你们是把上帝的愤怒引向自己,他的愤怒会把你们像干草一样烧成灰烬……你们必须渴求永恒的指责,全心全意地请求造物主谴责你们,祷告,让他依照你们的罪恶处置你们,因为你们的罪恶没有终结,没有底,所以惩罚也不可能有终结。你们要请求永恒的责难,低首下心,让上帝把你们永远地投入地狱深渊,以求完成伟大的正义。如果你们指望赎救,如果因为你们灵魂的衰竭而想要得到永生作为嘉奖——那么，上帝的正义之手一定会把你们推开，依你们的傲慢的程度而定。如果你们请求责难，反省自己的困境，最亲爱的兄弟们，上帝就会倾听你们的呼唤；如果在那个时候你们温顺地把撒旦引以为同伴，如果你们用罪恶温顺地加深自己的罪恶，每天每时每刻罪上加罪，啊，我亲爱的兄弟们，我最亲爱的兄弟姐妹，依照你们罪恶程度的大小，你们就要受罚。我向你们说的都是大事，你们要好好记取，亲爱的兄弟姐妹，因为我们是兄弟姐妹，共同的命运把我们连接起来，直到永远。阿门。

生于色雷斯的王子、歌手和丑角——俄尔甫斯的辩白[3]

你们看看我吧。我像不像一个从阴间来的人?注意看看,仔细瞧瞧,也许会发现某种不大的痕迹,脸上或者手上某种小小的变化,某种不显著的变化了的细节,某种线条或者斑点,消退

---

[3] 俄尔甫斯是希腊神话中的英雄,音乐天赋超凡绝伦。他是缪斯和色雷斯王俄阿戈斯(一说是阿波罗)的儿子。阿波罗把自己的第一把七弦琴送给了俄尔甫斯。他的歌声和琴声都极为优美动听,鸟兽木石都被感动而翩翩起舞。他参加了阿尔戈船的英雄的远征。出征归来之后,娶欧律狄刻为妻,不久以后,妻子被蛇咬死,俄尔甫斯悲痛至极,冒险前往阴间,试图挽救妻子,使她起死回生。俄尔甫斯的音乐和悲伤虽然感动了冥王哈德斯,却因为不能自持而致使挽救失败。不能坚持按条件办事,在千钧一发之际受到诱惑而违约,所谓"一失足成千古恨"。魔鬼就是诱惑,反过来说,诱惑就是魔鬼——我们心中的魔鬼。形形色色的以财色、权力为主要因素的欲望就是这样的魔鬼,还有种种激情,包括爱与恨、偏执与怀疑也都可能成为魔鬼,所以俗话说:"疑心生暗鬼。"——译注

的黑纹，或者不大的伤痕……看到了吗？没有，没看见。你们没看见，因为没有什么可看的。完了，没有，如此而已。什么也没有变，一切如故，甚至鬓角的头发也几乎没有变得更白。这双靴子踏过地狱的上下台阶，这双眼睛凝望过阴间神祇的脸面，这双手触摸过永恒坟墓的墙壁。没有别的了吗？没有了。靴子磨损了一点，走路多了都是这样；我的视力好；和以前一样，手也巧，善于演奏七弦琴和其他乐器，一如既往。一切都一如既往。

这琴又有什么呢——我拿不定主意该说什么——其实也没有变化，而且没有理由变化，没有缘由，它什么也没有看见，它是死物，无动于衷。有时候我觉得似乎有一根弦声音发哑，或者也许绷紧了一点。不明显，完全是不明显的，因为听众没有注意到，我演奏的声誉也一刻没有受损，可是我自己有时候注意到了一根弦上的一点毛病，比如声音结束得有点太快，有些细微的僵凝，几乎听不出来，弹性有些损失，不过，重要的是，没有影响听众，当然对我也就不太严重了，是吧？喂，说句话吧，说明你们没有发现什么变化，细细听听琴弦的声音，什么也没有，是吗？没有变化吗？那就没有什么话可说了。

现在我们可以宣布音乐会开始。有七弦琴演奏，俄尔甫斯大师演奏七弦琴，唱歌和朗诵，他生于色雷斯，是王子。真是有意思啊，一个王子表演，当喜剧演员，弹奏乐器，又当歌手。以前不能想象，可是现在时代变了，当艺人不丢人，这个行业和其他行业一样好，也许比当王储还好。无论如何是一点也不差的。我们现在是在基督之前五百年，变化真大啊！先生们，大家不要有错觉,民主和权利平等的时代正在来临,这是不可逆转的事,不可避免的,人类渴望平等,一定会享有平等!应该与时俱进!

什么,你们觉得我是信口开河,说话离谱,重复宣传鼓动家们空洞的陈词滥调吗?也许是这样吧,请原谅,但是我已经说了,我不是演说家或者政治家,我只不过是个演员、琴师和鼓手。我很快就开演,先让我暖和暖和手指头,我给冻坏了,我从那些很冷很冷的地方来,那些地方可不像我们色雷斯,色雷斯多可爱呀。怎么样,你们去过色雷斯吗?你们当中有谁见过,有谁知道切尔松尼斯[4],也许还有谁游泳渡过赫勒斯彭特河[5]?我横渡过多次呢,毫不畏惧,甚至在暴风雨中,唉,当时我的一双胳膊强壮得像半神,今天不行了,不过手指头,手指头还依然很好,不是吗?等一会儿,等一会儿你们就听见了,就听见我手指头弹琴了,等我暖和过来吧。当然,我承认,埃及比色雷斯暖和,那是一定的。你们有人去过埃及吗?我去过,住过很长时间,大家已经知道,没有什么可说的了,在那里我见过的事多了,学习了不少东西,你们想知道细节吗?但是我不能说,这是神秘的知识,只能告诉特选的人。是啊,我学会了,学会了魔力咒语、神示符号、神秘文字,但是现在不是谈这一切的时候,因为我要演出了。

---

[4] Chersonese,古代拼写法为 Chersonesus,意为"半岛",在古代地理中指欧亚的几个著名半岛。——译注

[5] 指连接爱琴海与马尔马拉海的达达尼尔海峡。——译注

在无用的路旁
长着无用的百里香，
为了采集这小花，
我跋涉三十九年整。

在这三十九年中，
我的幸福没有止境，
后来把花都白送人，
或者飘撒给东风。

骨头很快都长了锈，
两鬓被白发掩遮，
耗费年岁三十有九，
我像半神一样幸福。

　　挺优美的，是吧？不过这不算什么，调调弦吧，证明这琴是好的，没有丧失一点声音的力量、声响的清晰，现在你们看，还有谁说我的手指头冻得僵硬了呢？这是没有的事啊。这是大师的手指，细腻而灵活。还有嗓音呢？一点也没有沙哑，即便我受了凉，住在寒冷的地方，鬼一样冷，也没有沙哑，全治好了，这嗓音像钟声一样，不是吗？女士们，先生们，要唱歌，声音就必须没有瑕疵，这里不存在纯洁的等级，要不就是完美的声音，要不干脆就没有声音，最小的错误，即使察觉不出来，轻轻的，小小的毛病，都会立即把一切破坏；声音嘛，不是儿戏，唱歌乃是神性的话语，不然就根本算不上是唱歌。

女士们，先生们，请原谅，表演马上开始。的确，有时候我的评论有点太多，尤其在没有内人，没有什么人监督我的时候。现在没有人，没有，是啊，我已经说过啦。什么，我没有说过？这是众所周知的故事，报纸上的评论没完没了。这是毒蛇的阴谋，是的，毒蛇。你们都知道毒蛇的做法，我们都曾经在天堂里生活，名副其实的天堂，可是有毒蛇。天堂与毒蛇，老故事。蛇咬了她一口，可怜的女人死了。当时如果有特效血浆就好了，可是呢？

在色雷斯出生的王子俄尔甫斯的妻子遭蛇害而死……蛇从地面或者地下吸取营养汁液，说起来都吓人，它就是靠毒汁生活，你们都知道，是在埃及——是啊，你们都没有去过埃及吧——在那儿，人人都怕蛇。灾难之神利用它来办事，这神叫泰风（是一个神，不是蛇）。如果不是因为这个埃及，也许我能够避开不幸。因为我必须，我必须和这条蛇混熟点，不然怎么行呢？蛇懂得神秘的语言、大地和月亮上的全部秘密、神秘的符号、让人毛骨悚然的可怕消息；蛇什么都知道。我想长生不死，可是除了蛇以外，还有谁能教导我长生不死的技能、永葆青春的技能？蛇是不死的，善于自我再生，按时换皮，藏在地下，披着新皮钻出地面，焕然一新，美丽，绝对不显老气，清新得就像刚出炉的牛角面包。

> 长蛇的细舌头,
> 月光下的言说,
> 可惜啊可惜哟,
> 爱女人太过火。

我编了这么一首歌。挺美的,是吗?也许你们不赞成我跟蛇套近乎,可是你们说说,说心里话,你们是不是想长生不死?你们想说愿意,你们都想说,那你们为什么还责备我,为什么搬出这条蛇来惹我心烦,怎么回事呀?不就因为我和它混熟了吗?我怎么知道这混账东西会咬人……

是的,好吧,该怎么样就怎么样,听之任之,也用不着否认,是她和蛇背叛了我……是啊,这事儿我不可能预料到啊!当时正下小雨,细针一样,冰凉冰凉的,我陷在沼泽地里,浑身湿透,像条狗一样,这时候她背叛了我。她和蛇走到地下,就是地下窝穴,他,这条丑恶的蛇勾引了她。我呢,像一条浑身湿透的狗。你们有什么可笑的呢,我一个弹琴的,一个丑角儿,浑身湿透?我是王子,色雷斯的!请你们严肃一点。

现在你们明白了,我是必须到那儿去的,明白了没有?我说的都是实话,情况不是让人伤心,倒有几分荣幸。我是歌手、喜剧演员,请你们不要认为我没有荣誉感,时令不好,先不要感情用事,我必须以男子汉气概对付这件事,不是吗?一条蛇,一个女人,下界,穿过下界返回天堂,故事挺有意思,对不对?可是我早就知道,我回不了天堂,她和蛇背叛了我,我不可能脱层皮就回去,像没事人一样。我要说,这涉及荣誉,男人的事,我必须和这条蛇清算,我知道他的秘密,这个下流东西的阴险狡诈、全部的阴谋。

我去了那里,说起来话就长了,这儿不是说这话的地方,时候也不合适。我去了,提出了要求,我是王子,对不对?是啊,我说,我是王子,请把妻子还给我。我大声呼喊,声音很高,后来还哭了,又弹琴,弹得不好,因为冷,唉,你们不知道有多冷。如果只是冷,倒也罢了,可是那儿潮湿,让我天天难受,我完全垮了,可是没关系,男人的荣誉,生死大事,我这是比喻说法,我执拗起来、弹琴、乞求、威胁,天知道还有什么……

是这么说的,女士们,先生们,阴间的斯提克斯河,阴间的王塔塔卢斯、赫尔墨斯,可是关于这一切,你们仅仅知道几个童话,别的一问三不知。

> 月亮和天鹅蛋争论,
> 谁更能够保持沉默;
> 我在地狱里是优秀琴师,
> 精神时刻受到折磨。

> 地狱里工作所得报酬,
> 进天堂时候全部丧失;
> 我今后唱得更为优秀,
> 歌颂月亮和天鹅之子。

你们都知道童话，我再说一遍。你们都穿过针孔吗？或者翻开你们，不是翻开皮，而是你们自身，正相反，好像你们自己就是一张皮了，对吗？或者你们之中有人用耳朵观看，用眼睛听声音？不是这事，我告诉你们的不是这个，我不太懂这些；谈地狱，也不是地狱本身，而是关于地狱的界限，该怎么穿过，声音的故事，我没有话可说。可是时间都快过去了，音乐会该开始了，我不过是要简单提醒一句，说明一下情况，以防以后落下个话柄，或者引起流言蜚语。

说老实话，我自己也不知道，在下界我是怎么把他们圈住了，他们同意把妻子还给我。我反正是又大喊大叫，又弹琴，要说服他们，折磨他们，威胁说，他们如果不答应，我就不走。连我自己也不知道我是从哪儿来的这么一股子勇气，因为我在性格上是一个胆子不大的、谦虚的人，不是吗？琴师，喜剧演员，可是困难啊，我放不下，男子汉的事，我不能出卖荣誉。我现在想，如果他们愿意，他们会说这话的，算了吧，就这样。因为像我这样的人，他们见过的还少吗？你与上帝同在吧，为什么不呢，他们很可能说，健健康康过日子吧，哈哈，健康长寿，话很好听——又潮又湿，寒气逼人，还说什么——祝你健康。但是，没有，他们根本没说，我自己不知道当时该说什么，你们怎么看，现在我自己也不知道当时能做什么，喂，你们怎么看，我当时干了什么？留下，还是不留下呢？我想着，就是说，现在在想，因为不留下，自己回来，就等于说几乎已经名誉扫地；而留下呢，就等于妻子失而复得。可是冒着严寒，处处潮湿，而且，名誉也荡然无存，不是吗？好的名誉，让人感觉又温暖，又干燥，可是名誉不存，在地下腐烂，这对我有什么意思，不是吗？要命的风湿病，每一根骨头都开始痛，全身没有不痛的地方，连身上叫不上名字的地方都痛，我甚至怀疑这些奇怪的部位是不是我的；开始没注意到，到最后完全没有人让我留下，所以我干吗现在还费脑筋，想着什么名誉和风湿病。你们觉得，这是明摆着的，开始，如果你们感受一下这风湿病，这寒冷，那么，什么名誉呀，早就从脑袋里飞走了，像有窟窿的鸡蛋里的蛋黄一样，可是我为什么还握紧这个蛋不放？算了吧，我说，也就是说说而已。我办到了，成功了，全赢了，想要的都有了，这琴，我这把琴帮了大忙。

什么？我说过了，我弹琴弹得不好，也许就是不好，可是这没什么，那么潮湿，那么寒冷，能弹就算不错了——一切都是相对的，女士们，先生们，都是相对的，应该考虑条件、环境，要看到整体背景。现在你们看见了，我还没有完全糊涂，我懂各种学问，懂辩证法。现在我又想到了这把琴，我忽然回忆起来，它是不是因为潮湿而受损，因为你们知道这个道理，材料起初是泡湿的，后来晾干，但是如果已经干了，然后又弄湿了，就不好，只有起初的水汽无害，这已经是技术，和其他事情一样，人诞生在世上，以后死去；可是如果有第二次诞生，就不好，这是辩证法，对吧？我的情况就是这样，就不必多说了。琴受了潮，是啊，我明白，因此声音变得有点低而混，而我呢，因为这该死的潮湿变得有点迷迷糊糊的。

可是我赢了，赢了，我坚持不懈，结果如意，只要人坚定不移，坚持下去，什么事都能办成，关键是要坚定，不退缩，以不变应万变，不怕恐吓，不受收买，是啊，我就这样办的，是名誉问题，不能当作儿戏。就这样，成功了，正如我说的，我坚持住了。他们把妻子归还给我了。就是的。

归还了，又没有归还。实际上我也没有看见她。他们说："转过身去。"我就转过身去。"别回头。"我没有回头。他们又说："她就在你身后，可是你不能看。"我没有看。我只是说："优莉迪丝，是你吗？"没有回答，一片寂静。在场的一个人说："等你们走到上面，她的声音就恢复了。不要担心，一切都会好起来的。"现在人人都熟悉这个故事，可是有时候有人质疑童话的这个情节，所以我只提个醒。他们说："你向前走，就像你来的时候那样，不走到湖边，你就不要回头。如果回头，一切就全都白费，她又会重新回到我们这里来。就这样。再也不能说话。"我说："好吧，说好了。"我们向前走，就是说，我向前走，后面只有"沙沙"的声响。一直走，上帝保佑，不要回头。蛇、火、刀剑、烂泥地，蛇的"嘶嘶"声、刀剑"嚯嚯"声、萤火虫、蝙蝠——耳熟能详的情景，但是先不说这些了。我们离湖边不远了，就是说，我，我必须穿过一座人行桥，很狭窄的，在一道深沟上面，那是无底的深渊。我极为小心地走上桥面，可是害怕得浑身哆嗦，迈出了一小步，两步，可是因为正在下雨，桥上滑得很，我滑了一下，全身摇晃了一下，几乎跌倒，真糟糕，我呼喊了一声，"优莉迪丝！"因为我担心她摔倒，所以叫了一声，还回过头去。完了。后面空空如也。

是的，空空如也。什么也没看见。只有一个人飞跑过来，说："全是你自己的错误。她是一直跟着你的。你回头了，她跌倒了，掉进万丈深渊。全完了。"说完了，就没影儿了。现在是一片空旷。

就这样。我站在那儿，心里想：有什么证据证明她就站在那儿？我要证据！没有。有谁看见了？他们说这话，可是我该从哪儿知道？我没看见，没听见。也许他们就把我变成了大傻子？但是证明呢？就是说，把我当成了傻瓜，那就说实话，我当了一次傻瓜。

好吧，我心里想，就这样，让他们白折腾我一番，那里一无所有，你们明白了吗？一无所有，就算这样吧。可是他们这些臭气冲天的魔鬼怎么知道我要回头的？如果我没有回头，又会怎么样？他们必须想出点子来，让我不得不回头，不然一切就都露出破绽——全部都是骗局，这对他们可不好，因为他们冒充众神。不过，他们为什么要这么干呢？行人桥是挺滑的，在上面走是件危险的事，可是如果我更小心一点，也不至于差点滑倒，那会怎么样？马上就要过去了嘛。

就这样，这些事老在我脑子里翻腾，说老实话，我自己也不知道，这些魔鬼崽子竟这么耍弄我。她到底在不在那儿呢？我一想到这儿，就把什么都勾起来了，没办法。

女士们，先生们，你们说，她在，或者不在，有什么区别呢？不管怎么用心盯着，也是一样，就这样，事情过去了，没法补救，白费脑筋，完了。是啊，你们可以这么想，可是我呢？对我来说，大有区别。如果她不在，就是说，我让人当蠢货给耍弄了，我就是傻子、天真汉、糊涂虫，可是，还得说，这不是我的错儿。或者她就在那里，就是说，是我，我自己把她又推回到那些恶魔当中去了。这就是区别，请你们不必再说了，这就是，女士们，先生们，这就是所谓的俄尔甫斯问题。其他的一切，对我都无关紧要，什么天堂、蛇、失乐园、穿越地狱，还有那种无聊的闲话，神话呀，永恒的符号呀，等等。有话就该直说，我到底做了些什么？什么？因为情况就是那样，也用不着躲躲闪闪。现在还没有什么，可是以后呢？人必须有脸面，不是吗？这也是名誉问题。我去了，就是说，解决了名誉问题，回来了，那么，现在呢？后来啊，他们说，说我该回那儿去。那么，我该凭什么样的脸面回那儿去？她跟着蛇跑了，好吧，这是她的事，她甘愿下地狱。而我呢？人就是再傻，也不会去地狱，哎呀，那儿太冷了，人冻得发青，还有那儿的风，就用不着说了。尽管如此，好像我还能把她从那团烂泥中救出来似的，这是另外一回事，我能做，可是没做，不过，我也是不愿意出事呀，你可以说，反正我又把她推回去了，后来就有人随便评论，为时已晚，用不着解释了。她返回了地狱。

总之，涉及永恒的拯救。即使并非永恒也罢！音乐会马上就开始，还有，身上似乎暖和一点了。这件事我已经一点都不懂了，也许这一切都是白费，像一般人所说的，虚无缥缈，因为我没有看见她。也许她根本就不在。要什么证据呢？即使如此，这也是拯救的事。我又是一位王子。

我最怕的不是那些人物，而是她。因为假如她不在，好，就是不在，那样，可能二人就重新分开。要不就是她完全不在，那也好，我也不在。或者她在，但是他们骗了我，那我也没有过错，我不会回地狱的。这样也好，那样也好，反正我看不见她。好吧（我现在的话你们明白吗？我看不见她，这好吗？我说的话，你们明白吗？）可是，如果她在呢？她在，我是说，那意思就是说我回去，去见她。还有什么可说呢？唉，太冷啊，看来，我又得挨冻，也许能暖和暖和，这儿多冷……

对于这个情况，你们又怎么说？你们又要吹口哨，表示不以为然，女士们，先生们。

尊敬的女士们，先生们，俄尔甫斯，土子，色雷斯人士，宣布音乐会即将开始。

啊，告诉你们，在那一番遭遇以后，又能够重新表演，是真正愉快的事。人一般都是失去了什么才知道它的宝贵。有不少成语呢，你们都知道。我自己在天堂里生活过，但是正因为如此，我当时并不知道我是在天堂里生活。我想要什么，就有什么，我享受那种生活到了顶——人年轻，有名气，聪明，会弹琴，会唱歌，是王子，富有，妻子漂亮，而且有情有爱，还学会了秘密技能——请你们说吧，对生活还能有什么要求？我不能说我没有抱怨过，可是当时也并没有珍视。然而，天有不测风云，忽然之间，一切都化为乌有：温情的妻子没有了，青春没有了，琴声变调，浑身风湿病，名誉扫地，背叛，臭名远扬——不，不，我太夸张了，并不是一切都丧失了，我还能表演，没什么，琴还能修理好，现在呢——说起来也可笑吧，啊？——现在，哪怕一根弦完全恢复了原状，我也会高兴得超过以往享有全部幸福的时候。这一切全是因为这条丑陋的毒蛇。

  爱人,我要把豪华故宫
  给你,给你享用,
  还有珍贵的珠宝
  以及报喜的喜鹊,
  飞奔骏马的缰绳,
  罐罐蜂蜜和众星。

  我俩将要相爱,
  同吃同住同安睡,
  身卧柔软的细绒
  和十分舒适的床单,
  在阳光下和在黑暗里
  你都在我身边、怀中。

  后来昏暗渐渐来临,
  令人都昏昏欲睡,
  终于完全黑暗,
  死亡般的黑暗昏迷
  连天堂也要入睡,
  是爱情造成这一切。

快关上窗户,冷,关好窗户。这样,好。也许就我这个地方冷吧。不说这个了。

我明白,如果我能够给你们讲解那地下迷宫般通道的几何图,你们也许觉得更有意思,有意思,当时和个人无关,可以这么说。可是我讲不出来,所以就唠叨自己头昏的事,这跟你们丝毫没有关系,而且还招你们讨厌,因为你们被迫同情我的命运——强迫别人表示同情,没有比这更烦人的事了。但是我并没有要求别人,没有强加于人,只不过是像一般人说的,创造情景,然后就是常规和习惯发挥作用了——这是学术用语了吧——而且你们可以想象,我这个头晕,这寒冷,这变调的琴弦,这一去不返的爱人("变调的琴,迷失的爱人"——还押韵哪,凭这个也许可以编一首歌呢,句子押韵就可以成歌曲),这一切都迫使你们怜悯,因为怜悯不能拒绝,所以你们坐在这里,心里很生气,好像我在用我这种种不幸的事来刺激你们,用这些刺激压挤出同情心来,但是我并不看重怜悯,请放心吧,舒舒服服坐着吧。根本不是这么回事。

所谓的俄尔甫斯问题。真实的俄尔甫斯问题。这不是向深渊发出呼声和倾听回声。在那里,我没有向深渊呼唤;向深渊呼唤,那是田园诗,是表演。我也是演员,我不会说演员的坏话,不会的,我反而自豪,敬告诸位,是丑角,琴师,为什么不自豪呢?但是,音乐会一开始,就要表演,我就可以向深渊发出呼唤,现在我不呼唤,不会的。俄尔甫斯有名誉问题,但不感伤,我重复一句,为的是让你们明白,向深渊呼唤是感伤的事,不行的。

　　这儿的风怎么这么大呀？原来不刮这么大的风的。也许我真的老了，也许这风湿病钻进了骨头，可是，唉，不必说这些了，何况这不可能，看看吧，细细瞧瞧，这是脚踝骨，关节灵活自如，还有膝盖呢？看看，怎么样？都是一等的，根本谈不上什么疾病。这小腿，平滑、结实，一双运动员的脚，大腿，四股肌？请看看吧，一切都灵活，富有弹力，像弓上的弦一样，看着就让人愉快，这是为了爱情而造就出来的大腿。还有这儿，胸脯呢，像石块一样，怎么能忘记，这胸脯能够把人的肋骨压断吧？当然，我是说，女人的肋骨。还有胳膊，肌肉呢，看看吧，像大船的绳索一样。再有，往上看，颈部，下颚，牙齿像狼一样有力，头骨是铁的，一双鹰眼睛，头发有几根白了，无伤大雅，手指头呢？这手指善于弹琴和表达爱情，也画出秘密符号，其他用处不多了，可是没关系的！还要其他什么用途？这三种已经差不多足够了，凡是存在的，就是全部，我想，对男人来说，就是有价值的。啊，对啦，这儿吗？……手腕子吗？给裹上了，是的。这些符号，这些伤痕吗？伤痕，不，还算不上伤痕，还没长好呢。昨天的事。你们知道，这是伤口。挺厉害吧，不得已。血好像都流出来了。在那儿有人救助，可是太晚了，不容易。何况我不是那种呼吼伤痛求人救命的人。完了。有什么奇怪的呢？昨天，都是昨天的事了。

　　我亲爱的、心爱的朋友们，请不必说什么了，你们看啊，我都哭了，请怜悯吧，设身处地为我想想，不要抱怨，我是你们的，请为我惋惜吧，我还是我。那是昨天的事了。我是不得已啊。

不得已。名誉的事。情况变得没有出路。可是,我是王子……王子……王子……王子……王子……王子……

教士、神学家彼得·阿贝拉尔的情人海萝伊丝的祈祷[6]

上帝啊,你就是爱,但是你为什么规定爱情是罪孽呢?唉,我听说,你说过:并不是永远,也不是每种爱情都是罪孽。可是,这种无罪的爱情,你能允许多少?因为你对另外的爱情发出了永

---

[6] 阿贝拉尔(1079—1144),是法国逻辑学家、道德哲学家、神学家;海萝伊丝(1098—1164)是法兰克女修道院院长。约1118年,海萝伊丝的叔父,巴黎圣母院的教士富尔贝尔,委托阿贝拉尔教育她。两人热恋,秘密结婚,生了一个儿子,写出了充满欢愉和真挚的情书。而她的亲属极为愤怒,派人殴打并且阉割了阿贝拉尔。海萝伊丝进了阿尔让特伊修女院。该修女院解散后,阿贝拉尔把自己兴建的巴拉克雷隐修院的财产赠送给了海萝伊丝和她所领导的众修女。海萝伊丝任该修女院院长。《亲吻神学:中世纪修道院情书选》(阿贝拉尔等著,施皮茨莱编,李承言译,三联书店出版,1998年)第二章收入他俩的五封情书。天主教神职人员、修士和修女,至今不能结婚,何况在大约900年前。所以,萌生爱情乃至秘密结婚,都是大罪,被认为不可饶恕。然而,上帝又是爱世人,并且要求世人互相挚爱的,这是矛盾,是海萝伊丝无法理解、接受的,所以她发出了叹息、怨气、质问甚至愤怒。难道爱情也能成为罪恶,和魔鬼一样吗?——译注

恒责难的威胁呀！得到允许的爱情是有罪爱情的沧海一粟，而且我们还必须证实得到了你的允许。大家都说，你只允许这一种爱情，这种有罪的爱情，却又不把它送到人间，而撒旦则因为我们的错误行为而潜入我们的灵魂，在我们身上煽动不洁净之火。但是，魔鬼的力量促生爱情，这是怎么回事呢？既然你是一切爱情的源泉，恶还能够在爱情中显示它的邪恶吗？而且，即使必须如此，也就是说，为了惩罚我们的罪孽，撒旦力量及于我们的灵魂，那么又该怎样理解这件事呢？因为对于罪孽的惩罚必定是新的罪孽呀！主持着爱的上帝啊，也许我们是因为祖先不当的爱情罪孽而受到报复，所以被引诱到新的不当情感？新的罪孽怎么会成为对罪孽的惩罚呢？常言道，深渊引发深渊的回声，而罪孽的链环，一旦连接起来，就会延续下去，没完没了。那该怎么办呢？上帝，你创造了世界，管理世界，却又让罪孽没有终结，新的罪孽又像罪恶天使一样延续不断。上帝啊，你的慈爱在哪里呢？如果每一种罪不但没有促成赎罪和开辟拯救之路，却引发出新的和更大的罪，新罪又来，又引发新罪，以至没有穷尽，那还到哪里去寻求赎罪呢？

啊，头脑里是一片迷惘，极端的绝望！我怎么能够相信，主持爱的上帝，我们的世界是你的造物，但是它的每一个罪孽都必定毫不宽容地引发新的和更大的恶呢？如果在这世界上爱情和罪孽像一个死结一样联结在一起，我又怎么能相信是你创造了世界呢？爱情是罪孽，而罪孽又像火这个元素一样繁衍，无穷无尽地促生自身。这就是你的世界，上帝啊，这就是你的创造。

你到底是谁啊？

情况是，二者之中必定有一个是真实的。或者有人说谎，他们称你为主持爱的上帝，因为既然你创造了世界，你就不会愿意让爱把我们拖到水底，像脖子上的石头把人拉到水底那样；或者，你，上帝，根本就没有创造这个世界，而这个世界是没有你的参与、违背了你的意志开创出来的。即，或者你没有爱，或者你没有力量创造世界——你是一个邪恶的上帝，或者没有力量的上帝。你现在挑选吧，决定我们应该怎样对待你。

耶稣基督，我说了些什么话，到底说了些什么话呀？我说，你是邪恶的上帝，或者无力的上帝。如果邪恶，你就干脆不是上帝；如果没有力量，就一百倍地更加不是上帝，而是我们的兄弟，因为我们也痛感虚弱和绝望。因此，也许根本就没有你，上帝，上帝，只有你在地上的儿子，非子之子，无父之子，一个不强壮的人，爱人的人，但是没有力量——他果真存在吗？

啊，我听见了，听见了你的声音，你的话：傲慢，怪异的傲慢抓住了你，你想要加深孕育在我的智慧、我的理性中的世界秩序，而这一秩序，世上的人是不能接近的，而且从远处又几乎看不清楚，就像是浓雾中的城堡。傲慢，你说，是傲慢吗？你把我理解和崇尚你的秩序这样的渴望称为傲慢，把我的爱情称为丑恶的罪孽，又把你自己的罪称为爱吗？那么你到底是谁？你说话很聪明，你治理这个世界也很聪明，却让我们这些可怜的人无法理解你的智慧。那就只好这样吧。可是你没有足够的智慧和英明治理这个世界。不仅让你，也让我们见识见识你的智慧吧。

一方面，创造一个聪明的世界，却又让它的居民看不到这一智慧；另一方面，把世界造得聪明，又把聪明揭示给世人——前者比后者更聪明吗？我应该到哪里去寻找你的聪明和你的爱的见证人？可是你就是想着让上天和大海、石块和溪流、森林中的野兽和大地的绿草为你歌功颂德。石头和流水歌功颂德，而人，创世的顶峰，在第六天被你从没有灵魂的泥块中赋予了生命，又给了智慧，是人，在自己的处境中只看到了令人痛心和无法索解的情况——人被创造，似乎不是为了歌颂你，而是要嘲笑创世！

唉，你又要对我说：服从，服从，服从！可是，除了那个凭理智让人崇拜他的人，又有谁会命令我服从？除了那个似乎用烧红铁棍报复、驱逐爱情者，又有谁要求我献出爱？所以，如果仔细观察你的创作，而且以自己的身心感受你的秩序的枷锁，就显而易见，我们不会在全能者的葡萄园里看到全能者的慈爱和善行，而必须自己看到恶魔的幻景！

众神爱神圣者，是因为其神圣，还是某物因为受众神喜爱而变得神圣？异教的最大智者提出这一问题，你该怎样回答？如果说凡是你喜欢的就神圣，那你就是暴君，不是天父，因为你不允许我们为善而爱善，而是不问青红皂白强迫我们执行命令，不能询问理由，还有就是今天把一事、明天又把另一事称为善或者恶——全看你的心思的变化不定……如果说，善因为是善所以你喜爱，那你就把认知能力给予我们，让我们知道善恶何在。如果我们的世界证明不了你的智慧，就等于没有分辨能力。既然世上除了你的命令之外就没有善，你就是暴君，你不肯让我们认识善，你也是暴君。

我听见了，听见了你的话，现在你说，通向你的道路布满苦难，要强迫自己，才能在你的葡萄园中享受欢宴。但是，是谁散布了这些苦难？天下人都说，不是你，上帝，而是第一对老祖宗，他们竟敢因为蛇的教唆而反抗你。用什么反抗了呢？用爱，不是别的，先是给了他们对理智的爱，然后是对自己的爱，但是你没有教会他们。如果不是这残酷的罪，这世世代代把我们身心推向地狱的罪，你说，上帝，如果不是这个罪，那么，在我们第一对老祖宗之间该是如何萌发爱情的呢？因为他们不是从你那里认知爱情的，只有等到被从天堂驱赶出来，尝尽知识树的果实，亚当才认识了夏娃的。如果没有萌发这一爱情，人类在大地上也不会繁衍，就和这两个最初的人一起返回大地，灭亡，也带走了对造物主的歌颂。所以，只有因为罪孽，我们才都在这里生活，这罪孽还让我们生命的每一个时刻都必定是罪孽。因为这个罪，我们才活在世上；因为这个罪，我们死亡；因为这个罪，你令我们受到永恒的责备。而这个罪恰恰就是从你那里来的爱，因为你以讲求爱之上帝自许。爱的来源是你，这个爱造就了我们，却再把我们推进黑暗的深渊，听从魔鬼摆布。还能找到比这更恶劣的羞辱、更恶劣的嘲弄、更恶劣的灾难吗？但是你还喋喋不休地说，你创造世界是凭借爱，凭借智慧和全能！你只有唠叨，我听着你的声音，可是我从哪里可以知道，这是你的声音，而不是撒旦的诱惑或者恶魔在施法力？上帝啊，怎么才能区分你的声音和你的敌人的声音呢？因为我知道，我们所有的人都知道，是你允许撒旦的邪恶诱惑和误导我们的。他们说,我可以辨认你的声音,因为他指导我为善,而魔鬼的声音煽动我走向邪恶。但是我还是不知道什么是善,什么是恶,因为在此以前我不知道什么起源于你,什么起源于黑暗魔王。怎样才能知道呢?爱的火焰可能是魔鬼的诱惑,难道你不是通过爱有别于诱惑者吗?怎样划清,怎样和他划清界限呢?你说吧。

你还记得,主持爱的上帝,你还记得世间第一个由女人生的人的名字吧?他叫该隐。他是世界上第一个在女人体内形成的,以此表明,两个人之间的爱,肉体的爱,一旦燃烧,就会造成罪恶。你可能犯错误,但是,但愿也能改正错误!然而,爱情产生的第一个人叫该隐一事,并没有让你后悔创造了世界。十代人的时间过去了,你的天使勾起世上女人们的欲望,这时候你才感到后悔。于是你忌妒得发狂,用洪水把人类完全淹没。但不是真正的罪行,而是忌妒心,造成了你的愤怒和报复。你为什么要把我们的祖先赶出伊甸园?你说过,这个亚当被创造得一如我们每一个人,他知善恶,没有受到驱使,懂生活的语言,并且得以永生。

于是忌妒、怨恨心推动了你,因为你担心,人在品尝知识之树以后要品尝生命之树,这样,永远延续不止。于是你立即诅咒对理性的爱,诅咒男人和女人之间的爱,最后又诅咒对生命的爱。对每种爱你都找到了一种残酷的答复:驱逐、死亡、痛苦。你下令让荆棘杂草长满我们的田野,诅咒我们在大地上的劳动,让我们为成为母亲而遭受剧烈疼痛,这痛苦像是对男女肉体之事给予的痛苦惩罚。你是忌妒的上帝,但是你的能力却不是无限的。你威胁亚当说,他食禁果之日必死,而蛇说,他不会死。亚当在那天果然没死。是谁说了真话?

你听到我的话了吗,上帝?上帝啊,听见我说话了吗?有一个哲学家说,你又聋又哑,所以你似乎不存在。另一个说,你不哑,你只是聋子,你对我们下命令,但是听不到我们的祈祷;第三个说,正好相反,你不聋,你是哑巴,你知道我们需要什么,但是不告诉我们该怎么办。但是我们的信仰教导说,你倾听我们,对我们言说,像父亲一样。然而,你听见每一个人的话了吗?对每一个人都说话吗?《圣经》上说,谁来自神,就听神的话,我知道,所以,首先,要成为你的选民,你的声音才能透过躯体的帷幕深入灵魂,发出声响。是的,大家都说,是的,自己先应该摆脱邪恶,才能听到你的声音。可是他们还说,没有你我们是清除不了邪恶的,我们很容易变得奸猾下流,我们自己无论如何也无法越过把你和我们分离开的冰冷荒原,你必须向我们伸出手来。大家都说,你向所有的人伸出手,为了全人类,你把儿子派到人间受苦,他赎救的鲜血洒向全部灵魂;谁要是找不到你,那就是他的过错,因为他推开了你伸出的手。那么,我的过错呢?我的过错?他们还说,人只要一息尚存,你的手就永远伸向我们。他们常常说,只要死亡迷雾不把我们吞噬,那么,直到最后一刻,救恩都一直存在,主的欢宴都一直延续,主的家里摆着新鲜蜂蜜和美酒的餐桌等待着贵客,你走过去享用吧。都这么说,都这么说,可是我双手摸着黑寻找欢宴餐桌,在黑暗中只是一直碰到冰冷的石墙，碰得头破血流，而且只听见严厉的声音：你的罪孽，你的罪孽……所以，我总是邪恶的，落入了自私自利的残暴利爪之中，所以我软弱，我的心灵像木头一样干枯，只有对于自己罪孽的记忆才能够短时间地把它唤醒。我是邪恶的，上帝，所以听不到你的声音，找不到你，所以我是双重的恶，又因此变得双重的聋……这样，我又重新看到，像是落入妖怪的地网，逃不出去，只能落入更坏的网，接着还有更坏的。就这样，脖子上的绳子环正在拉紧，越拉越紧，一直到一双眼睛里升起白雾，灵魂沉向永恒的深渊，没有拯救，没有希望。

现在大家又说：只要开始就好。应该行动，心灵的一次抖动，发出真率言辞的一个瞬间，就像以往邪恶本身更会增加那样，现在善本身会成长壮大，像斜坡上滚下的雪球，像山间流水，从不显眼的小溪成长为洪流。是啊，说得多好啊，只要开始就好！可是，从哪里开始？反正不是从理性开始，因为你的信仰是一种疯狂，也是世人的愚昧。也不是从爱开始，因为爱被许多躯体污秽，永远也无法洁净。他们说，为上帝自身而爱上帝吧，不要考虑你自己，甚至自己的赎救也要在记忆中先搁置起来，爱上帝吧，不是为了你自己，而是为了上帝，就像母亲爱孩子一样。可是，我到底是为什么爱你呢，上帝？是为了这么多的痛苦吗——他们说，这不是痛苦；是为了这么多的劳累吗？他们说，这劳累不是辛苦。不不，我爱你不为什么，仅仅因为你是，你是上帝。但是我正是这样爱我的情人，地上的这个情人，有血有肉的情人，不为其他，只为他的存在，他现在这个样子，绝不过问奖掖、前途和福利。我也应该这样爱你吗？但是我的爱人熟知我，我常常看到他的微笑，他在床榻上拥抱我，我触摸到了他的心脏，他用不着寻觅就找到了我，我知道，他在那里，我感觉到了他在那里。而你呢？我应该怎样爱你，怎么感受这爱情呢？你不到我身边来，不先出现，因为心智不及于你，你的声音不及于我耳际，我看不见，也感觉不到你一只手的抚摸。我从哪里开始爱情，从哪里知道你是存在的，如何激发照亮理智的这份爱，但是这爱本身却无从得到一点光明。

在这里，他们又说：你不用高谈阔论，你要顺服、下跪、努力，丢掉不妥当的念头，赶走诱惑者。那么这里的意思就是，可以不从对你的爱开始，而是从对你仇敌的爱开始？仇恨比爱要容易得多，但是，上帝，是否可以从仇恨出发开辟通向你的道路呢？也许是可以的，因为你下过命令，要把对敌人的仇恨从心里连根拔除。因为你教导说我们要爱敌人，如果这样的话，也应该爱我们的仇敌撒旦。这样，这同一条道路，违背你命令的一条路，就要开始。如果说，从纯粹的仇恨开辟一条通向你的盛宴的道路，又为什么不可以从有罪的爱情开创——这种爱，尽管有罪，却必定还带有来自你的家园的某种温暖的残余，而仇恨只能发出逼人的寒气。所以，就让我从这种爱开始吧！但是我又办不到，因为这种爱的罪恶像桶箍一样，把我固定在耻辱柱上，在众目睽睽之下。所以我要返回到开始的地方，永远返回初始。

我已经觉得，在一瞬间之内，我辨认出了通向你的大路，残酷的恐惧一瞬间已经放开喉咙，瞬间之内，泪水、轻松感和希望都已经到来。但是这一瞬间旋即消逝,我又像笼中的困兽一样,在绝望中一会儿跳腾吼叫,一会儿麻木枯坐,没有心思,没有希望。我觉得,我看到了你的小路的每一个瞬间,每一个瞬间都在下一个瞬间制造出更大的困苦。我就这样受着折磨,等待着关怀,看不到爱护。

大家又说,你要相信,要有信仰!但这是什么意思呢?我应该犯罪,同时又要相信你宽恕我吗?的确,你宽恕了许多重大的罪人,而那个在临终时刻三次反对基督的人,倒成了建造你的教会之基础的磐石。你宽恕了许多人,但是又可能让有过失的罪人在心中抱有希望,得到你无尽的慈爱?你还宽恕许多不知做了什么事的罪人,你宽恕那些在激情迸发时刻像野兽一样处处散播罪孽,而不知又考虑不到罪的罪人。你宽恕野兽,但是不宽恕人,与虽然有罪却指望你宽恕的人不和解。这样的人深知,既然不能指望宽恕,就不以自己的兽性来侮辱你,而是以自己的人性无尽无休地侮辱你,因为他想要通过运用不死灵魂来诱发你的慈爱,于是,无尽无休地侮辱你,引来无尽无休的报复。

晨星,你为一切人闪烁,为什么只为我一个人而熄灭?

圣徒法师们,为什么你们留下我一个人不给予帮助?

一切人的宽恕者,你为什么不宽恕我这么一个人?

因为有罪的爱情,我从你的羊栏中被赶了出来,我跟随爱的声音向前走,这爱情让我在每一个瞬间都离你的港湾更远一步。反抗是徒劳的,因为海面上一直有大风狂吹,应该给这个人一条帆船。你不呼唤我,我的声音落入你的智慧的深井,只有空荡的回声飘出。你的律法的冰原不能引导人,因为地平线上一无所有。在另一面是温暖的花园——它被称为幻景。幻景就幻景吧。令人迷醉的幻景比不令人迷醉的寒冷好。

你的小路上荒凉空旷。

我的幸福短暂、良好、有罪。

众星给我安慰,但是我令众星不愉快。

我叫海萝伊丝。没有别名。

并非你的仆人。

形而上学家、格但斯克市民亚当·叔本华的辩证法告诫[7]

自由意志的队列在这里走过,
显示出它自身存在的原因,
显示原因就凭它的行进,

---

[7] 叔本华（1788—1860），生于18世纪东普鲁士的海港城市但泽（现在波兰北部的大城市格但斯克），德国悲观主义哲学家。叔本华把世界看作形成失望与痛苦的个人意志的某种经常性的冲突。快乐就是痛苦的消失，只能通过放弃欲望而获得，这个观念反映了叔本华对印度教经典的研读。最重要的著作是《意志和表象的世界》（1818）。他的意志为首论影响了尼采和弗洛伊德。在这篇哲理诗中，作者正是以形象和叙述来说明"自由意志"的：意志以队列的形象走动、存在，而走动既然可以分成小段，也就包含了熄灭，得胜预示了死亡。这里讨论的是形而上学和涉及对立统一、向反面转化的辩证法。魔鬼几乎是在上帝创世的时刻同时产生的，在基督徒的信念和实践中，上帝就是信、望、爱；而魔鬼则是邪恶、作恶、加害。但是，上帝的善和魔鬼的恶，二者之间的关系，应该是辩证的，以及对立统一的，缺少一方就不能想象另一方的存在。这篇作品的标题似乎已经说明了它的内容。——译注

亦即经过（我身旁，然后
把这原因递交给我）。经过的同时，
显得骄傲、自豪、不可一世，
傲慢，正是因为它从旁经过，
亦即它存在，或者反过来说，
傲慢，是因为存在，因为走过。现在，
却顽固地转圈。似乎正在肯定，
火热地、有力地确证
它有存在的理由，就是因为
在本质上它有这个理由，既然走动，
既然走过，转圈。所以，存在的确
就等于有理由生存，有资格，
得到法定？然而又是谁
做出了法律规定？是那自身
走动（所以存在）的队列吗？那么，
它肯定是不朽的。而且，
可能真的就是不朽，
甚至反制腐朽。既然
它存在是因为它走动，
可是它确实走动，因为存在，
因而它的走动和存在
互为理由，这就是立足根据，
亦即一旦存在，就永远存在。

这的确令人惊奇。

因为从一方面看，这让人认识到，
虽然这种无限以其行走
得到确定，但是这种走动
自身包含了某种熄灭，
而且这熄灭没有被完全掩遮，
却正蕴含在行走之中。而且
暗中让我们理解，
这行走之所以永恒，就是为此
或者为此而显露出自己的永恒，
从一开始就已经注定熄灭，
亦即从一开始就确立：
静止，这就是无可争议的运行。
这里有解释：有这样的顺序——
一二，一二，一二，一二三四——
这逻辑顺序包含某种弱点，亦即
重复，也就是确认
都没有永恒的性质，没有
无限性、不朽性等等——在
每一个器官中都没有，亦即
这行走的任何一个小段
（例如，一二，或者一二）都
不是无限的，因此同样全部小段

无论可以计数多少
也都不是没有完结的。因此，死亡
像百发百中的导弹，包含在
每一个小段之中，也可以说在
队伍的每一步中（例如，一二，
也在一二之中），更可以说
它也必定包含在整体之中，
整体由这些必死的小块组成，
而且，在这整体之中必死之死
也是得到无限的包容，
而这无限性只有在此时
方才以不光彩的方式显示，
同时这一切小块片段汇集，
称为没有限制的数量。
正是此时终结性变得炫目，
光辉无际，没有尽头，正是
这一有终结的信息，这队伍
经过的时候向我们展示，
用踏步声音来展示，
这声音由这样的部分组成：
一二，一二，一二，一二三四。
这个队伍自我肯定，悲哀
却又不可抵御，因为从它

自己不朽的自我肯定的高峰，
我可以说，它交在我手里
它自己的消亡，消亡始于
起步的口令：一二
（何时起步，我记不清），
还有它返程的非存在，流失、
消亡、灭亡、消融，
溶化、汽化、生存衰竭、
消失、逆反的现象，
记忆的消退、平面的扩散、
不可言状的向外周退避，
走向虚无、破绽、非真，
总之，给了我它自己的缺失。
我伫立，对缺失深感震惊，
肃然倾听，同时注意到
我自己对这队伍全然关注，
自己已经变成这支队伍的反光，
同时也渐渐察觉到
自己的毁灭与消亡。现在
这队伍的虚弱和苍白，还有
某种不成熟，某种无以名状、
每况愈下的形象

已经变成我的命运,并且
时时刻刻还在增长
(亦即这衰弱和颓唐),
的的确确增长到无限,
已经超出我的力量。我已经
完全终结,难道还不够
和自己衰弱的无限性决一高低?
就这样,这队列的渺小
最后到达了这片议论的机要。
因为机要只有一点,
用自我肯定把我压倒。
这队列要以其法则把我制伏,
还使用合理手段和它自己的
无限的成长。到最后,
不以此法,而以另外的方式把我熄灭
(把我变成自己的反光,然后
让我参与自己的衰落,
这一过程却也是无限的),
无论如何,我正在灭亡
或者被消灭。一切归于徒劳,
这个队伍得胜,还有
因为它必定得胜、成功。

华沙，
1963年12月20日
魔鬼形而上学
记者招待会
速记记录[8]

你们都不再相信我了，当然，这我是知道的。我知道，但是我不以为然。你们相不相信我，这不是我的事，正是你们的事。先生们，你们明白了吧？这个情况，我无限地、最完全地漠然处之，或者可以说，如果有时候引起兴趣，也只不过是像研究人员的思想常常被大自然的奇异现象所吸引一样。我是说，思想，因为在我所做的一切当中，在我所感受到的一切之中，事物是没有意义的，没有一丝一毫的意义。你们拒绝承认我的存在，这牵动不起我的虚荣，因为我没有虚荣心，我不想显得比实际上

---

[8] 该篇从思辨方面谈论魔鬼的存在、世人（有神论者和无神论者）对魔鬼的态度。后半篇提出八个问题，并且对这些问题给出了答案。可以说，这是名副其实的"与魔鬼的谈话"，或者表白。——译注

的我更好，甚至不想保持现在这个样子，因为我只想成为我自己，如此而已。你们不相信，也牵动不了我的任何一个愿望，因为我的一切愿望都已经得到满足。我不在乎我的存在是否得到承认；我关心的是毁灭工作不要削弱。相信或者不相信我的工作，这对于我的工作没有影响。

有时候，这种不相信的原因引发我的思考，是的，常常是，情况让我的目光停留片刻，我观察你们可悲的怀疑论，就像你们观看铺散在墙壁上的蜘蛛网一样。我想到了你们是怎么轻易地放弃了自己的信仰，还想到，在不信任态度向前推进的时候，我成了第一个牺牲品。"成了牺牲品"是句俗话，说得文绉绉的，其实呢，我的确不是牺牲品，成不了，当然，是成不了牺牲品的。但是，不信任态度是从我身上开始的。抛弃魔鬼是最容易不过的了。接踵而来的是天使，然后有三位一体，然后是上帝。魔鬼似乎是你们想象力的最为敏感的部分，最为新鲜和最为持久的收获，代表你们信仰的那个年轻的纺织姑娘，或者也许干脆就是不情愿地留驻记忆之中的遮羞布带。可是我也看见，那些相信，那些狂热地、热情地、有时候又是疯痴地相信的人，这些人在自己的信仰中甚至放过魔鬼，不谈论他，而别人谈论他的时候，在犹疑中把目光转向别处；他们自己不知道他们是否已经把魔鬼完全抛开，还是他们灵魂某一角落里还感受着它的在场；但是如果有这样的感受，那也是越来越弱，那个角落在慢慢衰颓、痉挛、僵冷，于是魔鬼落入失忆之中。既然是这样，也好。

有时候我去教堂听布道，倾听，没有笑容，心平气和。有一种情况很少见，而且越来越少，就是：神父，即使是乡下的神父，在教坛上还记得我。在教坛上，在忏悔室，在任何其他地方，都不记得。那么有什么话可说？可耻啊，可耻得不寻常。他们说，无知，傻子，相信童话，不追随时代精神，而教会说不会放过时代精神的。不能吗？神学家们说，当然，教会是追求时代精神的，有时候超前，勇敢地前进，不惧怕新鲜事物；但是，他们又补充说，只是在形式上，在语言上，只是在外表上，而不是在神秘的核心上，不是在信仰上，不是在对神的虔诚上。这是怎么回事呢，神学家先生们？我该怎么样？不过是顺便问问，因为，我已经说过，这事情本身和我是毫不相干的。天使堕落的地方到底在哪里呢？是不是我只属于语言，属于并不重要的装饰性图案，从星期一到星期天可以更换，像领带一样？撒旦真的仅仅是一种比喻、一种言谈方式吗？是激发信徒们迟钝想象力的方法，这方法又随时可以被取代？或者他也是完备的现实？先生们，这一现实是不可反驳的，出现在认知传统之中，出现在《圣经》之中，两千年来被教会描述，可以触及、鲜明、真实的？先生们，你们为什么要回避我？你们害怕不信神的人嘲笑吗？你们害怕有人在酒馆里嘲弄你们吗？从什么时候起，信仰就惧怕异教人士的嘲笑呢？你们是上了哪一条路？如果由于害怕嘲笑，你们就要从信仰的基础上退却，那么退到什么地方为止呢？如果今天魔鬼成了你们惊恐的牺牲品，那明天就一定要轮到上帝了。先生们，你们受到了现代浪潮的裹挟，但是现代惧怕终极之事，在你们面前遮蔽了这些事的作用。我说这话，不是为了我自己的

利益——我算不了什么——我是对你们、是为了你们说话的，是暂时忘掉了自己的使命，甚至自己散布错误的任务。而且，并不是只有我才说这话。在这里，在别的地方，还能找到僧侣或者神父，他们在绝望中大声提及魔鬼的法则，号召人返回信仰，责备教会的衰败，提示最神圣的传统。可是，又有谁听他们的话？这样的在荒野中的呼唤，又有多少？全然失聪的教会，还要和飞跑的时代竞争，想要现代化，要进步，要卫生，要功能，要法理，要训练有素，要活力，要动力化，要无线电化，要科学，要纯净，要富有能量。如果我真的能够身处你们的环境，先生们，我会向你们揭示你们的悲惨状况，你们值得争取的宽容，以求赶上时代，因为时代总是走在你们前面一千里远。体育运动、电视、电影屏幕、银行、媒体、选举、城市化、工业——你们想控制这样的一个世界吗？我说"控制"，你们还想讨它的喜欢吗？在这个世界上，你们想要成为现代人，想要和"童话"决裂，走在人类前列——人类正在把原子尘埃吸进因为吸烟和汽车尾气而变黑的肺部！为了在这个世界上获得承认，你们还要放弃什么？魔鬼吗？干脆就是魔鬼？你们觉得让步就此告终吗？先生们！你们已经不再惧怕缺乏信仰，你们已经不再惧怕异端，魔鬼不再会令你们惊慌，所以时代也不再会令你们惊慌，你们只惧怕一件事：怕有人说你们落伍，把你们当老古董，轻蔑嘲笑你们不够现代化，证明你们不讲卫生、不时髦、不讲究运动、不讲科学、不富有、不十分工业化。你们惧怕的就是这一件事，就这一件，为反抗正反面的指责，你们狂热地建造印刷厂、银行、政党、科布西耶式的教堂、抽象派艺术风格橱窗。当然，我不会因为你们的败落受到损失。我是说，你们衰败吧，我不会和你们一起倒下，倒下的是你们。你们还可怜地希望用花言巧语和奉承来引诱不信教的人，而你们自己却已经接受了他们不信教的态度，反抗你们迄今据以为生的一切，还十分愚蠢地认为你们在内容上维护了不可改变的信仰，并且给予它全新的"形式"，而恶魔是第一个倒在祭坛上的，永远是第一个。

还有这一个现象值得注意，也十分可笑，就是有时候只有从无神论者们嘴里我才听到自己的名字，他们说出这个名字毫无不便之感，因为他们不必时时靠拢传统——传统总要把某种现实和这个名字联系在一起。在市场上出售的玩偶中，还有"小鬼"被拿出来展示，逗小孩子们大笑，而在剧院里，在图书里，也不避讳无神论。但是在教堂里呢？在教坛上呢？寺院中的老画都主张不用魔鬼来吓唬人。他们说，这是时代教育的要求。先生们，你们和一切神明都订了条约，对嘲笑你们的人紧追不舍，适应一切，只有你们的信仰，只有传统除外。你们摒弃了魔鬼的残迹，没有内容的咒语，圣诞节表演，或者被抛弃的神话的内容，要尽快地摆脱它，要抛弃过往时代的令人厌倦的痕迹，老祖宗的破家具，要搬进现代住宅，又卫生又方便的豪宅。你们还自称基督徒呀？不要魔鬼的基督徒？尊便吧，这不是我的事，不是我的事。

无神论者先生们，我还是更欣赏你们不信教的态度的，其中没有做作、我的羞耻感，没有局促不安。你们不提有关魔鬼的问题，也不刻意要摆脱它，因为没有什么要摆脱的。至少你们觉得如此。你们把魔鬼当作研究对象,在你们的历史学、社会学、心理学或者宗教学中,或者关于巫术的小说和戏剧里描述他。你们解决了问题,不是吗?什么?解决了问题?你们觉得,你们和"地下世界"清算完毕;从基督徒那里你们至少学会了一件事:连续不断地谴责一度被称作"摩尼教异端"的东西。基督徒的乐观主义烤干了你们的脑子,你们的脑袋现在像手术用棉花球儿那样清洁无毒。你们说,邪恶不是现实,邪恶是不幸,是世界的疾病,是某种经常出现的情况。这也没有什么大不了的,生活的进程依然会恢复它自发的和谐,恶每天都受到对抗,可以斗下去,没有止境。"邪恶"这个词语只适用于别的场合,所以在你们的语言中带有悲怆的、爆炸性的色彩,充满了你们的关怀,你们的渴望、思考和对未来的信赖。

但是,事实并非如此,先生们。"邪恶"这个词语本身不包含什么悲怆的因素,没有威胁或者崇高性质,它是实在的和有内容的,精确地指向平常指称的事物,像"石头"和"乌云"这样的用语;它与事物紧密相关,毫无差错地适用于自己的现实,准确,没有想象的余地。邪恶是事物,普普通通,指事物。

这个事实,你们是不想知道的。面对荒芜破败,乃至到世界末日,你们都会狂热而又顽固地喋喋不休;是的,情况已经出现,已经出现,就是这样出现了,本来可能是另外一个样子的;邪恶是事件,在这里或者那里偶尔出现,如果以足够的能量反抗它——是不会发生的。在世纪末日,你们都会深深确信,世界的终结是一个偶然事件。你们是不相信魔鬼的。

面对任何人都不需要的残酷，面对毫无目的的、毫无愉快可言的毁灭行为，你们是想不到魔鬼的。你们有形形色色的解释，名目繁多，为解决每种问题提出理论。谈论攻击性的冲动和死亡本能，你们有弗洛伊德；在深夜，人依靠暴力，似乎要从神性那里挖掘出自己的秘密，你们就有雅斯贝斯来讲解夜的亢奋，你们有尼采，你们有"权力意志"心理学家。你们有貌似揭示、实则以言辞掩盖事物的本事。

可是你们能够做到让你们的掩蔽天衣无缝吗？我想，请你们认真地寻觅良心吧，你们，基督徒；还有你们，无神论者们，忘掉你们经纶满腹的言谈、你们的形而上学和你们剪得平整的心理学荒草吧！你们铲一铲土，返回自身，把词语的原初目标、它严肃的和悲怆的运动暂时归还给它，你们停停脚步，实话实说吧。请你们努力专注于最平常的情景吧，这种情景在你们看来已经被哲学语言的哈哈镜歪曲。这已经足够。请你们看看我。你们看见我，也不用吃惊，你们会觉得你们是一直认识我的，尽管你们有种种理论学说，出现在你们面前的依然是一张熟悉的脸、平常的脸、第一次真切看到的脸。有一股力量熟悉又寒冷，包围了你们，这股力量你们不想记住，虽然在你们大脑的底层它被形而上学的黑话压制下去，受到践踏，但是关于它的不可消亡的知识依然发出亮光。

毁灭性的力量只渴望毁灭，别无其他。所到之处，你们都可以遇到它，每日每时都可以体察到它的存在——在你们的失败和错误之中，在残酷的死亡之中，和在没有得以实现的渴望之中。

你们每天直面见它，它出现最多的地方不是把理性毁灭、把残酷和邪恶当作工具之处，这些因素本身就是其目的。

邪恶有其理由，它出生于爱的欲望、恐惧、对财富的渴求，出自傲慢、空虚感，甚至复仇欲望——而我在其中的作用是不大的。激情本身，欲望本身，或者恐惧，都不是来源于魔鬼，而为满足这一切来服务的邪恶，只不过是必不可少的工具。

在撒旦以全貌出现的地方，毁灭除了自身以外没有其他目的，残酷是为了残酷而完成的，满足是为了满足而获取，死亡是为了死亡，忍耐毫无目的——或者，目的只是再次增补的、为毁灭性的饥饿辩解的面具而已。在那里，虽然是在生活的不严重的失败之中，在你们面前依然出现了冰冷的强力，你们不能够走向任何地方，无法解释，无法论证。暴力之所以存在，是因为它存在，是因为它是作为物的物。这一点你们最难理解。凡是具有存在理由的恶，你们都能够把理由归还给它，你们可以按照另外的方式治理世界。但是自身对自身乃是理由的恶——这样的恶，你们是没有办法剥夺其活力的。把它归属于某种力量的表象是徒劳的，这种力量"本身"可能有害或者有益，可能向善，也可能是偶然的扭曲、偏离、错乱、魔力——这是在不恰当环境中理性治理的无用表征。魔鬼是不接受改革的。魔鬼是无法解释的，是和你们的存在同时出现的，是物，是它自身。很可能显得奇异的是，在许多偶然事件的混合体之中，你们如果坚持不懈努力找出（我不说给予它）隐蔽的秩序，恶之对于你们依然还显得是某种事实或者例外——每种事实之中都一成不变地包含有例外——你们拒绝承认它的物质和必然特质，因此，你们不把它置入自己的尘世现实因素，而是以审美的具体性对待它。这其实不足为奇，你们有理由使用这种假面具，它能让你们摆脱魔鬼，并且以此促使你们的实践力量不受制约。就这样，你们关于世界的知识和对于在修补世界中使用这一知识的希望，可能向前推进，以同等步伐、凭借一种顽固的幻想，这种幻想允许你们把恶视为在被善治理的世界内部渐渐缩小的裂缝。

这个话题到此为止。我决定避免陷入形而上学的领域，因为即使在这个地方，我也没办法用任何手段战胜你们阴影般的偏见；而且，有些事还让我给遗漏了，真不应该。我先把话说到这儿，你们可以提问题，但是我还要强调，和公众舆论相反，魔鬼是连任何程度的幽默感都没有的。因此，显而易见，我不需要控制什么，也没有什么可以划分等级的质地，正如不能说"石头不太是，或者更是石头"一样。

我把第一个问题重复一遍：既然魔鬼属于存在本性，那么天使堕落史是否应该理解为传说，而且做出这样的判断：莫须有的天使实际上是上帝与生俱来的永恒对手？

我要立即回答：不是。天使堕落史是绝对真实的，但是不应该因此推断：恶具有事实性质。注意到这一事实的绝对不可逆转性就应该足够。

现在看看第二个问题：作为存在的结构成分，魔鬼是否接受自己在世界秩序中的地位？

这个问题我回答起来很容易，但是我却不确知你们是否也能够轻易地理解。魔鬼渴求恶，因此想要继续推进自己的毁灭工作，不愿意改变自己在世界中的位置——或者无序中的位置，而更想要定位于对于秩序之否定。是什么，就应该是什么。他靠对这一切的否定而生存，同时又靠他所反对的这一切而生存，而这一秩序，就其本身而言，是通过自己的否定性力量而确定的。这否定性的力量就是魔鬼。魔鬼的行为以最终的形式完成，而这一世界也许是应该没有恶魔的，因此又是对恶魔的否定，但是恶魔只能在运动中存在，其方向则是完成毁灭。毁灭性的饥饿本身制造魔鬼，所以对饥饿的满足要求被毁灭的秩序保存下来，要求形成世界的两种存在形式的某种平衡，因此对我来说一切都谈不上可憎，只是一种平衡。接着应该承认，恶魔不是施行毁灭的饥饿主体，而是饥饿本身，因为饥饿主体可以得到满足，但是，对于饥饿本身而言，主体的满足意味着熄灭。从本质上看，在这层意义上，恶魔是把自己的存在放置在某一个天平上了，对于另一侧给予平衡，同时又追求对这一平衡关系的破坏，依据一种难以处置又十分矛盾的渴望，即在消灭对手之后保存自己。呆板的传道师们认为恶魔的所作所为是遵照上帝的命令，以某种方式运作，反对他的意图。但是，我要补充说，这个矛盾可以在上帝那里挖掘出来，可以把上帝视为和恶魔同样原初的存在，上帝不是绝对的造物主。如果承认这一原初性，那么，我们是否把恶魔视为对秩序的否定，或者秩序是对恶魔的否定，或者否定的否定，都是一样的，也因此我所谈的矛盾自然而然也成了上帝的矛盾。我理解对这一解释的某些反对意见，也不想再卷入这件事，因为对这件事的进一步的探索会迫使我详尽思索关于上帝的创造性本身及其消极性质。

现在看看第三个问题，其实这是上面问题的一部分：恶魔不能得救，这是不是一成不变、不可逆转的？

我觉得我理解提出问题者的意图。上帝对堕落天使的做法，在实质上可能是不公正的、令人不快的，可以将其比拟为他对人的做法。因为有一个从来没有引起天使学家们怀疑的事实：应该承认天使是比人更完备的造物，只要注意到天使的构成成分中基本上没有可以消灭的质地即可；这是显而易见的。那么，上帝为什么要以自己的儿子的受难和死亡为代价来解救人，却不对堕落天使也这样做？天使在完美程度上是大大地高于人的，当然应该会得到上帝伸出的手。在天使和人的堕落这两种情况中，罪孽都在于不听从；从上帝的观点来看，不计境遇和原因如何，不听从永远是同等的有罪的，会永远令他厌烦的。精英者的腐败更恶劣？这不过是句口头禅，没有论争的力量，而且即使是真实的，也解释不了什么道理；我再说一遍，不听从就是罪孽，不分等级，而且，永远是没有终结的罪过。结果呢？答案只能有一个：上帝没有拯救魔鬼，因为他不能这样做。如果考虑上帝的本性的话，显而易见的是，上帝必定是渴望拯救魔鬼的，那就是干脆把他们当作魔鬼加以消灭。如果他的渴望无效而徒劳，那正是因为天使的堕落并非事实，并非偶然，而是世界结构的必然体现，他的功效是不可逆转的，因为根植于存在的本质之中。拯救魔鬼无望是有关这样论题的最强有力的论据，这一论题把天使的堕落解释为生存的某种特质，但是这一特质是不可实现的，而且是与上帝共存永在的。我认为，从你们的观点看，这个论据可能是有价值的。

我听到了与此相关的第四个问题：是否因此可以论断，生存的基本结构不是上帝自由决定的结果，而他自己则卷入了不以他的意志为转移的规则之中呢？

我的回答是：是的，正是应该这样设想。

第五个问题：我们的教义问答教导说，上帝是终极造物主，那么这教义问答就是不真实的吗？

我的回答是：我看不出重审你们的教义问答有什么必要。在某种解释中是真实的，例如这一定则：上帝的创造力包括了全部的现象世界，因此也包括了与他不相同的全部世界。至于存在本身，它是不能与个别造物的总体集合画等号的，而且超出了善与恶的对立，对此，依我看，你们的教义问答也叙述得不清楚。但是，我也认为没有必要把限制性的规则引入其中，因为像这样的关于存在的问题，总的来说，不应该进入你们的兴趣范围之内，因为它超出了现象世界的范围，而现象世界在你们的各种语言中是可以顺利形成问题的唯一空间。在这方面，巴门尼德、黑格尔和海德格尔的失败是具有教育意义的。

第六个问题：这一情况对于人来说是不清楚的，那么，魔鬼是否清楚，即如果秩序及其对它的否定的同等共存性所构成的存在超越并驱前于这两个因素，那么，这共存性还是魔鬼所能够把握的吗？换句话说，魔鬼也非相对性的存在吗？

我的回答是肯定的，但只是作为精神的不可避免性，多少像是康德哲学的理念，像是积极思维的纯粹边缘性现实。用实证主义的方式来把握魔鬼是不可能的——我可以设想，对于上帝也是如此。魔鬼的知识很多，但是他不是全知的；你们都知道，这一命题见于歌德。希望在这方面你们不要再对我提出问题。

第七个问题：我认为太幼稚，不过还是要简短地回答。问题是：魔鬼是否能够创造奇迹？

这个问题提醒我，先生们，你们对魔鬼的行动方法所知甚少。魔鬼是通过人的行为活动的，而不是通过令人惊骇的自然现象或者伎俩。这些手法是为娱乐用的，但是魔鬼不懂娱乐。当然他可能像笛卡尔设想中的魔鬼那样制造出一种虚幻的现实，也可能像马克斯维尔的假设中的魔鬼一样，在效果上制造某种显而易见的非真实的状态。也许，只要这种行为的目的在于让理智失败，他就做。但是，通过接受明显的现实而造成的错误是不符合我的工作的原初方针的；这样的错误不能令任何人感到耻辱，而且在被承认是错误的时候，它的本质和有些不可避免的性质依然被接受。没有人笑话哥白尼以前世世代代的人们，他们相信地球是静止不动的；他们自发的和自然的信念之于他们只是一个背景，只有在这一背景上才显现出哥白尼的天才。如果说错误是魔鬼的目标，那么，这种错误令人羞耻，应该引以为耻，换句话说，这种错误——请注意——是人的过错造成的，至少人应该承认，是人自己造成的，是一个耻辱点。魔术手法，或者误导现实的方法，不是魔鬼工作的重要手段。我已经说过，这是枯燥的、毫无意趣的工作，没有进益的成分，没有令人感兴趣的幽默。魔鬼的破坏行为囊括了人们负责治理的空间，而他所制造的邪恶，必定用羞耻来鞭笞人们，才能达到目的。例外只有一个。它就是死亡——不是指死亡的个别的事实，而是"它是不可避免"的这一事实。

最后是第八个问题：已经很明显，既然魔鬼不是全知的，那么是不是可能他自己犯了错误，因此，例如，由他偷偷输入世界的某物，作为令人汗颜的错误而竟然显得是真理？

我的回答是：这是不可能的，因为魔鬼的聪明才智很高，他完全知道自己的局限性，所以他认为超过这些界限的问题无效。也正因为如此，魔鬼才有别于人。

有人又提出第九个问题：如果完全知道界限，那就已经在认识上超越了界限；如果触及界限，就等于触及界限之外的事物。如果魔鬼的知识确实是有局限的，那么，在提出问题和给予回答方面，他就不可能避免错误。因此，不能够承认他的宣告具有权威性，尤其是涉及他自身存在的宣告。

我的回答是：这不是一个问题，而是试图引发讨论，很可笑。但是魔鬼一般不和人进行争论。他的存在不要求理性和证明，因为没有事实的本质。如果人以另外的方式解释他的存在，例如，给予他因果论的性格，那只不过是人类的一种错误。但是，我已经说过，人类相信我的存在与否，与我关系不大。几个世纪以前，神学家们就已经提示过，魔鬼的同伙是最容易识别的，因为他们否认魔鬼的存在。这句话里包含了真理的种子，当然，这句话有点夸张。让我们返回我这篇讲演的开端吧。从本质上说，你们不信仰的态度不仅没有阻止我的工作,而且有助于它;还有,令人蒙羞的错误,是传统慢慢脱离残存的、空荒的威仪而陷入衰败的结果。这一景象对恶魔来说却是好消息,好消息。也正因为如此,我觉得有益,因为我说的内容,以及我今天宣讲的都已经一去不返,沉入你们的记忆中,让你们所读过的、你们一分钟以前还可以做证的一切都成为虚夸和幻景,而且和这一分钟一起跌进最后的遗忘之中。

路德博士1521年在瓦特堡和魔鬼的谈话[9]

你这个癞皮狗,你想要什么?你为什么来了?来吓唬人吗?

---

[9] 马丁·路德(1483—1546),16世纪欧洲宗教改革运动的发起人,被基督教新教路德宗奉为创始人。1517年10月31日,路德在维滕贝格教堂门上张贴《九十五条论纲》,反对销售赎罪券,在德意志社会各阶层对罗马教廷强烈不满的背景下,揭开宗教改革的序幕。1520年,教皇利奥十世发出谴责路德的通谕,支持德意志诸侯没收教会财产。1621年1月3日,教皇开除路德的教籍。神圣罗马帝国皇帝秉承教皇意旨下令逮捕路德,而萨克森选侯庇护路德,把他隐藏在瓦特堡。路德对新教运动的巨大贡献是把《圣经》翻译成德语,开创了把《圣经》翻译成为现代欧洲语言的先河。路德的译本至今仍然在德语国家使用,给德语和德国文化带来重大的影响。关于路德和魔鬼的关系,16世纪的神学家科克莱乌斯说,他本人可以证明撒旦曾变成小贩沿街出售宝石,以引诱路德家族一位成员的女儿,并且断言该女允许宝石小贩留宿家中,路德即此女与撒旦所生。又据哥德尔曼1580年前后出版的《论魔鬼》,有魔鬼拜访路德,路德放了一个响屁把他赶走。还有一次,路德脱下裤子,把屁股亮给魔鬼,魔鬼被吓跑。作者还提供一则逸闻:"一次,一位修士去拜访路德,问他教皇有什么恶习。路德认出这个来客是魔鬼。魔鬼被识破真相,恼羞成怒,放了一个大响屁,顿时烟雾弥漫,恶臭熏天,持续数日。魔鬼临走,还怒气冲冲地把一个墨水瓶扔进壁炉。"——译注

我不怕你,你在我周围转悠,就像神父牛棚里的牛粪一样。大概你还想诱惑我,是吧?教唆我犯罪,对着我耳朵悄悄地说坏话,挑拨起情欲,对吗?你也许还盘算着要调教我,让我用拳头打仆人脑袋,像猪一样酗酒,调戏农庄上的村姑,还有什么?喂,我怎么才能做到这一切呢?你一定认为,你已经用你的毛爪子把我抓住了,把锁链套在我脖子上了,跑不了了,是吗?哎呀,不是太快了吗?你又不是一只燕子,我也不是一只草鸡。没有你我也能够犯罪,我想干什么就干什么,用不着你来诱惑,你这个污秽的畜生,就是嘛!没有你我也犯罪,你拿我怎么办?对于这些罪孽,我们的主甚至连手也不愿意挥一下。哼,你还想迫使我感到绝望,还想命令我怀疑上帝,还想吓唬我,让我蒙受耻辱——是啊,我承认,你要把我当战利品,像盘子里的炸肉排一样。可是你试试呀,你只要考验我一下就行,我,路德博士,马丁·路德,你试一试让我陷入绝望,或者恐惧,或者耻辱。上帝是坚固的堡垒。我就在这堡垒里保持稳坐,你想干什么就干吧,还有什么罪行吗?我觉得可笑,上帝觉得可笑,我和他都会笑一阵的,就是这样。我是在这里面的,双脚扎了根,你明白吗?你推不动我。那你还不快滚,还要什么,还有什么可干?这儿没你的事,跟你没关系,你可以赖在这儿到世界末日。你到底等什么呀?我告诉你,别浪费时间,去找意志薄弱的人吧,路德博士不是你要找的人,你走错了路,滚吧,我说!

　　你怎么还在这儿呢?瞪着眼睛,不说话,怎么回事?变成哑巴啦?你不说话,大概想用沉默来打败我,甭想!我也会沉默,要是想沉默,比你更沉默。现在是不想。你盯着我,不说话;盯着看,不说话。

怎么,你变成了一条鱼?一个雕像?滚,滚,我要生气了。嘿,我知道怎么回事了,你等着我发火,你想着上帝会把愤怒当成罪恶。你这个愚蠢念头,太可笑了,你根本不知道,对魔鬼的义愤在审判的时候会变成黄金?

不过,如果你愿意,咱们可以谈谈,反正我不在乎和谁谈话,我说,可以和上帝谈,也可以和小鬼谈,只不过不知道该跟你谈什么。你害怕桌子上的牌了吗?你这个收破烂的,你知道这是什么吗?是经书,《圣经》,是我们对付你的咒语、你全部胡言乱语的护身符,你瞧,你瞧啊,啊哈,我已经知道是怎么回事了!你是知道的,现在全体人民都阅读《圣经》了,你害怕这样的局面,对不对?你恨得牙根痒痒,愤怒,你说,你说,你这个歪鼻子的,现在怎么办?是啊,人人都读经,人人都认识真理,连小孩子,打短工的,只要认字,就会知道一切,而你呢?你要藏到哪儿去,还有你的谎话,你的异端邪说?我明白你在干什么,这儿让你骨头疼,你这个坏包儿,你想使坏,捣乱,妨碍大家听取上帝的话。可是我一点儿也不担心,《圣经》是给人民看的,给一切人,你就是气炸了,《圣经》也……

"我们的父,你在天上,遵从你的名……"

怎么?你怎么还不逃走?连十字架也不理睬?走吧,走吧!没事了吗?可是,你的胃里还在翻腾,你别说没事,你已经气短了,你嘴脸不动,我承认,可是这十字架让你五内俱焚,不是吗？但是，你不能指望路德博士的宽恕，连对人都没有宽恕，何况对你这个巫婆们的老爹？你招惹我厌烦，听见没有？你看着，看什么看？好像要看透我的心肺，上帝知道你还想看出什么来！上帝当然明察秋毫，一竿子扎到底，连最秘密的念头也能看见，像光天化日下的城市，揪出最隐蔽的罪恶欲望、丑陋思想、欲望、每个肮脏的念头，什么也瞒不过他。而你呢？你把人的灵魂扫上一眼，就能看见最粗糙的罪恶，所以你认为你聪明吗？你是这样想的，你说！可是你看看自己吧，我也让上帝看，让他看见一切，罪孽吗？是的，罪孽，我呢？我是圣徒吗？我不是圣徒，是罪人，也罢！罪人和罪人不一样，我跟你说过，上帝是不看罪孽的，重要的是看心灵，我的心灵里洁净，像桌子上洗得干干净净的桌布。你在干什么，你在那儿看见什么了，找到了什么？你说，贪吃贪喝？这倒是了！我们的躯体从哪里来，这躯体又是什么，不就是戴罪的臭皮囊吗？我用躯体犯罪，为贪婪服务，我承认，还能做什么？精神时时刻刻就绪，而躯体是软弱的。性欲呢，那只是在思想上，在精神上，不是在行动上，是的，就是那种罪孽，就是有人盯着看女人什么的。《马太福音》第5章，第28节——是作孽，可是又怎么办，口腹不服从精神，更不用说肚子下面了！

傲慢吗？没有啊！你也不必再夸张了，宝贝儿，你看不到的，你也好，我的主也好，都看不到，我身上没有一点傲慢，半点也没有，根本就没有，有的是服从，服从，还是服从。我做什么，不是自己要做，而是上帝的吩咐，我会什么，都是上帝教的。我自己什么都不是，只是灰尘，而一切都在上帝，我为上帝服务，宣告上帝的真理，不是出自自己的力量，不是出自自己的聪明，而是上帝的英明。服从！要像那些儿童一样——《马可福音》第9章——王国的秘密就在这里！我懂得真理，可是这不是我的真理，而是上帝的，不是取自自己，也不留给自己，上帝的力量在我身上是聪明的，我熟悉它，聪明来源于他，又哪儿来的骄傲？我身上没有骄傲，丝毫也没有。

懒惰吗？这方面你更别说什么了，不是吗？你不知道羞耻，说瞎话，你还有脸当着我的面谈什么懒惰吗？用不着废话。忌妒吗？你这个老骗子，你的脑袋呆了吧，我能忌妒谁，忌妒什么？我想要的都有了，你要明白，我有上帝，我还能缺什么？也许我忌妒你，可是为什么呢？忌妒你的鬼把戏——魔力、恐吓、误导、引诱的力量吗？就是说，住在天堂里羡慕地狱，你真是蠢到了家，跟你白费口舌了，够了，够了！

你这些蠢话和胡说，真让人头疼。我得去睡觉了，今天干的活儿够多了，整天守在桌子旁边儿，这是为什么呢？显然，一切都是为了你，是的，要把你双手把持的属于大家的东西都取回来，你干什么都有目的，那你就胡折腾吧，耍滑吧，你这个畜生，上帝会用我的手把你的台子全拆掉的。在这大地上，你不会得势的，你可以把世界化为乌有，可以穿金戴银，戴上皇冠，可以坐在一切王位上，和教皇在一起，但是，在天国的大门前你会像狗一样狂吠，不过，门不会为你打开。你还说你不愿意？你不愿意，是因为你办不到；就是这样。为什么你办不到呢？因为你不愿意，当然。你不愿意，因为你办不到；办不到，因为你不愿意。

我说这样的话，因为这是真实情况。如果你有一次愿意，你本来是可以进去的，但是你不可能愿意，你一定是情愿在你那泥坑里打滚，找麻烦，痛苦不堪，愤恨得咬牙切齿，同时你又不可能想要脱离这痛苦和切齿痛恨，因为你一旦愿意，那就表明还有残余的善良保留了下来，你还能想到解救，但这是没有的事！所以你生活痛苦，而且你这痛苦是自找，痛苦会长驻不走，你知道，你必定在痛苦的地方持续地守着，你还想违背自然，要扩展这痛苦。说怪也怪吧，可是造物主也不会弄出这种怪事来。

你翻白眼干什么？因为我说破了你的命运吗？唉，你该记得你的命运，该记得，连一眨眼的工夫也不能忘，因此你就这么闹腾，变成了两个你、三个你，勾引灵魂，增加世界上的痛苦，为的是不用让你单个受到威压、单个留在黑棺材里烂下去、万劫不复。你可怜，可悲，正是理所当然！

"我们每日的面包……"

够多了，所以你不懂得害怕。可以肯定的是，你虽生犹死，没有希望，连恐惧也没有。凡是怀有希望的人，必定有所惧怕。你，你受到诅咒，得不到拯救，你已经什么都不怕了。

你以为我对这个局面感到诧异吗？——你不懂得惧怕吧？你生活得信心十足吗？我呢？嘿，我是有信心的，这你知道，不是吗？我既然一劳永逸地放弃了自己的意志，永远服务于上帝，就没有了恐惧，因为我的正义不是我的，而是基督的，我什么都能做，什么都不怕，我不是为自己生活，因为为自己生活就要依从你的权杖，而为上帝生活就是放弃自己。我说过——上帝，我为你效劳——我说过，我的一切都献给你，你想做什么就做，你的一切都永远明智而嘉善。其余的都不要了，什么都不要，其余的一切都是你的，你蛊惑吧，想拿什么就拿什么吧，美德或者罪行，智慧或者愚蠢，正义或者非正义，什么都给你。

你看一眼吧，你用什么治理？你想要什么就有什么，只有一样例外。你想占有整个世界、财富、权力、城市、国家、帝王将相吗？一眨眼的工夫之内你就如愿。你想要用罪恶来统治吗？好得很。想用美德统治吗？好啊，你有你的美德、学问、正义、纯洁和施舍。这都是你的。还有什么呢？你也许还想要一个，一件独一无二的东西——但是你永远也得不到。一个渺小的心灵，如果怀着信仰在主面前哭泣，就已经把你整座的宫殿化为废墟，一切城市和王国化为乌有，一切善恶行为化为乌有，巴比伦和罗马化为乌有。出于信仰而在主面前像蜡一样熔化的灵魂——为了这样的一个灵魂，为了它，你本来是可以放弃整个大地和太阳以及众星的。可是你没有这个境界，永远也达不到。然而，我还为什么对你说这些话呢，既然你都明白？也许是为了浪费时间吧，其实我是没有清谈和空谈的时间的。

这一次，这唯一的一次，如果你愿意，我可以和你达成协议。一个协议，一天的，一小时的，行吗？今天我可以放下《圣经》工作——你已经有收获了，因为只要《圣经》迟一天出版，那么，连一个灵魂也不会得到拯救，而你的收获也不会到来。你会有收获的。为此，我只想要求你一件事。把你的住处，连同那里的一切，给我看一个小时。让我看看在没到脖子的网子里、罗马大主教们像野味一样放在烤肉架子上的那些伪善的诗人——你那一伙,都永远浸泡在冰水之中;啊,我就想看到这个情景,开开眼界。你能让我看看吗?对于你来说,这没有什么,一钱不费,而收益是确实的,由于《圣经》推迟问世,一个,另一个灵魂会误入歧途。可是这些灵魂,我现在为上帝捉到的,算不了什么——对你来说已经很多。怎么样?拍不拍板?

不拍?你不说话,不知羞耻的东西,你沉默,不说话!好吧,不说就不说,我也不求你。但是你现在滚吧,快点,我说得够了,白费,白白费了时间……

是啊,这一回你赢了。一眨眼工夫,打一次闪的工夫,你赢了。我想凭自己的力量把你赶走,靠人的意志把诱惑者驱逐,我差不多相信,人的力量能够和魔鬼格斗。但是,主向我展示了我的虚弱,凡是信赖人的,都受到诅咒;主令我谦卑,永恒的恩典,是我的过错。魔鬼,你坐在这儿,就等于惩罚我。

是啊……我们身上有罪恶之根,是真的,这是你轻而易举的工作,你这个怪物,是轻而易举,用光线照亮空荡荡的路,动动手指头。你,一个人,只要自作主张把脚一抬,向前迈出一小步,就已经走上了撒旦之路,像球掉在坑里一样,于不知不觉之中,就滚到了魔鬼的大门前。

是的,你能抓住人的灵魂,不费劲。主是这样安排世界的。为什么?哎哟,愚蠢的问题,还问什么——这已经是向人的好奇心放开闸门,把破损的理智煽动起来,请求魔鬼的帮助了。上帝的作为都是英明的,原因嘛,也就不用问了。《圣经》上说的:

凡是好的，就是好的。

正如我们要宽恕他人那样，我承认我有罪。

怎么办呢？现在我拿不定主意，只好容忍你在这儿，因为主不想把你从这儿赶走。

主啊，发发慈悲吧。让你的意志竖起，不是我的。把这污秽的牲畜、黑毛的秃鹰赶走，把这个吃死尸的野兽拉走，但是这不是我的意志，是你的。

又衰老，又害怕，又衰老，又害怕。我的手掌一点力气都没有，像干枯的树枝，你一把它拾起来，它就长出力气，像大卫的投石器一样。主啊，你把它拾起来，我觉得你愿意，你要用我无力的手驱赶世界上最强有力的恶魔。拳头已经攥紧，还有墨水瓶。是啊，把黑墨汁洒在教唆犯的尖嘴猴腮上，表示出你对他的痛恨。用我的手，用我的手。滚，你这个污秽的猪，滚吧！

喂，有人吗？来人呀，有人在那儿吗？来人，来人！镜子，镜子砸碎了！

使徒圣彼得受诱惑[10]

在主的最后一个小时,他的使徒彼得受到春天的诱惑。有这样的声音传来:

彼得,你听到我的话了吗?彼得,你听到我的声音了吗?你注意,注意,彼得。他们直截了当地问你,有针对性的问题,

---

[10] 彼得是耶稣十二门徒之首,其生平事迹见于《圣经·新约》的四部福音书、《使徒行传》,和被认为是他本人写作的《彼得前书》和《彼得后书》。据记载,他曾带头承认耶稣是基督(希腊文,与希伯来文"弥赛亚",亦即"救世主"同义)。因此,耶稣给他改名为"彼得",意为"磐石",还说教会要建立在这磐石上。耶稣被犹太教当局拘捕的时候,彼得曾暗随到大祭司的庭院,被辨认出来之后曾三次否认是耶稣的同伙,事后深感懊悔。耶稣死后,他成为众使徒之首,建立教会,后来在各地传教,在罗马建立教会,被尊为第一任教皇,奉为圣徒,称圣彼得。后在罗马被捕入狱,约在公元61年被判极刑,钉十字架。彼得自认为不配受到与耶稣相同的处死方式,让刽子手将他头朝下倒钉在十字架上。——译注

永远指向你一个人，他们到时候要问你：你是不是拿撒勒的耶稣的同伙，他这个煽动分子，权威和秩序的敌人，他来了，不是宣扬和平，而是刀剑，你跟他在一起，是不是，彼得？你怎么回答，你想想吧，彼得，好好想想，因为这是最大考验的一个小时。你和拿撒勒的耶稣在一起吗？是他的学生，在非法活动中的助手吗？……

你说什么？你必须说，是的，是这样。你不要违背你的主，涂油者，主的儿子，在临死时刻不要背叛你的老师。应该赞扬你，彼得，赞扬你的忠诚和你灵魂的勇气，你交出你的躯体，忍受最残酷的折磨，交出你的生命，遭受残酷的虐待，你的生命和你的妻子的生命，应该赞扬你的忠诚，彼得。

你想问什么？你是知道你的下场的，躲不开。你会先听见你一双手掌里面骨头的碎裂声，那大钉子在锤子的敲打声中把骨头砸碎。你已经感觉到肩膀和脖子的肌肉慢慢崩裂，感觉到你的鲜血咸味的潮湿，那血从破损的肺部蹿升到你的喉咙。是的，你已经感到剧痛和窒息压制你的胸膛，疲弱地吸气，像沙地上的一条鱼一样，膨胀的肺部正在封闭。还有脚骨节上的钉子，你感觉到了吗？彼得？是啊，还有那麻绳把皮从手上挫下来，绳子十分结实。你感觉到了吗？汗水和鲜血混合起来，流进了你的一双眼睛？还有当兵的和乌合之众的乱打，皮开肉绽？膝盖被棍子打裂，脸被刀划伤？唉，不，在那十字架上，你是听不到围观的人的喧嚣的，甚至他们扔来的石块也感觉不到的。是啊，他们肯定开心，他们一向喜欢对准不动的目标投石块。时间长吗？

噢，不太长，从天亮到天黑。不过是到天黑。

你问你的妻子情况如何吗，彼得？唉，落入醉酒大兵手里的女人的下场，你大概是知道的。还能告诉你什么呢？

但是，你是不反对你的主的，不反对，彼得！

你还问什么，彼得？现在，上帝的儿子即将走开，你又随他而去，那么，上帝的教会会怎么说呢？怎么样？沉重的日子就要来临。有谁能引导青少年，保护他们不要走上邪路，不要回归偶像崇拜，谁能为真理捕捉到新的灵魂？在迄今为止长满荒草和灌木丛的土地上，有茂盛的葡萄藤长出，需要身强力壮的园丁，需要超过常人的热情，不同寻常的献身精神，永不懈怠的勤劳耕耘。你问，有谁能承担这巨人般的重担？又有谁能够回答你呢？艰难岁月正在到来，艰难时世……

在世人认识救主、将其视为自己的救主以前，有谁知道会出现什么情况？大家都说，主的许诺是不会失效的，因为他自己就说过，地狱的大门不会战胜他的天国的。他说过，他说过，他还下令注意让刚播下的种子发芽，还说，如果没有园丁的关怀，沙子里的种子会干枯、会死去的。彼得，他把锄头和水罐交到了你的手里，让你看护幼苗，不让它受害。

彼得，你问你现在该做什么吗？那你问问良心吧，在精神上请教你的主，因为你对他忠诚，而且一直忠诚到审判日。你该做什么？你已经下定决心，任何折磨、任何痛苦也不能动摇你的忠诚。彼得，你要注意，这个决定是一成不变的、坚定不移的。现在你只应该考虑一件事：任何保持住在你身上燃烧的这忠诚之火，让它从自身引发出最多的热，让心灵感到最大的温暖，感受到甜蜜的热力。这样，彼得，你就不会问你是不是应该忠诚于你的主，因为这是一成不变的，即使整个地狱全坍塌压倒在你身上，也不能稍有动摇。你问，哪一个词语最适用于你的忠诚。

上帝的教会，上帝的教会……主指定你为神圣航船的舵手，无论是遇到暴风骤雨，还是风平浪静、和平与战争、成功与失败、播种与收获、说话甘美和含辛茹苦。你要掌稳舵，你是接受了主赋予的权力的。

现在你要想一想，用心想一想，要凭借那个在整个大地上唯一被选出的人的勇气。现在你要放弃掌舵，和你所熟知的这个人一起投入深渊，因为他已经下沉，没有任何力量能够把他从深渊中挽回。你知道这件事，对吧？他告诉你了？圣书上是这么写的，先知们凭上帝的灵感这样说过，主也是这样说的。为了让人的命运完满，为了亚当孩子们可怕的罪得到赎救，你的主在孤独中走上最后的路，而把羊群托付给了你。你跟他去吧，把羊羔都放下，只为了在死亡时刻在一起，却又不能救他，你跟随他去吗，彼得？唉，这是心胸狭隘的勇气，不忠诚的忠诚，懦夫的奉献，轻易的姿态。

但是，在主的死亡时刻，通过狂风把船引向未来的荣誉，不顾暴风雨屹然坚持下去，为保存别人而保存自己——这是可歌可泣的作为，彼得！

彼得，你要好好地衡量一下主在你肩上放置的重担。很沉重，是吧？肌肉酸痛，心里发慌，正在滋生出强烈的诱惑，要把它从肩膀上甩下去,在绝望和虚弱之中跳进死亡的冰冷深谷。彼得,你想摆脱舵手的严酷劳作,吸引着你的是死亡的无为,天堂里歇息的休闲懒散。为了一天的痛苦——从天亮到天黑——对于你来说,也许这正好是坚定忠诚的证明,你和上帝之子一起被指定享有天上的至福——要赶快奔赴那里。但是,滞留大地泥潭中的困苦,忍受生活的辛劳,饱尝知恩不报的苦果,忍受不信仰者的嘲笑和信仰者的狭隘心胸——这一切才令你惊骇,彼得,这是你想尽快摆脱的事。唉,你的精神不坚强啊,彼得,你想避重就轻,你的心是懦弱的,不能成就大业。如果传达上帝之言的第一个人面对强敌而逃遁,投入值得赞赏的死亡的怀抱,那么,上帝的话还怎么能够制服世界!

彼得,你已经走到你良心的黑暗谷底了吗?你向自己揭示出你自己的怯懦了吗?你不是凭虚荣把它称作忠实和勇敢吗?你决定不顾严酷折磨而不逆反上帝,并且在他的权杖下站在他身边的时候,你是否就已经明白你必定逃脱撒旦的诱惑?你是否已经理解了诱惑者隐而不露的阴险——他用受难的景象把你从坚定的义务之心拉开,把舵手从上帝的船只中抛出,让真正神圣的教会听凭风浪摆布,直到毁灭?你看到了地狱的狡诈计谋吗?

那你要怎么办呢,彼得?你是要反对上帝,违背他的旨意的。不是一次,不是,这太少了,而是违背三次,置之不理。但是他知道,他理解你的灵魂,上帝的目光是看到你良心的根底的,他知道你承担了最沉重的担子,为的是不使大事业半途而废。他原谅了你——哎呀,我这是什么话呀!——没有什么要原谅的呀,他是从天上宝座许诺展示他甘美的答谢的。他知道你是他花园里最忠诚的园丁,你只是为了哄骗敌人,才放弃了他的名义的。但是他教导,让你们像蛇一样狡猾,因为那是和死敌的斗争,是在黑暗中摸索着进行的,是一小群忠诚者反抗野蛮的大军。不允许让上帝的士兵中敌人之计,白白丧失生命。你违背了上帝,彼得,是吗?违背他三次?荣誉归于你,彼得,荣耀归于你的勇敢、你的广阔胸怀、你的忠诚……

现在,现在你想想,彼得,现在还可以想想:啊,何等的解脱!没有死亡,我还活着,没有折磨,把这平凡的躯体从痛苦中解救出来,是何等的幸福……

就这样,彼得违背自己的主三次,并且以此建造了伟大的教会,还把对于自己的功绩和忠诚的伟大赞扬交到自己的继承人手中。

恶魔与性[11]

对恶魔来说哪个门最大

对于释经家来说，有一个不小的难题，《创世记》第6章中说："当人在世上多起来，又生女儿的时候，神的儿子们看见人的女子美貌，就随意挑选，娶来为妻。""神的儿子"是什么人，他们和人的女儿发生肉体关系，给世界送来下面几个句子里提及的伟人族吗？也许他们干脆就是人类的男性部分，像教会中公开宣讲的那样？那么，《圣经》为什么又立即说，人们繁衍起

---

[11] 按照弗洛伊德的精神分析理论,性的作用和影响几乎无处不在。大千世界中的一切生命(除了无性繁殖的),尤其是作为万物之首、万物之灵的人，都脱离不开性。人既然脱离不开性，魔鬼就利用这一点来加害于人。这篇故事的情节，是以真实的历史纪实为依据的；主要涉及的是着魔、魔鬼附体、人魔立约、驱魔（祛魔），以及驱魔人受迫害。——译注

来,后来人的女儿的美丽吸引了上帝的儿子们呢?那么,天使呢?闻所未闻的情况是,没有肉体的灵魂在肉体爱情中和有罪的女人躯体贪婪地结合起来。不应该允许的理念是,男性是天使的成分,因为教会博士们都异口同声地明言反对。的确,任何对《上帝之城》不生疏的人都不应该对此表示怀疑;在这部著作第9、第11和第12卷中,圣奥古斯丁细致而深入地评论了这些问题。后来,法师圣迪奥尼斯在《论天上等级制》中,又以可能是最高的清晰性讲述了全部问题,因此,怀疑这件事就可能的确是滥用智慧了。我们还要注意,圣托马斯在反驳犹太人和撒拉逊人的错误的同时,在《反异教大全》第4卷第83和88章中证实,虽然在肉体复活之后,肉体全部器官都归还给人,其中还有那些在尘世用于生育、在尘世人人乐于享用的性,虽然甚至没有去除女性与生俱来的软弱,但是,受到祝福的人们不能够享用这些赠,因为这些赠之保存并非为此目的,而只是为了回报自然的人体。这样,可以得出结论,就连复活的人类,完全返回到了自己的躯体,也不再感受到这一罪恶的欲望,所以,情色之欲就会更少地留驻在纯洁的心智之中;关于这心智,在上文引证过的著作的第15章中,圣迪奥尼斯说,即使在比喻上给予他们腰身,也是为了比喻,拿这神性的生育力和可以感知的人的弱点对立,这种生育是没有肉体因素的。因此,把性别给予天使是不可能的;同时也很难假定一下子给予他们;后来,造物主又把自己最高级的造物阉割了——这话真是羞于出口——因为无论如何是不适合于造物的完美特质的。

另一方面，如果把给予天使的这个观念抛开，那么，理解《创世记》这一章也就不容易了。还有，每个人在《以诺书》中都能看到同一个故事，还补充有不少细节，这些细节令人不得不怀疑这是涉及天使的。的确，教会没有允许把《以诺书》列入公布于世的圣书各书当中，但是——我不是说缺憾——但是在流传于世的圣书中隐藏着谜，因此，可以使用未公布于世的，来更好地进行深入的探索。根据《以诺书》的叙述，天使受到地上少女美貌的诱惑和对这些少女的欲求之不可抗拒的推动，从天上来到阿蒙山，数目是二百，和地上少女居民恋爱和做爱；撒米亚撒是他们的首领，和全部少女一起发誓，他们永远不放弃决心要做的事。

就这样，据《以诺书》记载，性的烈火导致天使的堕落。就这样，由于做爱而诞生了恶魔团伙；世世代代以来，这个团伙埋伏着，时时造成人的毁灭，以其无耻狡猾促使造物主不为人所理解的判决得到执行。就这样，全世界的首恶，这撒旦的原理，不断地误诱人，直到末日审判；这原理就来源于这件事，来源于这种从一开始就给予了人类的两性（还并不是因为罪恶——正如诺斯替教学者奥利金、埃留金、伯麦所教导）。不足为奇的是，正是通过这罪恶的地方，恶魔的诱惑找到了门径，也正是：欲望最盛之处，正是弱点最大之地。而且，圣奥古斯丁的结论与此也不矛盾，他在第9卷第20章中表明，"恶魔"之名本身就来自知识，由此可见，知识的自豪感超越一切，充实了撒旦的本性。我们说，这里没有矛盾，因为人人都知道，求知的愿望和感受的欲望永远互不分离。其中以哪一方为首，我们不必再问，因为我

们知道，在一切的一切之中，都是造物主为首。

关于魔鬼为捕捉灵魂而使用的阴谋诡计，从德尔图良开始，就写出大量著作（在这衰败的时代，很少有人光顾），描写把普通男女交给人类大敌人受奴役的场景。一些宗教会议和相当大数量的教父把凭附人体事件咬定确凿无疑，因此，在这件事上，怀疑教会正确信仰的至理简直是不可能的。如果研究在一切时代都反复出现的着魔事件，就不难发现，只要把男性和女性拉近的激情点燃，就必定有地狱火光挤进灵魂。

在上帝允许由于人的罪过而使不和与纷争潜入教会忠诚人士中间的时候，在很多人遭受路德或者加尔文教义的调唆而毁灭的时候，在无神论者在一切国家和公国抬头的时候——在这些时候，撒旦获得了不小的控制灵魂的权力。撒旦倒也不是同样地侵入一切人，而是穿过这里的门靠近一些人心，穿过另外的门靠近另外一些人心，并且寻找反抗诱惑最薄弱和最可能的地方，就这样千方百计变花样以售其奸。同时，向他寻求帮助的人也在增加，没完没了，他们施展魔法妖术、占星预卜、巫术，用契约把自己的灵魂交给魔鬼摆布，把脸从上帝面前扭过去，走向永恒的毁灭。另外一些人，自由派和无神论者，无所不在，在法国那个地方滋生得最多，他们跟随着这个永恒分子的教唆开始宣扬，说什么撒旦是空洞的胡诌之物、无聊的闲话，是下等人、女人和孩子们的胡编乱造；就这样，为了给魔鬼效劳，他们明言反对说有魔鬼存在，其实是为了解除人们的警惕，把迷途中的灵魂推进永恒毁灭的圈套。最常见的是各种医师，作恶多端，说什么教会所说的魔鬼附体不是别的，正是麻风病或者精神错乱，是人的一己天性造成的，类似其他弱点，原因在于血脉中毒，凭人的医术，就可以治好，用不着上帝帮助，用不着什么驱邪。

17世纪末，有人发表学术著作《论恶魔凭附》，来反驳这些不信教的人，此人就是明达而被赞扬的红衣主教德·贝律尔，奥拉托利耶稣会奠基人和第一任宗师，在那教规严厉的时代，是法兰克人土地上教会的真正栋梁。我们说"红衣主教"，是表示一种预期，因为他在青年时期写了这部著作，当时他距离这一称谓还十分遥远，但是他的知识和见识已经闻名，和不信教现象斗争既稳又准，因此，在这篇文章中可以看到，这位志士坚强的肩膀承担着，并且从衰败中支撑了这个国家的几乎整个教会。

在这篇文章中，加尔默罗会尊敬的友人表明，从原罪时刻开始，撒旦就和人打交道（让我们注意，这一切配合得多么好，这两个方面——强劲的欲望和两性之间肉体交接的诱人魔力——在祖先的一次罪孽行为中汇合为一，这罪孽的合一之中无法看出哪一方面为第一或者第二，因为，显然，二者是互为依存的）。虔敬的红衣主教推断说，出自对上帝的恨，撒旦抓人，而人是依照这个上帝的形象创造的，但是通过罪孽为自己打开通往罪恶力量的途径。他还喜欢同时抓获人的灵魂和肉体，因为这是一个好地方，在这个地方，上天的大门永远是关闭的，而在地狱里则常常受到无法忍受的折磨。而当他像咆哮的狮子一样追捕人的时候，就颠倒自己的秩序，似乎在一个躯体内住着两个灵魂，这是违背自然法则的。上帝又是人的、又是魔鬼的主，为什么要容忍这些罪行，这是一个谜；对于这个谜，终极的思索必须温顺膜拜、崇敬主的高深莫测决断的义和善。但这也是对付无神论者和自由派最强而有力的结论——关于皈依的最好的论据，在地狱的威胁和恩典的甘美中都显示了力量。

红衣主教还说，不足为奇的是，从道成肉身的神秘时刻起，魔鬼就极为频繁地向自然施以这一强力；他想要无耻地模仿造物主，以他自己的方式模仿上帝与人在耶稣基督身上的不可理解的、实体的结合，把自己的堕落的心理和人的罪恶的精神连接起来。有些人浅薄地认为，赎救的作为已经摧毁了这种行为，这是不对的。相反，撒旦自己凭着强化的愤怒向基督徒灵魂猛扑，而上帝也常常默许这种罪恶，似乎又在道成肉身过程中给予人类超常丰富的恩典，并相应地允许了更大的恶。通过这一切，基督教的时代比异教时代感受到了多得多的恶魔附身事件。

世间能够认识的最大的恶就是魔鬼附体。在这里，对自然的贬低和道成肉身秘密中对自然的珍重，在程度上是等同的。在这种最严厉的折磨中，灵魂的全部活动和对肉体的控制停止，如果造物主在慈爱之中没有把祓魔的强大武器交到教会手中，面对撒旦的残暴，人就无法保护自己；训练有素的神父能够用这一武器制服敌人，把他从遭受不幸的肉体中赶走。我们也不要以为信仰本身就是对付着魔的良药，因为恶魔也有信仰，不会放弃恶魔身份。有一个普世教会，保存着恩典，也许能够把我们从地狱陷阱中解救出来。

这是对自然的违背，让两种充实的存在胡乱混合为一，而且，更奇怪的是，被联结起来的不是爱，而是仇恨。魔鬼的这一残酷法则，可能以各种方法和在不同程度上呈现，原因也各不相同。从人这方面看，原因可能是原罪，或者现实的罪，虽然在我们的想象中这罪很轻，但是，在上帝的天平上很重。甚至小孩子也常常受到打击，圣奥古斯丁在《上帝之城》第21卷中讲述了这一点。幼儿因为幼小是不会有现实罪恶的，又因为洗礼而清除了原罪，但是它的天性却给敌人以可乘之机。

敌人在不同的人身上试验不同的手段，为的是更好地控制每个人。对虔诚者施用超自然的本领，对怀有好奇心者施用智慧，对巫师施用邪恶。恶魔知道，教会比他更强而有力，所以他对教会施以狡猾，而不是力量，施以欺骗，而不是战胜。因此，他在人面前披狮子皮，在教会面前披狐狸皮。上帝虽然允许恶，却限制了恶魔的欺诈，允许教会揭发他的欺诈。

备受尊敬的红衣主教写的文章有的放矢，也是在此不久以后，特别是在南特赦令允许异教徒存在之后，在法兰西王国全国引起恐慌的魔鬼凭附现象开始增多，浮现出地狱式的怪异邪恶，同时也有造物主的很多慈悲与爱护，所以面对超自然的鲜明力量，不止一位嘲弄者感觉羞耻而保持沉默。对于不止一位神父来说，艰难的境遇已经到来，神父对毒蛇式的狡猾进行了艰苦的抗争，虽然没有能在这些奋斗中取得多少成果——而且自己遭受的损伤多于魔鬼——但是最优秀者在斗争中得到了胜利，以新的光辉照耀了教会过往的荣誉。

淫荡巫师与魔鬼的密谋

在那个时代，大概没有人像耶稣会神父叙兰那样感受到撒旦如此的歹毒[12]，在正义斗争中受到如此的迫害；这位神父和最强悍的魔鬼集团进行了导致损害无辜的战斗，在历史上少见。他的功绩更多地在于，在这些光荣的记录中，地狱之王通过人类天性终极的和最具背叛性的部分活动（依靠这些活动，人类在大地上繁衍），而且在肉体欲望中极力引诱献身于上帝的男人和女人的灵魂。可怕的战斗延续，旷日持久，叙兰神父从中总结出了确切的信息，对于忠实信徒是警戒，令罪人悔罪，令他们敬畏和爱戴上帝——其实结果是同一个。他的叙述还得到虔信人士的大量证实，这些人亲眼看到这些神圣的斗争，尽管有些自由派分子造谣诽谤，他们让天父本身受辱，又让他不幸的悔罪人受辱。

叙兰神父受召完成大事业的时候已经34岁。他于主历1600年2月9日出生。在故乡波尔多，他不仅受到地方耶稣会人士的教育，而且还受益于地方加尔默罗修女院所散播的教导，这个修女院是特雷萨改革的中心。他是十分虔敬的，在13岁的

---

[12] 叙兰神父着魔二十年之久，精神近于失常，不能说话，受到自杀念头的困扰。他在1630年5月3日的信里道出了着魔的感受："我这些年的遭遇，以及魔鬼如何令我迷失心窍，却又不夺走我的自由意志和心灵感觉，真是一言难尽。但是有一点确凿无疑，鬼魂像另一个我一样，出现在我的内心，仿佛我有两个灵魂，其中一个不具形体……面对这个外来的、似乎专属于我的灵魂，我自己觉得身心受困，万念俱灭……我想说话，却不能开口；想进食，食物却送不到嘴里；想忏悔，却想不起来我罪孽的万一；我确信魔鬼进了我的身体……每每醒来，魔鬼都在我身边；说话的时候，鬼魂随时可以夺走我的思想；我内心只要一渴望上帝，它对我就怒气冲天；我渴望清醒，它却使我昏昏欲睡。"——译注

时候，就发誓保持自制。他16岁进入耶稣会隐修，十年之后得神父圣职，以后在各地加深自己的信仰和在圣神学研究中的基督徒热情，在这方面，祥和的命运让路得维希·拉尔芒神父当他的导师。在长到基督年龄之前，他的研究表现出走向内在虔敬大道的意向和对超常精神恩典的渴望，后来，他的隐修兄弟中不止一个人心胸狭隘地认为这不好，但是在这方面他同样地从圣特雷萨那里和圣伊格纳西的《修行》中得到鼓励。从青年时代起，他就对最神圣的圣母的丈夫约瑟怀有特殊的敬意，这一点在生活中不时地给予他不小的帮助；为了表达虔敬，他取名约瑟，加在洗礼时候得到的名字约翰后面。他也擅长引导和咨询，给予许多人精神帮助，尤其是女人和寡妇，例如杜·维杰女士，对救世主怀有极度神性之爱，有一次把天上神性闪电引向自身，令她感受到非人间的甘美；如此虔敬的少女，虽然躯体没有发育完全，而且还有残疾，但是已经深谙超常神圣心智，名叫玛德琳·波瓦莱，出身于格诺教派家庭，走向真正的信仰，而圣母教导她，保持贞洁需要多么大的代价，而异教徒们对此是不以为然的。在布道的时候，神父不止一次看到了撒旦凶暴无耻的歹毒，撒旦想要引诱他的忏悔信女，但是归于徒劳；他还辨别出，这个巨兽常常游荡在加尔默罗派女信徒中间，巨兽最多地追逐特雷萨的门生，残酷地迫害她们。但是，如果比较一下和魔鬼的这些起初的龃龉与后来的斗争，上面的事就不算什么了。

1634年12月15日，约翰·约瑟神父来到卢登城，是阿克维塔尼亚的大主教派他去帮助被魔者们进行反抗魔鬼进攻的残酷战斗的。因为这些闻所未闻的攻击和邪恶之人做出的预示世界末日的纵欲行为,一段时间以来,威胁和怪事降临该城。

然而,行动一开始就发生争执,争执把圣十字协同会的两位神父分离;米尼昂神父是一位德高望重的人,正在和格朗迪埃神父打官司,后者是一个不体面的自由派和放荡分子[13]。他能说会道,滑头滑脑,丝毫不顾及自己的精神状态,到处打听在哪里可以像牲口那样完成无耻罪行——追逐少女,以求满足淫欲,说起来都难以启齿。他还处心积虑让于尔絮勒派修女把他当成忏悔人。她们都忠实于上帝,具有虔诚和美貌少女的力量。她们都是高尚的姐妹,出身良好世家,尤其是女修道院长约安娜,姓德·贝西埃尔,是德·科泽男爵的女儿,被称作天使修道院约安娜院长;除了她以外,姐妹们还颂扬上帝。她们是克劳蒂娜姐妹,即黎世留的表妹,圣阿格尼丝的安娜姐妹,还有玛尔塔姐妹和卡特琳娜姐妹。

于尔班·格朗迪埃喜欢这些少女,但那不是包含在面对造物主时候感受到的圣洁欢欣,而是污秽的性欲;如果不是为了教育公众,这真是令人羞于提及。不过,她们是看透了他的丑恶的,

---

[13] 关于人魔立约,最有名的是浮士德与梅菲斯特的契约,以及法国卢登教士格朗迪埃的契约。后者被于尔絮勒会的修女们呈交法庭,现在保存在巴黎国家图书馆。这份契约言称:"我的主人,你是我的上帝,我愿终生侍奉你,从此刻起,我将抛开其他一切,抛开耶稣基督,抛开圣母玛利亚,抛开上界的所有圣徒和罗马教皇的天主教教会,我将放弃它的一切恩惠,我不再为自己祈祷;我发誓每天至少颂祷你三次,并且尽我所能行恶害人;我决心不施涂油礼和洗礼,也绝不再颂扬耶稣基督的功绩。倘若要我改变信仰,我便将我的肉体、我的灵魂、我的生命奉献给你,因为这一切都是你赐给我的,我把这一起都归还给你,毫不吝惜。我以我血签字:于尔班·格朗迪埃。"——译注

不愿意让他有可乘之机，选米尼昂当作自己的忏悔神父。（有人说她们接受了他，后来又因为他拒绝魔鬼行径而密谋报复——这都是谣言）格朗迪埃和魔鬼勾结，和他们成为狐朋狗友，他们还教会他妖术和计谋，所以他施展丑陋手段和歹毒计谋更为得心应手。他从魔鬼那里学到狡诈手段之后，就开始算计对善良的神父施加报复；他心里想，用奸计勾引修女们，和她们发生肉体关系，无论让哪一个犯罪，罪责都会落到米尼昂神父头上，因为他是这些修女的忏悔听取人。就这样，这不洁的引诱者把带刺的玫瑰投进了修女院的花园，让每一个闻到这恶魔玫瑰芳香的修女都立刻恶魔附体，立刻迸发出对于格朗迪埃的肉体情欲。就这样，这个巫师把魔鬼依次推向全部修女姐妹，从约安娜院长开始。

现在，修女院和整个城市都蒙受了奇耻大辱。有魔鬼凭附的修女们大吼大叫地呼唤这个巫师，心里只想着他，而凭附在她们身上的魔鬼则把最淫秽的图片和话语偷偷塞给她们，让人把她们当成笑柄。有一次，依靠魔鬼的力量，格朗迪埃穿过修女院墙壁，出现在修女院中，和众姐妹，最多的是和修女院长，天天夜里调笑作乐。有七个魔鬼坐镇约安娜院长的心灵，不时搅扰她，说起来真是可怕。最主要的魔鬼有：利维坦、比希莫特、巴拉姆、伊萨卡伦、亚斯马提。

米尼昂神父首先察觉到了魔鬼在修女院中的伎俩。他和巴雷神父一起，用驱邪法把恶魔推挤到墙上，问他是谁派他来到这里的，恶魔终于以约安娜院长之口承认：是格朗迪埃。消息立即传到市政厅，很快又传到国王的耳朵，又传给红衣主教黎世留。

他十分关注这件事，不能允许恶魔们损害正当的信仰。红衣主教密告格朗迪埃神父，把他说成是针对红衣主教的一篇讽刺文章的作者，因此，黎世留一气之下要把这位神父处以火刑。不久，他委托德·劳巴德蒙先生审查此案。这位先生此时正依国王的命令在卢登逗留，拆毁地方防御工程。而他干练地处理了妖术之后，下令把罪犯格朗迪埃关进监狱，先是在昂杰，后来转移到卢登。与此同时，主教开始对魔鬼宣战，派出驱邪者们，其中包括拉克坦修斯神父，一位不同凡响的虔敬的芳济各派的修士。

在圣礼之前，上帝不允许发誓的魔鬼说谎；他曾经被迫承认是格朗迪埃派他到修女那里的。虽然格朗迪埃在接受盘问的时候想要以说谎掩盖自己的罪恶，但是在劳巴德蒙的领导下，由14位法官组成的陪审团没有受骗。众所周知，当魔鬼进入肉体的时候，他所经由的躯体部位就不再感觉疼痛。所以，在陪审团的推荐下，灵巧的外科医生用长针刺激巫师身体的各个部分，看看在刺哪个部位的时候他不喊叫，就暴露出魔鬼的通道。这位正直的医生神父，没有放过着魔者身体的每一小块地方；在针不能深扎之处，也总要见缝插入。这样，情况就变得明朗，因为格朗迪埃身上存在没有感觉的地方。有一个自由派分子说，医生接受陪审团的命令不去刺激某些地方，所以被告不吼叫，这是骗人的、不当的造谣。当时不必揭开他的指甲，虽然有一个法官提出了这个办法，想要在指甲的下面寻找魔鬼的踪迹；因为有健康思考能力的人都不会怀疑这罪行。但是，显然，撒旦坚持谎言，不允许对格朗迪埃，即自己的仆人，说出实情；这位巫师坚持不承认和魔鬼有交往,并且把恶鬼送到修女身上,而且还恬不知耻地说,他签订密约,反对神父独身。这密约手稿在他那里被找到了。巫师继续听到普通的和不寻常的问题,而法官们为了让他恢复记忆,并且通过悔罪给予他永生的希望,命令挤压他的腿骨,显然用了很大的力气,因为骨髓都冒到外面来了。但是,对于恶魔的顽固是无计可施的,受雇用的巫师没有显示出基督徒的悔意,也没有泪水,虽然虔诚的法官们怀着爱不断地启发他。

从遭受凭附的修女那里收集的证据也对格朗迪埃不利;被魔者们研究过这些修女。遭凭附的表现是明显的——突然说出本来不懂的语言;约安娜院长说拉丁文很流利。在这里我们不要听信无神论者的诽谤语言,他说,约安娜院长从儿童时期就学拉丁文,而在会见的时候,格朗迪埃用希腊语问她,她就不会回答了。大家都知道,教会的敌人为保护同党,是不惜胡言乱语的。而且,有些魔鬼比乡下人还愚蠢,拉克坦修斯神父就证实过。虔信的见证人说,良好家庭出身、受过教育的、虔信的少女们在没有魔鬼凭附的情况下,是不可能这样亵渎神明、语言丑陋得非笔墨可以形容的——这些修女在神圣的场所狂吼,言辞淫荡和无耻得少见,全身痉挛得可怕,躯体弯扭伸展得是任何天生能力所不可企及的;也不能想象,她们会自愿把这种可怕罪孽引向自己的灵魂——这等于把无辜之人送死。这位见证人又说,魔鬼凭附显然表明,国王和红衣主教——"感觉的智慧领袖"——是不怀疑凭附的,如果认为这两位大人物见识有错,那就犯了大罪。有一个痞子发表了一本下流的小书,毫无道理地反对格朗迪埃有罪,谎称阿格尼丝姐妹、克拉拉姐妹和其他修女承认，她们没有受凭附，而是拉克坦修斯神父和米尼昂神父唆使她们作假见证，而且，德·劳巴德蒙先生命令把这些誓言写进法庭备忘录。他的谎话还包括什么只有修女院长一个人会表演痉挛，而且，每当有客人来观看被魔的时候，就迫使她出来表演。这个造谣分子也欺骗起自己来，因为在这本下三滥的小书上，出于羞耻，没有印上他自己的名字和该书出版所在地的名称，不信神的出版商也隐去姓氏。从此可以看出，两个人都知道自己在说谎，所以怕在正直人士面前露面。

巫术的邪恶力量在格朗迪埃身上根深蒂固，即使在被拘捕之后，也依然不停止施展魔法。6月30日，修女们承认这个堕落分子从禁闭处还给她们送来——说出来都让人感到难堪——他自己的精液，让地狱恶魔受胎成长。

就这样，真相大白，于是15名法官在公平，并且怀着爱心研究案情之后，做出正义的判决，把格朗迪埃处以火刑。8月18日公布判决，当天立即执行。但是在此之前曾向魔鬼的这个奴仆提出问题，让他供出同伙。然后就把他运送到圣十字广场（他已经不能行走，因为他傲慢，被打断腿），光着头，穿着衬衫，脖子上有绳索，手里拿着两磅重的燃烧的火炬。众人都看到了他是何等不信神的人，因为面对法规，他毫无悔改之意，而且，在临死前两个小时还唱轻佻的小曲，"帕特妮和阿里多，在一起多快乐"。在押送途中，神父们出自怜悯之心向他脸上泼洒圣水，这祝福之水很多，弄得他喘不过气来。而魔鬼的妖影依然带着嘲笑的面目坐在车上。虔诚神父们的爱心没有止境，对于被捆在火刑柱上的罪人，他们依然想让他回心转意和悔过。一个修士用铁质耶稣受难像打他的脸，想让撒旦的这堆垃圾清醒过来，但是他还是把头扭了过去，根本不想亲吻救主的神圣形象。在最后一刻，拉克坦修斯神父把点着了的一捆麦秸举到他的鼻子下面，请他弃绝魔鬼，而这个死心塌地的巫师放肆回答说他不认识魔鬼。拉克坦修斯神父最后点燃柴堆，巫师开始呼喊没有履行对他的许诺，于是，就这样，他在呼喊声中被烈火烧死。叙兰神父说，在他死去的时刻，圣母还在为这个罪人的灵魂祷告，而隐藏在修女身上的魔鬼到最后都一直惊慌不已，担心格朗迪埃皈依，在修女脸上流露出不安；等到他在烈火中倒下，魔鬼十分欢喜，他们把那灵魂拉到了地狱。正义就是这样对魔鬼的奴仆实施了应有的惩罚，但是对于魔鬼本身，战斗还完全没有结束，因为他还依然在不幸的姐妹们身上发泄怒火，神父们还必须千辛万苦地把他们赶走。

关于这次审判，鬼怪们散布了种种诽谤和坏话：忌妒心重的修女们想要杀死教区神父，因为教会与教区神职人员之间存在不和，又提及没收教堂财产的事；还有，红衣主教因为自己邪恶，所以排挤格朗迪埃，还散布其他的谎言——都像鬼怪一样。

有效的袚魔

约翰·约瑟·叙兰和撒旦进行了多年的战斗，他不仅写作了题为《上帝之爱的胜利》的优美小书,还正在写第二本著作,揭示来自撒旦的消息及其对那些虔敬的灵魂实施捕获的形形色色的隐蔽办法。这部珍贵著作的标题是《约翰·约瑟神父习得给予另外一种生活事实之经验的学问》。在这本书中,不顾自由派分子的捏造,他提出确凿见证,表明是存在着魔鬼和魔鬼凭附的,还有俯身魔鬼被迫对他坦白的一些事实。这不可能是在谈论某种疾病,或者疯癫,或者疑病心理,因为人的力量做不出这些事来,例如,诺热莱院长(被魔鬼拉撒凭附)头向后仰、又向下弯贴近地面,达到脚后跟,或者多次全力地把头拍进双肩之间的胸腔,而且快得超出人的想象;还有,躯体完全僵凝,舌头发硬,并且吐出来,眼睛突然冒金星——这都是魔鬼凭附的表现。魔鬼伊萨卡伦受到被魔诅咒,告诉叙兰神父是怎样造成天使堕落的(如果被魔人聪明而心地纯洁,完成自己的任务,上帝就会迫使魔鬼说出真话)。在上帝向天使展示道成肉身秘密,并且表明他将成长为人的时候,有一部分天使造反,不想对人的本性表示敬重,天父为惩罚而把他们投入地狱。即使在那里,他们中间也有等级,取决于天使合唱队如何。三个最主要的魔鬼出身的大使长分别是卢西弗、别西卜和利维坦。上级魔鬼指挥并且惩罚下级。魔鬼虽然是鬼魂,但是能够像躯体那样活动,并且显示出极不寻常的能力:可以像蛇一样伸展得很长,视其等级地位而定——天使长变的魔鬼可以延伸 30 英里,下级的魔鬼相应地短些。一个魔鬼竟然能够在这样大的空间中用他的两头儿作恶,而且两头的花样还不一样:他能够在图卢兹折磨一个人,而在波尔多对另外一个人大声唱歌。而且魔鬼干起活来还永远不知疲倦，尽管这是与凭附人的灵魂有关联的困难勾当。依据原罪，撒旦对一切人都是有权力的，打击一切人，抓住他们的弱点。魔鬼对人的行动有三种：引诱、纠缠和凭附；魔鬼把第一法用于一切人，第二法只用于某些人，第三种方法他很少得手，但是这也是痛苦和可怕的威胁，见于于尔絮勒派不幸的修女的案例。

所以，巫师一活跃，把灵魂交给魔鬼，卢登城里就开始被魔。拉克坦修斯神父迫使魔鬼向圣器顶礼，于是魔鬼开始浑身痉挛。魔鬼亚斯马提终于被迫同意，他和另外两个魔鬼在指定的时刻从约安娜院长身上钻出来，钻出来的记号是在一个奶头下面留下三个小孔。情况正是这样，三个魔鬼飞出，穿过院长的上衣，在胸部留下三个小孔。这事不是假设，最明显的证据是院长的确摆脱了这三个魔鬼。魔鬼为了报复，就凭附在拉克坦修斯神父身上，神父很快就交出了灵魂。主教出了城，国王和红衣主教决定派耶稣会教士去被魔。就这样，身心都患有病痛的叙兰神父来到卢登，一看到遭受凭附的姐妹们，恻隐之心顿生，决定用祷告和知识把她们引向内在生命之路，改变心灵和意志，把魔鬼赶走。

不久以后，就发生了一次魔鬼骗局，一件令人不愉快的事件。凭附克拉拉姐妹的魔鬼查布伦许诺在圣诞节时候释放这位修女，他走出的记号是在她前额上写上耶稣的名字。克拉拉姐妹的被魔人埃利修斯神父轻信了这个说谎的家伙，可是稳坐在修女院长体内的魔鬼们拆穿了这个许诺骗局。在圣诞节那天，教堂里有许多人参加祷告、唱诗、被魔，等待预期中的克拉拉姐妹的记号。

等了好几个小时，但是毫无结果，只好四散，埋怨魔鬼欺骗。

叙兰神父为女院长祓魔，情况与此不同。她是一个体弱的人，但富有热情，因此魔鬼极力凭附她，不愿意放过她（应该提示一下，从幼年时代她就很虔诚，八岁时候就接受礼仪、保持贞洁）。伊萨卡伦给她的痛苦最多，他是躯体不洁的恶魔；他日夜引诱这位院长，对她施以肉体强暴，夜里还把巫女带进巫师房间，巫师们在院长面前做出最下流无耻的动作，弄得她眼睛都不能闭上。为了让这个不幸的女人遭受嘲笑和羞辱，魔鬼让她的肚子膨胀，像一个怀孕的妇女，甚至还让她的乳头冒出奶水来，还威胁说，要把她的死婴扔在床上。上帝终于不堪忍受羞辱，而圣母则迫使魔鬼把他从约安娜体内聚集的血液全部吐出来。

唉，叙兰神父对恶魔要做的事太多了，这四个魔鬼还依然稳坐在院长体内。他常常全神贯注地祷告，祈求上帝对不幸灵魂的慈爱，用拉丁文对着受凭附者的耳朵教导心路历程和与上帝合一的善举，迫使魔鬼崇敬圣物，用奇妙的思想打动伊萨卡伦。在这一切活动中，他利用了圣约瑟给予的大量帮助。魔鬼把全部怒火显示在约安娜院长脸上，威胁要呼吁整个地狱来帮助；但是，坚定的神父不退缩，只是继续完成自己的工作。他迫使魔鬼巴兰从巴黎拿来曾落入巫师手中的三个圣饼，魔鬼虽然痛苦，还是照办了，就这样，神父从敌人手里赎回了耶稣基督。他给约安娜院长指出净洁、启蒙与合一的道路，密切观察她受恩典的活动——用这些办法改变了她。但是，魔鬼们看出了这个情况非同小可，就决定凭附神父本人，而且立即实施。污秽魔鬼伊萨卡伦首先潜入他体内，于是，在1月19日，神父在上床躺下的时候就感受到了这种不洁之火；这不洁之火在他身上早已熄灭，但是撒旦又重新把它煽起，迫使神父做出蒙羞的无耻行为。魔鬼就这样反复施展引诱，变成蛇，在神父躯体周围盘旋，搅扰他的安宁，带来肮脏，变成勾引力极大的女人形体，激发出情欲带来的不可言状的折磨；常常盘踞在小腹部，从那里以闻所未闻的速度钻进躯体的其他器官，在整个身体里蔓延。这些强烈的疑惑日日夜夜追逐着神父，无论在他独处的时候，还是和院长或者其他姐妹在一起逗留的时候。在圣母的帮助下，他不屈不挠地反抗这些攻击，但是同时他也忍受了难以言状的痛苦。撒旦搅乱了他的心智，夺走了他的思维和语言能力。在耶稣受难日，在其他神父面前，他第一次全身战栗，倒在地板上，全身可怕地扭动，双手乱抓；她们很快辨别出有魔鬼凭附了他。他发出疯狂的吼叫，全身颤抖和扭曲，不可抵御的剧烈动作控制了他，魔鬼完全和神父的灵魂合而为一，一个肉体之内有了两个灵魂，其中一个和上帝合而为一，另一个则在痛苦与悲惨的深渊中对上帝发出亵渎，还下令拒绝圣餐。魔鬼以闪电的速度从约安娜院长体内跳进神父体内，就连轮班站在他身边的人都能够感受到他的痛苦。利维坦限制了神父的精神力量，给他带来剧烈的头疼，不允许他吃东西，还不断地许诺，如果他停止对院长的工作，就让他平静下来。从复活节到圣灵降临周，这种当众的发作连续不断，因为魔鬼想要依靠这种奸计令修道院长们把精神错乱发疯的叙兰神父从城里赶走。但是这种奸计尚未得逞，对约安娜院长的工作仍然在继续，受凭附的院长慢慢地听到他的话语。除了煽动他情欲行为的伊萨卡伦之外，魔鬼巴兰沾染了作乐和取笑的恶习，女院长在他的勾引下裹上了荆棘条带，刺伤了身体，却没有引发出罪恶的笑闹。撒旦的新花招又令约安娜院长变成倾国美人，同时用千奇百怪的辱骂和恶语来责难被魔人神父；神父干练地反抗了攻击，把结实的面颊伸向隐藏在院长体内的魔鬼；然后把她胡乱扭动的四肢捆在椅子上，把圣餐放在受到凭附人胸前，用爱唤醒她，于是她痛哭悔改。但是她又一阵一阵地吐出可怕的脏话，用别人的声音呼叫，说她自己受到诅咒，没有希望，又陷入绝望和欷歔啜泣。神父教导她内心生活的秘密，唤醒她对自己的怨恨和对自身的、神性的嫌弃，以及接受痛苦和忍耐。有一次，基督的主要敌人利维坦扮演成叙兰神父的形象，来到约安娜院长面前，院长凭着他对自己的亵渎，看破了利维坦的奸计，于是，他恼羞成怒，把她打倒在地。

为了破除自己的恶习和魔鬼的逗留，从魔鬼那里收回自己灵魂的营养，约安娜院长听从了神父的劝告，承担了越来越大的悔恨，但是身体已经很弱。她在硬木板上睡觉，开始穿粗羊毛外衣，不烤火，每天认真自我鞭笞三次，拒绝进食，忍受可怕的饥饿，这是魔鬼强加给他的，而她所吃的东西引起她极度的恶心。但是魔鬼要抓住人的一切弱点，并且寻找受到破损的自然中可以用以建造自己据点的一切，利维坦就尝试利用她天生的自豪心理，因为她出身良好的家庭，受过礼仪教育。在听了附身魔鬼的低声细语之后，约安娜院长开始说出文雅得体的话，抬起头来，很细心地整理头发。为了制服她罪恶的傲慢，约翰·约瑟神父领来乞丐们祓魔，命令受凭附的院长踢他们的脸，在她发出怨言的时候，就把脸向她伸去。为此她很感谢神父。他命令悔罪人跪下，恳请厨娘用桦树枝条鞭打她，厨娘照办了。神父当众向姐妹们讲述了她的罪恶，让她本人跪下，向全部修女坦白自己的罪过；在她向祓魔人详细述说了全部生活情况——她述说了一个月——之后，神父在她的允许下，把一切都当众公布。

叙兰神父出自对上帝的爱而忍受了超人的困难，但魔鬼如果轻易退出阵地，那也就不是魔鬼了。在他忏悔的时候，有一次利维坦用院长的嘴鲁莽地说，不应该这样严厉对待出身高贵的妇女。神父威胁惩罚魔鬼，不顾他的哀求，命令他立即脱掉衣服，自己动手狠狠鞭笞自己。魔鬼必须这样做，还发出痛骂，但是约安娜院长一点也感觉不到鞭笞，也不太记得已经脱了衣服。神父看到了这一做法的良好效果，便开始同样惩罚其他魔鬼，而且，令魔鬼厌烦的是，他多次重复这一措施，根本不理睬他们的呻吟，他们必须无情地自我鞭笞，不得松懈。巴拉姆也照办了，他把受凭附人说得愉快起来，还有讲述了他的捣乱和酗酒；还有煽动情欲之火和渴求满足淫欲的伊萨卡伦；还有偏好亵渎，让圣餐式会众说谎的比希莫特；还有煽动傲慢的利维坦。

遭受凭附的人还有一个缺点要克服：懒惰。约翰·约瑟神父看到，女院长在午餐之后要休息或者躺下，便加以斥责，说那是罪孽。魔鬼立即跳进院长的头脑，放肆地回答说，那不是罪孽，那是天性；但是，片刻之后，院长清醒过来，表示准备向罪孽斗争。从此以后，神父就不允许她休息，下令因为懒惰而自责和鞭身，就这样，越来越深入地克服了天性，夺回魔鬼脚下的阵地。

现在魔鬼又想出新的诡计，散布流言说耶稣会主教对叙兰神父使用的各种方法评价很低；他还散发通告，说什么神父在浪费时间，嘲笑基督教信仰，而且，身为祓魔者，竟触摸和观看修女胸部，以及诸如此类的事，太不妥当了；结果，另外一个神父被派来取代叙兰。但是这位神父来临那一天——1635年2月5日——当着他的面，叙兰神父从院长体内赶走了利维坦，他在离开时刻在院长前额留下了一个血色十字。这是上帝意志的标记，叙兰神父没有放弃自己的工作，他和新来的神父多吕，一起继续祓魔。巴拉姆在斗争中很快失败，许诺脱离约安娜院长躯体，在离开的时候在她的一只手上写出约瑟的名字；在利维坦之后两个星期完成了许诺，而且是当着来观看祓魔的三个英国人异教徒的面完成的；这三个人当中有一个在那个事件之前一直秘密地保持天主教信仰，后来去了罗马，在那里加入了真正的宗教，还成为神父。现在已经很明显，应该把叙兰神父留在这里。魔鬼伊萨卡伦宣称，只有在扫米尔圣母祭坛下，他才能够脱离院长，但是众院长都不愿意约安娜院长到那里去。于是圣约瑟说，留在这里也能够赶走这魔鬼；叙兰神父命令魔鬼在离开的时候在院长手上画出玛利亚的名字，这魔鬼虽然恼怒，还是照办了。来观看这一奇异事件的人数量不少。这是1636年1月16日的事。这样，约安娜院长身上就长期地画上了这两个神圣的名字，虽然这两个名字后来渐渐地淡化，但是在许多年之内都以超自然的方式常常再现，尤其是在一些重大节庆场合，现在还剩下一个魔鬼比希莫特。他只愿意在圣弗朗西斯科·萨莱则的坟墓上离开，别的什么地方都不行。然而，修道院长们都不同意让约安娜院长和约翰神父去安妮萨，说那不仅要费很多的盘缠，而且结果也没有把握，因为魔鬼常常骗人。可是比希莫特坚持己见，在身心上都残酷折磨女院长，让她几近死亡。为了让她恢复健康，神父命令她自己鞭身，直到渗出血来，这也恢复了她的力量。在祷告的时候，魔鬼从她头部出来，在旁边以一条黑狗的形象出现，还"汪汪"地叫，祷告一完毕，他又钻进院长头部。最后，叙兰神父被招回波尔多。另一个被魔人因为不谨慎，害得约安娜院长罹患重病，如果不是圣约瑟在最后的时刻拯救了她，她很可能已经仙逝。这样，奇迹恢复了她的健康，她的外衣上留下了圣约瑟抚摸过的痕迹，这痕迹在以后多年一直散发出一种奇妙的芳香，还给很多人治好了疑难杂症。

八个月以后，神父终于回来了，虽然因为重病而虚弱，但是还要恢复被魔，赶走最后一个魔鬼。他和魔鬼都与院长有契约，如果上帝让院长摆脱魔鬼，他们就前去朝拜圣弗朗西斯科·萨莱则的坟墓。但是在圣特雷萨日，1637年10月10日，院长发生大转变，向后弯腰，让头部触及脚后跟，接着，魔鬼从她身上走出，在她手上留下了耶稣的名字。这样，耶稣、玛利亚、约瑟这三个神圣的名字显示出恩典的奇异作用，也以明显的符号证实了撒旦势力遭到非同寻常的惨败。从此以后，女院长再也没有显示出魔鬼在身上的活动，而写在她身上的符号又加上了弗朗西斯科·萨莱则的神圣名字,在巴黎宫中有很多人都曾观瞻,啧啧称奇;这些人士包括国王、王后、红衣主教,以及许多大人物。叙兰神父实现了诺言,也到安妮萨朝拜,又从卢登和约安娜院长一起上路。国王虽然看到神奇的疗效,却不肯为进一步的祓魔拨款,因此全部祓魔者都离开了卢登,其他姐妹们的健康也得到了恢复。

就这样,约翰·约瑟神父和魔鬼的强力的严酷战斗得以结束,就这样,他击溃了耶稣仇敌们的凶恶和伎俩,令人敬佩;他又以巨大的劳动、纯洁的心灵和爱表现了教会对敌对力量的胜利,这正是配合了神意的恩典内涵。就这样,恩典战胜了遭到破损的天性、罪恶的情爱欲望和肉体的无耻冲动,撒旦正是以这一切来捕获灵魂的,而这一切都被胜利地踏进灰尘。

祓魔人受到魔鬼迫害以及结论

为了严加报复,那些被从约安娜体内驱逐出来的魔鬼占领了叙兰神父的灵魂,有20年之久,给予他的折磨,非笔墨能够形容。因此,他必须对魔鬼展开一场新的战争;关于这场战争,他在承上帝恩典恢复了健康之后,写出了实录。魔鬼们对他施展的行径,十分奇特,难以置信,尤其是利维坦,圣灵的主要仇敌。他们剥夺了他的语言能力,搅乱了他的思维,并且钻进了他的灵魂,虽然他还有意识,但是从他说的话来看,他们似乎把他变成了另外一个人;他们控制了他的躯体和全部器官,原来的、真实的自我软弱无力,只好目睹这个新的自我胡作非为。

魔鬼们强加给他的那些思想感情，真是难以开口告人。神父告诉大家，他受到上帝惩罚，已经没有希望，不可言状的绝望攫获了他。在此之前，不止一位虔诚的人士经受并且描写了这类遭遇，如路得维希·布洛修斯、亨利·苏索和十字架圣约翰、圣伊格纳西，还有圣特雷莎。他常常忍不住想要以罪孽的自杀结束生命——从窗口向外跳，夜里把刀刃对准脖子。但是上帝不允许。后来，魔鬼又让他痛恨救世主，异端思想缠住了他，像加尔文一样，他认为耶稣基督凭信仰进入圣餐礼仪，而不是以躯体出现；或者又有摩尼教异端凭附了他，因而在一切地方他都看到了两个原则——善与恶——甚至在他吃的肉里面。但是这一切当中最坏的是肉体不洁的诱惑，这种诱惑以可怕的力量折磨了他，真是笔墨难以形容。圣保罗也体验过这种诱惑，见于《科林斯后书》，还有纳西央的格利高里，在老年时候都常常受到这种诱惑的折磨。约翰·约瑟神父认定他受到惩罚，那么，他的任务就是作恶，以求实现上帝的意旨，受罚者应该如此；受到上帝的抛弃，把最坏的恶劣罪孽都看成是行善。他常常说："我最可怕的罪行就在于我还怀有希望，还想尝试做好事。"看来，希望的惩罚言语无穷无尽地吹进魔鬼的耳朵，然后落入受凭附人的灵魂，因为魔鬼的精神和这灵魂汇合为一。与此同时，还出现了奇异的细节。在神父每星期换一次衬衫的时候，他感受到可怕的疼痛，从星期六到星期日整夜奇痒不止，从星期四起，又害怕得全身发抖。

多年的岁月过去以后，这些形形色色的折磨才停止。但是神父认为这一切都取决于上帝，没有上帝的佑助他什么也做不了，自己灵魂的活动也只得中止。但是他越来越强烈地感受到了超自然恩典的作用，这使他摆脱了魔鬼。他常说，上帝的芳香，他也闻到了——像甜瓜或者麝香的芬芳。对救世主和他的母亲——圣母的不可言状的爱充满了他的内心，他对这二者的称呼只是"爸爸"和"妈妈"。他的做法不像一个叫约翰·拉巴狄的人。在当时，这个人在修女院中感受到了超常的恩典，但是由于傲慢和清高成性，不愿意对院长表示听从，还退出了耶稣会，靠拢了加尔文异端，从而自取灭亡。但是叙兰神父从来就没有不听从上级的念头，虽然这样做有时候给他带来严重的痛苦，各种人怀着怨恨和缺乏好意的眼光看待他不同寻常的善举，认为那是行为出格，是某种迷乱，还认为神父宣讲有关内心生活的学问违背了耶稣会习俗。但是他知道，即使自己的判断不同，也应该全然服从上级的旨意，因为假如上级有错误，那么，上帝的手指也一定是在这种错误中起了作用的。

但是神父为此感受到了上帝恩典的甘美，而骄傲的学者和哲学家们凭自信心和智慧小看这些恩典，这个现象真是无法形容。作为《模仿》的作者，他也说，如果一个人十分顺服，人人都可以像踩烂泥那样践踏他，这时候上帝就来到灵魂之中。奇异的是，当他脱衣服和穿衣服的时候看到了裸露的躯体——自己的或者他人的裸露躯体——的一部分的时候，来自天上的惊喜特别充满了他的灵魂。当他观看自己的躯体，而不是看到耶稣基督的圣体的时候，就有一种神性的灵感充满了他的灵魂；他写道："从基督升天节之夜起，已经过去了25年，在这漫长的时期，虽然我偶尔看到过裸体，却从来没有体验到那样崇高和神圣的景观，类似的体验再也没有过……那种感受不仅仅是在看到，而且还有在需要使然能够触及的时候，常常出现。"这是甘美和神性的图景——神父继续说——以这样的图景为依据，他和耶稣基督成为亲密挚友，把他当作自己的至亲和第二个自我。在这种惊喜之中，在上帝和灵魂之间也会生成亲密的情感，犹如在夫妇之间。姑且这样推断吧。灵魂和耶稣基督化为一体，融入了耶稣无可比拟的伟大、威力和崇高。

感受到了上帝如此之多的不同寻常的恩典之后，忍受了撒旦邪恶如此之多的十字架苦难之后，约翰·约瑟神父认为，不应该把这些事实掩盖起来，为了培育忠实信徒，于是写出许多著作，在作品中详细叙述了内心虔敬的秘密、净洁之路、启明与合一。这些神性著作使许多灵魂恢复健康，迷途知返，走上正路，尽管有些人想要从中嗅出异端气味来。在上帝召唤叙兰接受他的赞誉（1665年4月22日，在波尔多）多年之后，直到今天，这些著作依然受到高度器重，保存在圣母大教堂圣器室内（必须承认，有一件不对公众开放）。现在还不是评论这些著述的时候，因为现在所涉及的只是叙兰神父对魔鬼开展神圣斗争的简要说明，而从这一段历史中可能得出的严谨结论，还有待将来开发。

让我们重返故事的开端吧。现在应该说的仅仅是，恶毒巫师和魔鬼有秘密勾当，于尔絮勒修女受到痛苦凭附，叙兰神父坚定、干练，在魔鬼的枷锁下被奴役——对于我们在开篇时候提出的结论，这一切都构成了力量非同寻常的论据：撒旦最凶猛的力量出现在不知羞耻的繁衍欲望驻守之处,而由于有罪,任何人都不能免除这两性中任何一方奇异的吸引力,因此,我们所有的人都被送上魔鬼邪恶势力的牧场,我们必须警惕,让敌人最容易进入的大门紧闭,不给他钻入的可乘之机,以此得到永生。[14]

---

[14] 希望没有人认为,我们打算和雅罗斯拉夫·伊瓦什凯维奇进行对比悬殊的竞争;他创作了关于《天使修女院长约安娜》的美丽中篇小说,颂扬了这位虔敬少女。应该注意到,在我们这篇纪事中,作者没有加入自己创造的情节,而且,全部细节都忠实地摘录自各种回忆录。关于向修女们派遣魔鬼的恶毒巫师的历史,约翰·约瑟·叙兰神父在《神性之爱的胜利》一书中有描述,该书迟至 1829 年才在阿维尼翁出版。关于类似的事件,我们还要推荐几部珍贵著作:《对于卢登于尔絮勒修女遭受凭附之审判的真实记述,以及格朗迪埃一案……》(1634 年)。佚名作者的下流诽谤言论目的在于维护巫师,标题是《卢登神父审判案评论于思考,有别于他档案中的事实》。关于格朗迪埃,也有人写过记述:勃盖(《格朗迪埃与卢登受凭附修女》)、米舍莱(《巫女》)、亨利·班萨(《巫术与宗教》,1933 年)。关于自己和魔鬼的斗争,叙兰在上列著作中有详细记述,还见于自传和书信;路易·米什勒和费迪南·卡瓦列拉在 1926—1928 年于图卢兹出版书信,两卷本,标题为《耶稣会约翰·约瑟神父真实书信集》。叙兰神父的其他著作,大部分在他逝世后发表,部分有重复,没有固定次序,我们曾细心研读:《精神生活的基础……》,1687 年,巴黎;《信仰教义问答》,1663 年;《上帝之爱讲道者》,图尔奈,1851 年;《精神引导》,1836 年;《精神对话……》,阿维尼翁,1821 年;《灵修歌曲》,巴黎,1669 年。亨利·勃莱蒙写了关于叙兰神父的著作(《宗教情感文学史》,第 5 卷,1920 年);让·莱尔米特研究过他的病症(《神修神学与伪神修神学》,1952 年)。

译后记

· 1 ·

在大多数情况下,翻译出版书籍都是很不容易的事情。在操作过程中,在最放心的地方,时常节外生枝,虽然有合同书在,也形同虚设,译者费时费力费尽心血期望、期待数月、数年,甚至十数年,到底是功败垂成,或者计划与指望淡化,无疾而终。若是合作翻译,合作者缺乏合作意识,翻译不能保质保量,不按时间表工作,矛盾丛生,难言愉快。所以,非到译本面世之后,还是莫言成功为妙。

想谈谈这本哲学意味深广的故事集的译事的一个方面,亦即寻书和其他些许杂感,也许有点意思。

1992年到1994年,我在美国佛罗里达州半岛西海岸,亦即墨西哥湾海岸的坦帕市的南佛罗里达大学当访问学者讲学,和先后在瑞士巴塞尔、香港的刘小枫先生保持电话联系。在1992年的一次谈话中,小枫先生列举了六本书让我翻译,我立即答应。这次谈话让我着实忙碌了数年。这六本书分别是:卡尔维诺的《未来千年文学备忘录》(辽宁教育出版社,1997,依据英语译本。小枫先生知道我曾经从德语、法语、西班牙语和意大利语翻译过文章等,认为我可以翻译这本重要著作,全书中出现的上列语言的片段,我的确都仔细阅读了原文,从原文译出,参考了书中的英语译文,直接从原文翻译,和转译多少是有些不同的)、帕利坎的《历代耶稣形象》(上海三联书店,1999)、洛斯基的《东正教神学导论》(香港,汉语基督教文化研究所,1997)、梅列日科夫斯基的《宗教精神:路德与加尔文》(上海学林出版社,1999。)、柯拉柯夫斯基的《宗教:如果没有上帝……》(三联书店,1997)。

在讨论柯拉柯夫斯基著作的时候,小枫先生补充说:"他写的一些小故事很有意思,可以看看。"我立即从南佛罗里达大学图书馆借到《关于来洛尼亚王国的13个童话故事》(下文简称《十三故事》)和《天堂的钥匙》的英译本合集。遗憾的是,因为当时任教和译书事十分忙碌,竟连一篇故事也没有细心读完。但是小枫先生的建议牢记在心。

转眼之间,十年过去。小故事的事没有忘记,但是寻找这两本小书波兰语原文版的事却出乎意料地费尽周折——虽然这些周折在事后看来颇有回味的地方。1998年到2001年,我在美国北卡罗来纳大学分校之一的州立阿帕拉契亚大学任教期间，曾慕名请教得克萨斯州休斯敦市的赖斯大学的俄语、德语语言文学系的爱娃·汤普森博士（Ewa M. Thompson）。她曾发表关于波兰著名作家贡布罗维奇的专著。2002年6月，她从美国给我寄来她在波兰讲学期间为我购买的柯拉柯夫斯基的波兰语原版《与魔鬼的谈话》以及《关于来洛尼亚王国的13个童话故事》，而且买了两册。但是她忘记我当时是在北卡罗来纳，竟把书邮寄到我七八年前的老地址南佛罗里达大学现代语言与文学系去了。得知这个情况以后，我给南佛罗里达大学又打电话又发传真追问，那边的系秘书和一位熟识的教授都说的确见到此书，但是已经退回给寄信人，南佛罗里达大学外事主任还给我写信专门解释。然而，远在得克萨斯的汤普森博士却没有收到退回的邮件。我没有收到这两本书，不得不继续寻求。幸而在阿帕拉契亚大学遇到华沙大学访问学者、社会学家马雷克·绍普斯基（Marek Szopski）博士，成为友人，他在2000年1月终于从华沙给我带来了波兰语版的《十三故事》，但是没有买到柯拉柯夫斯基的其他著作。

2001年夏天，我有机会在波兰逗留四个星期，从南到北，到过好几个城市，遍访新旧书店（寻书者一般都重视旧书店，而欧美的旧书店确实很好）都没有看到、没有买到柯拉柯夫斯基的书。顺便说一句，在波兰的书店里，除了有关中国风水、武术和烹调的书籍，很少看到涉及中国历史、哲学、文学等的出版物。在华沙逗留期间，曾在两所高等学校做报告谈中国，在和学生的交谈中发现，他们对中国的了解几近于无（反观我们的书店，有几本关于波兰的书呢？我们的大学生一般对波兰有多少了解？当然，从中国人的角度看，波兰也许是小国，然而在文化上，波兰是"大国"，只要列举几个名字就可以了：哥白尼、肖邦、居里夫人、显克维奇、波兰斯基。波兰青少年们倒是知道成龙，而不知道孔子、老子、毛泽东）。在文化交流、软实力的培育和发扬方面，我们还要做出极大的努力啊！

买书不易，中外一理，只不过程度不等而已。《天堂的钥匙》依然尚付阙如。

波兰政府十分注重波兰文化在波兰国外的传播和在传播波兰文化方面做出成绩的世界各国的人士。2002年7月，波兰驻华大使克萨韦里·布尔斯基（Ksawery Burski）通知我，波兰政府授予我传播波兰文化成就波兰外交部部长奖，奖状由当时外交部部长伏沃齐米日·齐莫谢维奇（Wlodzimierz Cimoszewicz）亲笔签字。大使邀请我9月2日赴华沙领奖，提供全部费用。我因病被迫取消波兰之行。

认识布尔斯基大使先生，我感到十分荣幸。大使十分友善、博学，普通话说得地道，成语用得准确，十分了解中国和中国文化。2004年秋天，大使服务期满回国，却记得我希望得到柯拉柯夫斯基作品的愿望。2005年12月，我原来的一位学生张晓红先生赴华沙为中国一家大公司开展业务，我请他向大使转达问候。大使在自己家里接待了他，大使收藏了丰富的汉语书籍，令他极为感佩。大使请他捎给我几本书，其中三本都是柯拉柯夫斯基的著作，包括《天堂的钥匙》。为了让我及早得到赠书，2006年1月，这位学生又请他的一位途经土耳其的伊斯坦布尔回北京、旋即转机南行的同事把书带到首都机场,交给我次子杨路,他是专程到机场去会见这位先生取书和致谢的。收到盼望已久的书,我立即大忙起来——这样的忙碌,自然也是一种精神享受——在半年之内翻译了这本小书。

《与魔鬼的谈话》一书的波兰语原文版单行本是在2002年7月16日收到的。2005年的圣诞节那天完成了本书的翻译初稿,用的是横格笔记本,铅笔,以便于校对、修改,然后亲自输入计算机,而输入过程是又一次的修改过程。之所以翻译,是因为觉得作品本身很好,有可能发表,但是也做好发表不了的准备,就算打个水漂吧。这是几十年辛苦得来的经验教训之一。

2007年1月,三联书店出版《十三故事》,反映不错,卖得也很好。令人欣慰。但是《与魔鬼的谈话》依然没有找到出路。春节后不久,《南方周末》"阅读"版发表了刘小枫先生论《暗算》的对话体大文章,我立即以电子邮件方式请教该版页主编刘小磊先生是否可以提供和刘小枫先生联系的方式,并且提及远在1992年和刘小枫先生在越洋电话中讨论过翻译几本书籍的旧事和自己的几本译著。刘小磊先生很快给予了和刘小枫先生联系的方式(十分可以理解的是,编辑们是不轻易随便提供他人的联系方式的)。致谢之余,我给刘小枫打电话,说明情况,希望得到帮助。谈话极其简短,大约只有两分钟。结论是:找华夏出版社的陈希米女士。此前因为翻译出版事宜,我已经和陈希米女士建立了联系(感谢北京大学中文系刘东教授向华夏出版社陈希米女士推荐我从俄语翻译一本论俄国文学的巨著；推荐得到认可）。我和陈希米女士谈了刘小枫先生的建议，并且给她发去《与魔鬼的谈话》译文的电子版。很快收到华夏出版社接受出版这本小书的决定的通知。他们在比较短的时间内购买了版权。

《与魔鬼的谈话》这本小书译文的面世，再次生动地表明，长年的努力是基础，而机会和缘分虽然十分重要，却又是可遇而不可求的。

· 2 ·

就个人而言，2007年10月5日是单枪匹马努力自学波兰语50周年。

1956年夏天，我在北京汇文中学（当时的北京26中学）高中毕业，被保送到现今北京外国语大学波兰语专业学习（当时的北京俄语学院；1956年秋天，波兰语、捷克语专业从北京大学迁入俄语学院。直到半个世纪后的今天，这"迁移"的理由仍然百思不解。俄语学院1958年和当时的外语学院合并。到20世纪末高升为大学；常识教导我们："大学"是指"综合性高等学校"，所以，"外语大学"的含义也是百思不解）。汇文中学保送我的原因，是因为我在中学时期打好了坚实的俄语语法和词汇的基础。但不是在课内，而是在课外。当时北京人民广播电台开办广播俄语讲座，分初、中、高级班，共三年。我按时收听广播，完成作业，邮寄给电台，他们批改之后邮寄给我。都是十分认真的。确实"疯狂"了三年。到1955年初学完高级班的课本俄语文选，记得包括名篇有普希金的《致恰达耶夫》，屠格涅夫的《俄罗斯语言》《麻雀》，果戈里《死魂灵》第一卷最末一章最末一段，附加的标题是《路》，高尔基的《海燕之歌》，阿列克塞·托尔斯泰的《俄罗斯性格》等。讲课的老师是刘光杰先生。还时常举办语法讲座，提前到西长安街府右街西面路北该电台收发室领票，讲座在东长安街南河沿路西的"苏联对外文化协会"小礼堂举行，讲演完毕放电影。（在1976年秋天以前，北京的家一直在东单苏州胡同内的芝麻胡同。）——在我读完中级班的时候有考试，我通过了，还给我寄来"毕业证书"；但是在结业会上发奖的时候，没有发给我。其实，委员会应该鼓励这样努力学习的少年的。呵呵，是心理的不平衡啊！

当时常常去王府井的外文书店，那里出售物美价廉的俄语版苏联图书。我买的书主要是苏联中学8—9年级的两本《俄国文学史》（19世纪以前、19世纪各一卷；10年级学习苏联文学。当时苏联中学是十年制）和相应的作品选读。高中二年级时候还翻译了文学史第二卷最后一章"契诃夫"，大约三万字，那是一次严格的锻炼（1953年，我国第一部《俄华大辞典》出版，上下两册，我姐姐杨德琴贷款，大约等于她半个月的工资，为我购买，后来数月逐月扣除工资偿还。姐姐在十分困难的条件下给予我的帮助，我是没齿不忘的。大辞典很有用，但是错误很多，后来出版社寄来了一本"勘误表"，足有大约150页。如今二者都不知去向，有点对不起姐姐。——另一目的是想投稿得一点稿费，因为家境实在困难。投稿失败,现在看来是可以预料的,是理所当然的)。《俄国文学史》的特点是:为了让读者更好地理解文学史的事件,也十分简要地介绍俄国通史、造型艺术史和音乐史。有著名油画的钢笔素描临摹,表现力很强,辅助引起读者同时对俄国绘画和音乐的兴趣。在逸事方面,至今记忆犹新的是托尔斯泰青年时期为自己制订的庞大的自学学习计划,共11条,包括学习5种外国语(到老年时候,托尔斯泰懂14种外语,包括古希腊语、古希伯来语和拉丁语)。这两本文学史后来成为中国大学中文系和外文系俄国文学史课本,升了很大的一级;然而,很多学校外语系不开,或者开不出俄国文学史课程。

关于波兰。在中学时期,就读到鲁迅有关弱小民族文学的言论,听到并且学会了波兰马佐夫舍歌舞团演唱的歌曲,如《波兰圆舞曲》《小杜鹃》等,在世界史课上知道了哥白尼、肖邦、显克维奇、居里夫人的事迹,波兰历史上被三次瓜分亡国、二次大战期间纳粹屠杀波兰四分之一的人口(后来知道,其中包括几乎被完全灭绝了的波兰犹太人),产生了对波兰文化的景慕和对波兰民族的同情。所以,被保送到俄语学院学习波兰语,在文化心理上有些准备,又能以半个北大学生资格(上文提及波兰语、捷克语专业1956年迁入北外)告人,这也不单纯是"名校虚荣心"吧。

在高中时候读了斯大林的《马克思主义与语言学问题》,当时也不太理解为什么要批判马尔的理论,只记得斯大林的一个观点,至今认为十分正确,大致是:学习语言,必须结合使用该语言的那个国家或者民族的历史和文化才能学好。可以认为,这应该是"疯狂"时髦外语或者汉语应有的文化基础。

高中时期得知波兰语属于斯拉夫语系西斯拉夫语族，和俄语有亲缘关系。1956年9月开始学习波兰语后，发觉这种关系十分密切，而且多数语法现象和词汇"似曾相识"，对于我来说，十分容易。当班长，开始的时候用俄语和波兰华沙大学来的老师谈话，渐渐转为用波兰语，比同学练习口语的机会多。经过一年的学习，尤其是课外的自学，获得了初步听说写的能力和基本的阅读和笔译的能力。在那一年之内，居然尝试翻译波兰作家普鲁斯和董布罗芙斯卡的短篇小说，有人知道，但是没有人鼓励。1956年，学术刊物《西方语文》创刊，我姐姐为我订阅，我受益于不少文章，例如朱光潜先生的经验谈，论比较历史语言学的文章，等等。现在回忆起来，仍然觉得缺少老师的指导。即使在高等学校，求师指导，也绝非易事。就这样，18岁半到19岁半，一年匆匆过去。

迎来了十分生硬的1957年。1957年夏天，教育部判断俄语和东欧语人才培养过多，于是决定下令让全国外语院系俄语（和数量很小的波兰捷克语等）1—2年级专业学生转学别的专业。我们波一（波兰语一年级班，一半学生来自北京，另外一半来自上海）全班20人，19人都转学进入京津沪宁的名校，只有我一人，虽然家在北京，父母年迈，却出自当年的历史的原因被转入山西大学的前身山西师范学院英语专业，因为京津各高等学校不收在某种情况下卷入1957年夏天的历史中去被认为是"右倾"的学生。我是1957年10月4日乘火车（516公里走20小时）到达太原的。所幸，还是（受了团内处分的）共青团员，得到同班同学挚友虞世华在精神上和经济上的极为难能可贵的、及时的（以后又持续数年的）支持。

就这样，在20周岁以前，经历了人生起伏骤变，心理上留下了挥之不去的灰色阴影，但是，在波兰语和俄语方面，却打下了坚实的基础，获得了基本程度的阅读能力。记得马克思说过，学习外语最大的实际用途是阅读外语书籍。我国著名汉语语言学家张志公先生也说过，只要获取了基本的阅读能力，一门外语就有了实际用途，就算没有白费时间精力。当然还有斯大林的话，我都一直牢记在心，长期努力躬行。

进入山西师范学院开始学习英语，从字母表开始，课文语句都很经典："这是什么？这是桌子。""他是谁？他是老师。"觉得很轻松，因为在此以前自学过英语，虽然语法没学好，却大约记住了两千多个单词，当时自己已经有初级英语阅读能力。有相当多的时间继续自学，阅读自己喜欢读的书，包括波兰语、俄语的图书，也超出课内作业范围，尽快达到了阅读英语初、中级读物的水平。学校图书馆有大量俄语藏书，包括俄国和苏联的文学作品，和译成俄语的中国文学杰作，如四大名著和欧美文学名著、历史、艺术等内容的书籍。可惜当年借阅人数极少，如今更是无人问津。波兰语图书，可以预料，几近于无。我只凭一本波俄辞典以及北京波兰老师和友人赠送的几本波兰中学语文课本和短篇小说集，没有人可以请教，没有人答疑，没有人指导。1958年10—12月，大炼钢铁，我们学生和老师步行进入太原西山，严寒中帐篷里洗脸盆里的水都冻成冰；1959年6—8月，又去修建汾河水库，还是住帐篷，分三班倒，午夜到上午8点一班虽然凉快，但是白天在帐篷里睡觉太热，反之亦然。严寒和酷暑之中，我同样阅读波兰语的波兰文学史之类的书和当时的英语课本等。值得提一句，1958年全国开展群众科研运动，我和另外一位同学（1957年从北外转入山西师院，学习过专业俄语两年）提出翻译《苏联大百科全书》中"英国文学"和"美国文学"条目，得到批准，顺利完成，当时的常风教授给予很高的评价，因为是二年级英语专业学生从俄语翻译的。还有的同学设计字典，其特点是一个生词，一翻正好就在字典的某一页上，大概应该是现今的电子辞典了。当时，一个班的团支部书记权力很大，是校、系党委评价和毕业分配一个学生的主要决策因素，能够决定其他同学的命运去向。幸运的是我们这个班的支部书记和党员都通情达理，没有乱插白旗，胡乱批斗学习好的同学"只专不红"，还有像有我这样转学背景的学生。在当时，这样的班集体是很少的。当然，现在回忆起来，我其实是下意识地尽可能保持低调，遵守一切规章制度，学习读书尽可能隐蔽些，多在图书馆，一般同学看不懂我看的书，也就不多过问。

1959年秋天从水库回来以后，就感觉到在数量和质量上，伙食水平在下降，食品供应情况迅速变得严重起来，很快就变成了饥馑，出现了1960—1962年的"三年困难时期"。学校实行"劳逸结合"原则，日食两餐，上两节课，早睡晚起，维持体能。我还能读书，在精神上，部分地躲藏到中文和外文书籍组成的世界里去。

1961年秋天开始工作,留校当助教。系里负责毕业生分配的老师按计划名额派一些同学去某些偏远县城,说:"那里口粮多一些,去吧。"对于长年感到饥饿的青年人来说,是有些说服力的,虽然当时没有人敢不服从分配。1976年10月,"文化大革命"结束;工作15年,发表了三篇波兰语译文——1963年:《关于异化问题》(林洪亮校对,收入《人道主义、人性论批判》,人民出版社);1966年:《费尔巴哈的伦理学》(张振辉推荐翻译;高暹昭、程人乾和我合译,三联书店);《波兰简史》(1974年,王砚翻译,程人乾和我校对,商务印书馆)。

1977—1978两年拨乱反正。1978年收到北京外国语学院校方几十个字的一句话便条式通知,平反1957年反右扩大化。19岁到40岁之间的人生最美好的22年过去了,一句话的通知算是一个说法。1978年年底,第一次涨工资,月工资从1961年的54.5元涨到60.5元,上已经无老,下有小,假期还要回北京,还要买书。

从1978年到现在近30年之中,依然努力教书(包括在美国讲学数年)和译书,取得一些成果,在互联网上有记载,是鼓励,也是督促。写到这里,猛然想到,身在"外地",要想在京、沪等地大出版社发表译文谈何容易,这是名副其实地在名校、国家级大单位的专家和名人的夹缝中"求生存",遑论在求师、信息、资料寻求等方面的困难。所以,身在全面落后闭塞的山西,在20世纪80年代中期以后得到刘小枫等人士的帮助,打开局面,做了不少的学术翻译工作,是衷心地感谢他们的。

2002年我荣获传播波兰文化成就的"波兰外交部部长奖",

当年12月2日在北京波兰驻华大使馆由克萨韦里·布尔斯基大使颁发。

2007年10月5日是我自学波兰语50周年,而从波兰语翻译的《与魔鬼的谈话》出版,是一个吉祥的巧合,是对半个世纪努力的认可和鼓励。

70岁了,忽然想起李叔同《送别》歌词中的诗句:"韶光逝,留无计","聚虽好,别虽悲,世事堪玩味。"抱着积极态度,在健康允许范围之内,继续做一点事情,算是玩味的结论之一吧。

杨德友

山西大学

2007年10月5日

增订版
后　记

　　三联书店出版了莱谢克·柯拉柯夫斯基的三本短篇小说集合集。三本书全称分别是:《给成人和儿童的关于来洛尼亚王国的13个童话故事以及其他童话故事》(*13 bajek z królestwa Lailonii dla dużych i małych oraz inne bajki,* 1963），简称《关于来洛尼亚王国的13个童话故事》，或者《十三故事》;《大堂的钥匙，或者：为进行教导和训诫而收集的圣经历史故事》(*Klucz niebieski albo Opowieści budujące z historii świętej zebrane ku pouczeniu i przestrodze,* 1964），简称《天堂的钥匙》，以及《与魔鬼的谈话》(*Rozmowy z diabłem,* 1965）。波兰学者称之为"短篇小说"或者"传统的哲理故事"，因为前两本确实不完全是儿童故事，虽然儿童也能够看进去，而第三本是儿童难以看懂的，这一点集中反映在第一本冗长的标题开端的定语"给成人和儿童的"之中，原文是"dla dużych i małych"，可以译成是"给大的人和小的人"，或者"给成人和儿童"，或者"给大佬和小民""给大官和草民""给上智和下愚"等。

《十三故事》原文的确用了"bajka"（"童话""传说"）这个词语，但是中文名称却引起了误读，特别因为中文标题里取消了"给成人和儿童的"这个定语。译者赠书给亲友，大部分人以为不是给他们看的，长时间没有反应；有人说"以后给儿孙看吧。"还有的示好，告诉我："在参观西单书城的时候，已经给孙子买了。"（她是退休文科教授，孙子大概8岁）我立即表示感谢。后来却没有了下文，奶奶显然没有时间看一眼前言和译后记和哪怕一两篇故事。为国人不读书的风气担忧、感慨之余，我暗下决心，如果赠书，一定谨慎一些。

然而，从2007年到今天，网上对该书（似乎只是《十三故事》）一直颇有好评，而且言之有理，相当深刻，可见我们这个社会里还是有很多认真的读者的。有人读书，社会就有希望，"有灵魂"。古罗马哲学家西塞罗说："一个房间里没有图书，就如同一个躯体没有灵魂。"（"A room without books is like a body without a soul."）西方读书人还说："Amor librorum nos unit."此为拉丁文，意即："对于书籍的热爱把我们联合起来。"类似我们的"以文会友"。读者在网上写的博客确实颇多趣味，比如有人因为读了《名人》而提醒我们社会里有人为了出名而不顾一切；又如，有读者读了《如何解决长寿问题》和《大饥荒》之后，做出评语，大意是：国家拿出严肃认真的政策，是依靠专家、学者、教授们有"绝对的新意、绝对的创造性"的建议的，虽然满足了大佬们的心意，却绝对脱离实际、劳民伤财、毫无实效。评论的结论是："哼，还专家、教授、博导呢！"

2011年12月，北京举办林兆华戏剧节，有德国和波兰剧团应邀演出；从波兰来华的是位于波兰西北角的什切青市的卡纳剧团，演出剧目是《来洛尼亚王国》，一共分七场，根据《十三故事》中的《马姚尔大神丧权退位》《儿童玩具的故事》《名人》《漂亮脸蛋》《恼人的水果糖》《乔木如何装扮成老先生》和此次增订版收入的《狐猴战争》；剧情介绍是：这些角色"有个共同点——他们怕被人遗忘，不惜一切让自己与众不同，以此引人注意。他们相信只有这样做才能获得幸福。作品运用了游戏的概念和元素，传递出人类的无奈和困惑"。堪称一家之言。演出剧场是位于北京王府井大街的赫赫有名的首都剧场（北京人艺剧场）。演出用波兰语，打出中文字幕，有报道说，效果很好。

应波兰驻华大使馆的委托，我在去年10月完成剧本的汉译，波兰戏剧家马修·普日文茨基改编得很好。借这个机会，我想说，他们有值得我们学习的优点：什切青市40万人，有5所大学，其中什切青大学有3.5万名学生，有音乐艺术学院，有卡纳剧院、现代剧院、波兰剧院、城堡歌剧院，这些艺术机构长年演出。让人想到文化素质：在我国，即使人口数量以千万计的一线城市和数百万计的省会城市又有几个剧院还在长年演出，遑论40万人口的城市？这就是文化水平的差异。只有国家大剧院和大量平庸的、说话大呼小叫总在争吵的电视剧是远远不够的。

《天堂的钥匙》是《圣经·旧约》中18个故事的新编，这些故事都是一般西方人耳熟能详的，但是，虽然熟悉，却未必能够给予"终极的"解释，所以，依然可以从不同的角度、观点和文化背景予以阐释。中国古代经典中也有很多故事，对我们依然展现出魅力，其意义也值得重新阐释，或者对这些故事提出问题——提出问题也是解释的一种形式。

关于《与魔鬼的谈话》，细读之下，再次感到基督教文化和中国传统文化之间根本性的区别，标志之一就是他们的魔鬼和我们的鬼之间的区别。我们的鬼是人死后的游魂，多半是坏、是恶，耳熟能详的短语就是例证：心里有鬼，鬼头鬼脑，鬼迷心窍；不过也有：鬼斧神工，又和神并列起来；而他们的魔鬼虽是至恶、邪恶等，却是救世主的对立面。也有好的意思，例如，"魔鬼的身材"，还没有查到出处。粗略地说，共同点是，"心里有鬼"，鬼和魔鬼，都是指人性中固有的恶，人倾向作恶，尤其容易接受诱惑而行恶。

杨德友

山西大学

2012年8月5日

Simplified Chinese Copyright © 2018 by SDX Joint Publishing Company.
All Rights Reserved.
本作品简体中文版权由生活·读书·新知三联书店所有。
未经许可,不得翻印。

图书在版编目(CIP)数据

关于来洛尼亚王国的13个童话故事:增订插图版/(波兰)莱谢克·柯拉柯夫斯基著;杨德友译;芊袆插图. — 北京:生活·读书·新知三联书店,2018.8
ISBN 978-7-108-06284-0

Ⅰ.①关… Ⅱ.①莱…②杨…③芊… Ⅲ.①童话-作品集-波兰-现代 Ⅳ.①I513.88

中国版本图书馆CIP数据核字(2018)第077745号

责任编辑	黄新萍
装帧设计	张 红 朱丽娜
责任校对	龚黔兰
责任印制	徐 方
出版发行	生活·讀書·新知三联书店
	(北京市东城区美术馆东街22号 100010)
网 址	www.sdxjpc.com
图 字	01-2012-8182
经 销	新华书店
印 刷	河北鹏润印刷有限公司
版 次	2018年8月北京第1版
	2018年8月北京第1次印刷
开 本	880毫米×1230毫米 1/32 印张 12
字 数	200千字 图 17幅
印 数	0,001—5,000册
定 价	52.00元

(印装查询:01064002715;邮购查询:01084010542)